지은이 | 화연 윤희수
펴낸이 | 권순남
펴낸곳 | (주)마야 · 마루출판사

1판1쇄 인쇄일 | 2017년 8월 01일
1판1쇄 발행일 | 2017년 8월 07일

등록일자 | 2008년 1월 7일
등록번호 | 제310-2008-00001호

주소 | 서울시 노원구 상계 1동 1049-25 신영산업 BD 602호
대표전화 | 02-2091-0291
팩스 | 02-2091-0290
이메일 | marubooks@hanmail.net

978-89-280-8351-0(03810)

값 9,000원

* 저자와 협의하여 인지를 붙이지 않습니다.
* 잘못된 책은 교환하여 드립니다.

「이 도서의 국립중앙도서관 출판시도서목록(CIP)은 서지정보유통지원시스템 홈페이지(http://seoji.nl.go.kr)와
국가자료공동목록시스템(http://www.nl.go.kr/kolisnet)에서 이용하실 수 있습니다.」
(CIP제어번호:CIP2017018620)

Finish

피니시 : 나의 끝엔 언제나 그대

화연 윤희수 지음

×목차×

프롤로그 …007

1. 똘끼 충만 …021

2. 당신만은 내 곁에 남아 살아 줄래요 …067

3. 피치 못할 사정 …125

4. 내 손을 잡아 줘 …171

5. 넌 그대로 있어, 이번엔 내가 갈게 …219

6. 오랜만이야 …265

7. 너의 시선이 머문 모든 곳에 …319

에필로그 …385

외전. 강진욱-이런 우연 또 없습니다 …399

작가 후기 …411

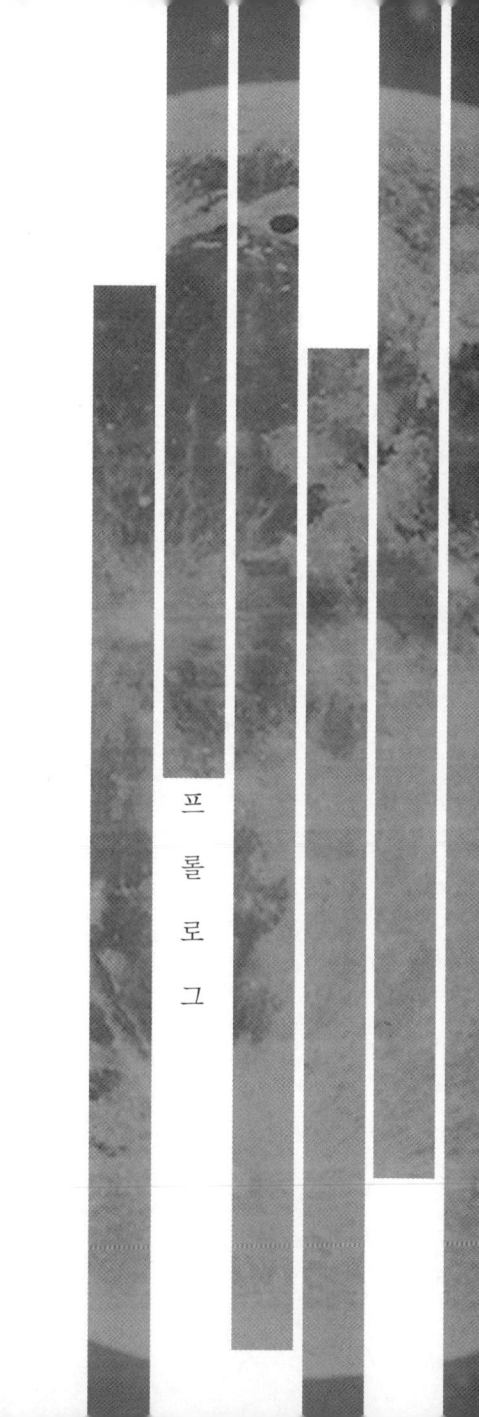

프롤로그

Finish

 누구나 감추고 싶은 비밀이 존재한다.
 하나 혹은 둘, 아니면 그 이상. 비밀의 종류는 매우 다양하다.
 남이 알아도 괜찮은 비밀이 있는가 하면, 경악을 넘어 섬뜩함을 느끼게 하는 비밀도 있다.
 당신의 비밀은……. 그리고 나의 비밀은…….

 이른 아침 출근길에 오른 영진은 피곤을 떨쳐 내기 위해 카페를 찾았다. 카운터 앞으로 다가간 그가 메뉴판은 보지도 않고 말했다.
 "아메리카노 더블 샷으로요."

계산을 위해 지갑을 꺼내는 영진의 옆으로 누군가가 불쑥 다가와 섰다.

"화이트 모카 아이스도 한 잔이요."

영진이 돌아보자 하나가 활짝 웃으며 그를 올려다보았다. 눈꼬리가 휘었다. 뭔가 꿍꿍이가 있는 것이 분명했다. 하나는 영진이 이끄는 특수수사팀의 막내였다.

"사 주실 거죠?"

시선을 돌려 무표정하게 영진이 지갑을 열자 그녀가 살포시 그의 손을 잡는다. 그 손을 내려다보며 영진이 미간을 미세하게 꿈틀거렸다. 그를 보고도 하나가 태연히 그의 얼굴 가까이 제 낯짝을 들이밀고는 좀 전보다 더 화사하게 웃었다.

지그시 영진의 손을 잡은 손에 하나가 힘을 실었다. 그것이 은근한 협박임을 영진은 잘 알고 있었다. 안 사 주면 더 심한 스킨십을 할지도 모른다는, 고작 커피 한 잔에 인색하게 굴지 말라는 다소 뻔뻔한 하나의 협박에 영진이 고개를 작게 흔들었다.

"같이 계산해 주세요."

영진이 돈을 꺼내 지불하며 말하자 그제야 하나가 그의 손에서 제 손을 거둬 갔다. 지갑을 다시 갈무리해 넣은 영진이 무심한 척 잡혔던 손을 다른 손으로 쓸었다. 마치 제 손에 남겨진 하나의 흔적을 지워 내려는 것 같았다.

"잠시만 기다려 주세요."

직원이 벨과 함께 계산서를 건네자 하나가 냉큼 그것을 받아 들었다. 내밀어진 영진의 손을 스쳐 지나며 계산서와 벨을 차지한 하나가 카운터 앞 테이블로 걸어가 앉았다. 그녀가 탁탁 테이블을 두드리며 반대편 의자를 가리켰다.

영진이 주머니에서 담배를 꺼내 보이곤 입구를 향해 걸어갔다. 건물 내에선 금연이니 밖에 나가 피우겠다는 의미였다. 자동문을 나서는 영진의 모습을 하나가 턱을 괸 채 물끄러미 응시했다.

"그 잠깐을 못 기다리나?"

부르르르.

그녀의 손에 들려 있던 진동 벨이 울렸다. 자리에서 일어난 하나가 테이크아웃 컵에 담긴 커피를 받아 들고 빨대를 챙겨 들었다. 카페 밖으로 나선 하나가 주위를 두리번거렸다. 흡연이 가능한 카페 좌측 조금 외진 곳에 아마도 그가 있을 듯했다.

코너 가까이 다가가자 허공으로 뿌연 연기가 떠도는 것이 보였다. 그 앞에서 걸음을 멈춘 하나가 씨익 장난스럽게 입술 한쪽을 끌어 올렸다. 그러곤 격하게 기침을 해 댔다.

"콜록! 콜록! 콜록!"

부스럭거리는 소리에 이어 담배 연기가 사라지는 것이 보였다. 영진이 하나의 기척에 서둘러 담배를 끈 것이다. 하나가 한 발 더 앞으로 나섰다. 그와 동시에 영진이 모퉁이를 돌았다. 아차 하는 순간 부딪칠 뻔했지만 둘 다 운동신경이 발달한 몸이라 찰나의 순간 멈췄다.

"여기 팀장님 커피."

"땡큐."

얼떨결에 커피를 받아 든 영진의 미간이 꿈틀거렸다. 그의 시선이 빨대의 비닐을 벗기고 있는 하나에게로 돌아갔다. 커피는 자신이 산 건데 어째 주객이 전도된 것 같았다. 하나에게서 들어야 할 고맙다는 말을 왜 자신이 한 것인지 알 수가 없다. 그건 아마도 얻어 마시는 주제에 너무도 당당한 눈앞의 인간 때문이 아닐까 싶다. 하나에게 또 말려든 것 같은 기분이다.

"빨대 대령이오."

하나가 영진의 컵에 빨대를 꽂고 자신의 것에도 꽂아 쪽 빨아 당겼다. 빨대는 휘핑크림을 지나 아래 커피만 있는 곳에 닿아 있었다. 휘저어 함께 마실 것이 아니라면 왜 굳이 다디단 화이트 모카를 시켰을까? 하나의 취향이 참 독특하다고 영진은 속으로 생각했다.

그가 자신의 커피를 한 모금 들이켰다. 쓴 커피가 몸으로 들어가자 이제야 제대로 하루를 시작하는 것 같았다. 거리로 나선 둘이 나란히 보조를 맞춰 걸었다.

"나 일찍 골로 가기 싫은데. 담배 좀 끊죠?"

지나는 투로 하나가 툭 말을 꺼냈다.

"내가 피우는데 네가 왜."

무신경하게 받아치는 영진을 하나가 빤히 쳐다봤다.

"원래가 간접흡연이 더 위험하다는 거 모르세요?"

가늘게 내리뜬 시선으로 영진이 그녀를 응시했다. 그에 얼른 정면으로 시선을 돌린 하나가 혼잣말처럼 투덜거렸다.

"우리 팀은 죄다 골초만 모아 놨지. 그래서 나만 죽어나요. 나도 확 피울까 보다. 공정하게."

"서 안에서 피우는 거 아니잖아."

변명 같은 그의 말에 하나가 갑자기 걸음을 멈추고 그의 얼굴 가까이 코를 들이밀었다.

킁킁. 마치 탐지견이라도 되는 듯 그녀가 코를 킁킁거렸다. 인상을 팍 구긴 그녀가 입을 삐죽 내밀며 그의 눈을 마주했다. 영진의 입술 가까이 머물렀던 코가 위로 올라가고 그녀의 입술이 대신 그 자리를 차지했다. 하나가 입술을 달싹여 쫑알거렸다.

"냄새는 나거든요. 알싸하고 매캐한 담배 냄새."

"미안."

그가 저도 모르게 한 걸음 물러나며 제 입술을 손으로 가렸다. 하나의 입술이 호선을 그리며 올라갔다. 그 입술에 담긴 의미를 읽어 낸 영진의 미간이 꿈틀거렸다.

'이겼다.'

분명 그녀의 미소는 그렇게 말하고 있었다. 영진이 입술을 가렸던 손을 하나에게로 뻗었다. 그가 그녀의 이마를 쿡 눌러 밀었다.

"네가 가까이 안 오면 되잖아."

제 이마에 있는 영진의 손을 힐끔 올려다보다 하나가 그 손을 잡으려 손을 뻗었다. 그보다 먼저 영진이 손을 거둬 가 하나의 손은 허공만 휘잡았다.

"에이, 한발 늦었다."

"남의 손은 잡아서 뭐 하게."

"뭐 하긴요. 배도 고픈데 확 먹어치우는 거죠."

"줬잖아. 먹을 거."

은근슬쩍 물릴 뻔한 손을 주머니에 찔러 넣으며 영진이 하나의 손에 들린 화이트 모카를 턱으로 가리켰다. 하나가 컵의 뚜껑을 열며 고개를 저었다.

"이런 걸론 간에 기별도 안 가죠. 애피타이전데."

"차는 후식에 속하지 않나?"

빨대로 휘핑크림을 찍어 입으로 가져가며 하나가 눈을 크게 떴다. 그러곤 영진의 말에 동조하며 고개를 끄덕였다. 그녀가 크림을 먹고는 자연스럽게 입술에 묻은 잔해를 혀로 핥았다.

그 모습을 영진이 우두커니 바라보다 앞쪽에서 쏜살같이 달려오는 자전거를 보곤 본능적으로 하나에게 손을 뻗었다. 여자 남자 구별 없이 막역하게 지내다 보니, 하나는 평소에 여자 대접을 잘 못 받고 있었다. 그래서 지금도 그녀가 바깥쪽에서 걷고 있었다.

 영진이 들고 있던 컵을 던지고 하나의 허리를 휘감아 제 쪽으로 끌어당기며 반 바퀴 돌았다. 찰나의 순간, 자전거가 하나가 서 있던 곳을 빠르게 지나갔다. 미간을 구긴 채 영진이 멀어지는 자전거를 사나운 시선으로 노려보았다.

"사고 나면 어쩌려고."

"와우."

 작은 탄성에 영진이 하나를 돌아보았다. 허리를 뒤로 젖힌 상태의 하나가 어딘가를 보며 꿀꺽 마른침을 삼키고 있었다. 영진의 시선이 하나의 시선을 따라 움직였다.

"제 잘못 아닙니다, 팀장님."

 영진의 재킷 왼쪽 가슴 부위에 휘핑크림이 묻어 있었다. 그것도 누가 일부러 발라 놓은 것처럼 동그랗게 컵의 모양이 그대로 잡혀 있었다. 하나가 들고 있던 컵이 영진의 가슴에 붙었다가 떨어지며 만들어 낸 흔적인 것 같았다.

 영진이 제 가슴과 하나를 번갈아 봤다. 그의 한쪽 눈썹이 휘었다.

 그 급박한 상황에서 어떻게 커피가 쏟아지지 않은 것인지 참 의아했다. 그녀가 들고 있는 컵에는 뭉그러진 휘핑크림과 커피가 그대로 담겨져 있었다. 컵 속의 커피를 보호하기 위해 일부러 입구를 막은 것이 아니라면 전혀 불가능한 일이었다.

 달려오는 자전거는 못 보고 피하지도 못하면서 이런 순발

력은 또 뛰어나다.

 자신이 묻혀 놓고는 제 잘못은 아니라고 발뺌을 한다. 틀린 말은 아니다. 아무 언질도 없이 영진이 그녀의 허리를 낚아챘으니, 먹을 걸 지키려는 하나의 본능이 발동된 건 어쩌면 당연한 일이었다.

"주변 경계 제대로 안 하지."

 영진이 짧게 타박하며 하나의 허리를 놓았다. 그에 한두 발 뒷걸음질을 하며 자세를 바로잡은 하나가 입을 불퉁하게 내밀었다.

"당연히 속도 줄일 줄 알았죠. 설마 그대로 달려올 줄 알았나?"

"설마가……."

"예. 그놈의 설마가 사람도 잡고, 소도 잡고, 하느님 골도 때리죠."

 하나의 능청스런 대답에 영진이 피식 웃고 말았다. 그가 손수건을 꺼내 옷에 묻은 크림을 닦아 내려 했다.

"잠깐만요."

 손을 들어 영진을 제지한 하나가 저만치 있는 편의점을 확인했다.

"그걸로 닦으면 옷에 더 스며들어요. 끈적거리고. 물티슈 사 올 테니까 잠깐만 기다리세요."

"됐어."

그의 만류에도 하나가 편의점 쪽으로 방향을 틀었다. 컵에 남은 커피를 단숨에 비우고는 편의점을 향해 하나가 내달렸다. 편의점 옆 휴지통에 들고 있던 컵을 버리고 문 쪽으로 하나가 한 발 내딛던 순간, 누군가 그녀의 곁을 지나쳐 갔다.

스치듯 팔이 부딪쳤다. 그리고 그 순간, 하나가 굳은 듯 그대로 모든 것을 멈췄다. 흔들리던 그녀의 동공이 확장되고 그 눈 속으로 영상이 떠오른다. 하나가 아닌 타인의 시선으로 본 영상이다.

뚝, 뚝. 빗방울이 떨어진다. 비는 곧 거센 줄기로 바뀌었다.

자박자박. 비로 질퍽해진 보도를 밟고 누군가가 걷고 있다. 일정한 거리를 두고 앞쪽에서 걷고 있는 여자를 따라서. 즐거운 듯 흥분이 뒤섞인 숨소리가 들린다.

"하아, 하아."

숨소리는 어느 순간 빨라졌다. 누군가의 발도 빠르게 움직였다. 그리고 앞서 걷던 여자의 머리를 거머쥐는 손이 보인다. 그 머리 위로 둔기가 내려쳐진다.

퍽, 퍽. 피가 튀고 여자의 끔찍한 비명 소리가 들린다.

"그러게, 사람을 왜 그런 눈깔로 봐. 기분 나쁘게."

"헉, 끄억."

어두운 골목. 인적이 드문 곳에서 여자가 숨을 헐떡인다. 공포에 찌든 눈동자가 피로 얼룩진다. 숨소리가 점점 옅어진다. 부르르 떨리는 손으로 여자가 눈앞에 누군가를 붙잡으려 한다. 그 손이 허무하게 바닥으로 떨어진다.

"살려… 주세요……."

우두둑, 우두둑. 시선이 이리저리 흔들린다. 목을 움직여 푸는 뼈 소리가 들린다.
"뭐야, 재미없게. 벌써 이럼 곤란한데."
하지만 전혀 곤란하지 않은 음산한 웃음소리와 함께 또다시 둔기가 휘둘러진다.
퍽.

눈앞을 가득 메우며 검붉은 핏빛이 번져 나갔다. 영상은 거기에서 끝이 났다. 하나가 질끈 눈을 감았다가 떴다. 그리고 천천히 몸을 돌려 사방을 휘둘러보았다. 역시, 자신과 부딪쳤던 사람의 모습은 그 어디에서도 보이지 않았다.
"후우."
길게 심호흡을 하며 하나가 주먹을 꽉 움켜쥐었다. 영진이 자신을 향해 다가오는 것이 보였다. 그가 걱정스런 눈으로 자신을 바라보고 있었다. 성큼성큼 다가선 영진이 굳은 듯 멈춰서 자신을 멍하니 올려다보는 하나의 팔을 조심스럽게 잡았다. 그가 시선을 맞추며 다정하게 물었다.
"괜찮아?"
"아, 네."
느릿하게 대답이 이어졌다. 고개를 끄덕인 하나가 굳은 표정을 풀고 싱긋이 입가를 끌어 올렸다.
"잠시 딴생각 좀 했어요."
별일 아니라는 듯 말하는 하나를 지그시 내려다보다가 영진이 커다란 손을 그녀의 머리 위에 올렸다. 부스스. 머리카락을 헝클이는 손길이 부드러웠다.

"정신 똑바로 차려, 꼴통."

영진이 짐짓 엄한 표정을 지었다. 머리 위 그의 손을 잡아 내리며 하나가 불퉁하게 말했다.

"그 별명 싫다고 했죠."

"꼴통을 꼴통이라고 부르지, 그럼 뭐라고 불러."

"오하나. 부모님이 지어 주신 예쁜 이름 두고 꼴통이 뭡니까."

"사고나 치지 말고 그런 말 해."

"제가 뭘 또 얼마나 사고를 쳤다고······."

투덜거리던 하나의 입이 쏙 다물어졌다. 영진이 크림이 묻은 재킷을 잡아 흔들어서였다.

"아, 맞다. 물티슈."

딴청을 피우며 냉큼 돌아선 하나가 편의점의 문을 열었다. 돌아선 하나의 표정이 다시 어두워졌다. 그녀가 안으로 걸어 들어가는 모습을 영진이 뒤에서 가만히 지켜보았다. 물티슈를 집어 계산대로 향하는 그녀의 모습은 평소와 다름없었다.

누구에게나 비밀은 있다.

나에게도 비밀이 있다.

남이 알아도 괜찮은 비밀 하나는 최영진 팀장님을 좋아하고 있다는 것.

그리고 또 하나, 혹여 알게 된다면 경악을 넘어 섬뜩함을 느끼게 될 비밀이 있다.

나는 살인범의 시선으로 놈이 저지를 살인을 볼 수 있다. 놈이 계획한 살인을 몇 시간 혹은 며칠, 몇 주 전에 미리 보게 되는 것이다. 실행 전의 시뮬레이션처럼.

이것은 나만 받을 수 있는 살인 예고장이다.

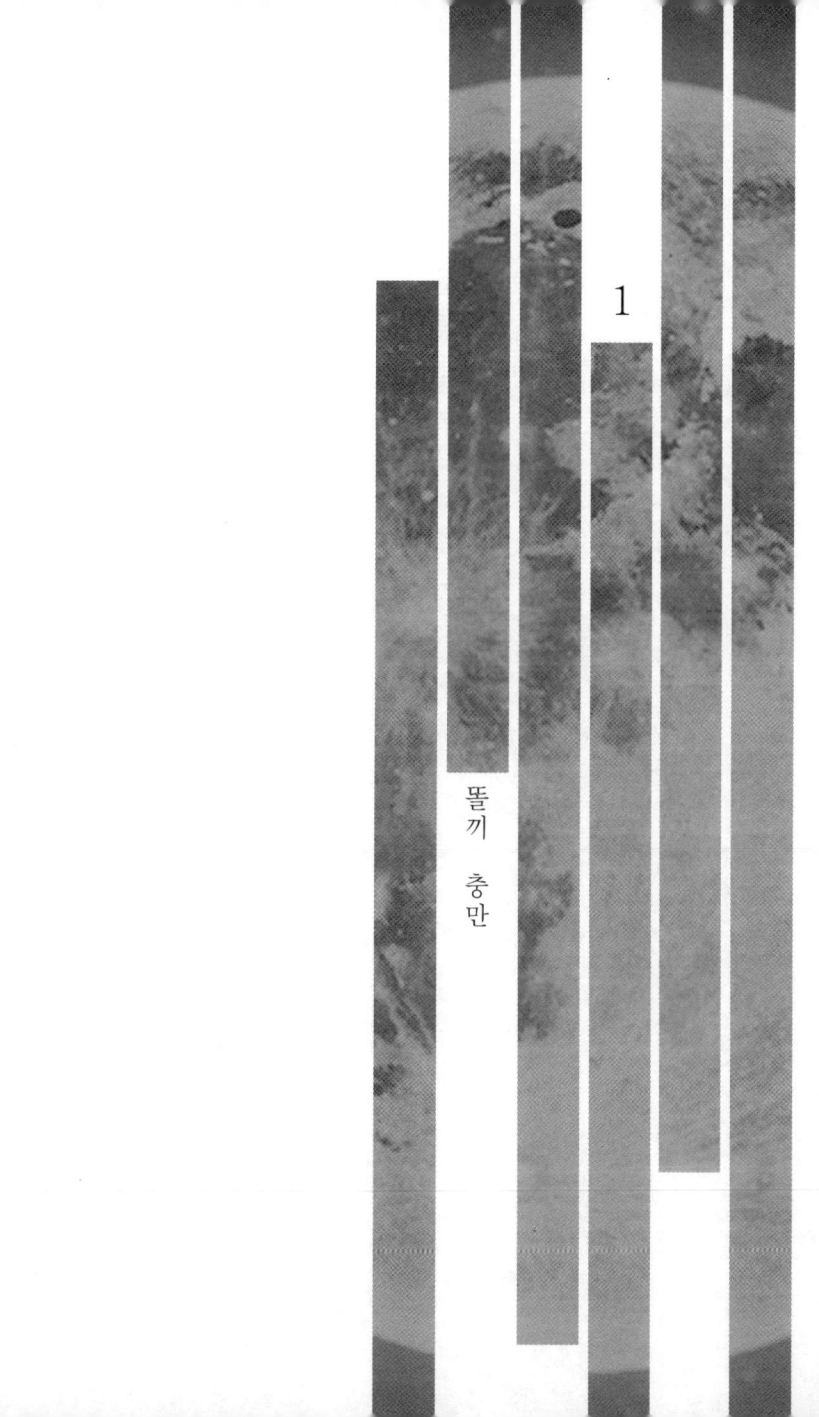

Finish

 강력계 1팀 사무실로 들어서던 기철이 입구에서 걸음을 멈추고 눈을 크게 떴다. 최영진 팀장의 자리에서 하나와 영진이 옥신각신하고 있는 중이었다. 하나의 엉뚱한 짓을 하루 이틀 보는 것은 아니었지만, 지금 눈앞에서 벌어지고 있는 광경은 참 아이러니했다.
 자리에 앉아 그들의 행태를 느긋이 지켜보고 있는 종석의 곁으로 기철이 다가갔다.
 "저게 지금 뭐 하는 거냐?"
 영진의 셔츠를 붙잡고 늘어지는 하나를 턱으로 가리키며 기철이 물었다. 커피가 담긴 종이컵을 입으로 가져가며 종석이 심드렁하게 입을 열었다.

"저도 지금 그게 몹시 궁금합니다. 대체 저놈이 또 뭔 짓을 하려고 저러고 있는지."

"팀장님 셔츠는 왜 잡고 흔들어 대지?"

"아까는 재킷 들고 흔들었어요."

이해 불가라며 고개를 절레절레 젓는 종석을 기철이 돌아봤다.

"그건 또 왜?"

막 종석이 뭐라 말을 하려던 찰나 하나의 강압적인 목소리가 들려왔다.

"거참, 벗으라니까요!"

"야."

"푸흡!"

놀란 종석이 머금던 커피를 뿜었다. 둘이 눈을 휘둥그렇게 뜨고 영진과 하나를 쳐다봤다. 하나가 강제로 영진의 셔츠를 벗기려 하고 있었다. 단추를 풀어 헤치려는 하나에게서 영진이 단추를 사수하려 애쓰고 있었다.

"됐다고 했지."

좀처럼 언성을 높이는 일이 없는 영진이 기어이 짜증 섞인 말을 뱉어 냈다. 그제야 저돌적으로 밀어붙이던 하나의 손이 멈췄다. 그녀가 빤히 영진을 올려다봤다. 그의 미간이 한껏 구겨져 있었다. 어지간히 싫은 모양이다.

"그러게 순순히 벗어 주셨으면 좋잖아요."

슬그머니 손을 내리면서도 하나는 미련을 버리지 못했다. 영진이 헝클어진 옷깃을 정돈하며 한숨을 내쉬었다.

"이 정돈 괜찮아. 쓸데없는 데 신경 쓰지 말고 일이나 해."

영진이 투박하게 말하며 자리에 앉았다. 책상 위에 올려 뒀던 그의 재킷을 집어 올리며 하나가 슬쩍 그의 왼쪽 가슴 부위에 남아 있는 작은 얼룩을 살폈다. 진득하게 재킷에 묻어난 크림이 그 안쪽 셔츠까지 조금 적셔 놓았다. 미안함에 재킷이랑 같이 세탁해 주겠다고 하는데도 굳이 영진이 그를 마다했다. 갈아입을 옷은 숙직실에 가면 있을 터였다. 아니면 자신이 사다 줘도 되고.

깔끔한 영진의 성격상 얼룩이 묻은 셔츠를 그대로 입고 있는 것이 상당히 불편할 것 같았다. 그래서 빨아 주겠다고 한 것인데, 영진은 아무래도 하나가 영 못 미더운 모양이었다.

"그럼 이것만 세탁소에 맡기고 올게요."

영진은 더 이상 아무런 대꾸를 하지 않았다. 그녀와의 실랑이를 이 정도에서 마무리하고 싶다는 뜻이 엿보였다. 돌아서 특수부를 나서는 하나의 표정이 그다지 밝지 못했다. 하나만 생각하고 둘은 생각지 못한 자신의 태도에 뒤늦게 후회가 밀려왔다.

"미쳤지. 어디서 옷을 벗기려고 나서냐, 이놈의 손가락아."

그녀가 자신의 손등을 찰싹 때렸다. 셔츠를 깨끗하게 세탁해야 한다는 생각만 하고 공간에 대한 자각은 전혀 없었다.

팀원들이 다 있는 곳에서 그 짓거리를 했으니, 영진이 화가 날 만도 했다.

"어후, 이 모질아, 생각 좀 하고 살자. 생각 좀."

혼잣말을 중얼거리며 복도를 걸어가던 하나가 앞에서 다가오는 사람의 그림자를 보곤 우뚝 멈춰 섰다. 딴생각에 또 누군가와 부딪칠 뻔했다. 바로 코앞으로 다가온 사람의 구두코가 보였다. 구두의 주인이 그녀 앞에서 멈췄다.

"오하나 형사님?"

딱! 그녀의 눈앞에서 손가락이 부딪쳤다. 자신을 부르는 소리에 하나가 고개를 들어 상대를 올려다보았다. 강진욱 검사가 지그시 자신을 내려다보고 있었다.

"아, 검사님. 안녕하세요."

하나가 그를 알아보고 인사를 건넸다. 진욱이 피식 웃으며 그녀의 팔에 걸쳐진 재킷을 봤다.

"이건, 남자 재킷 같은데."

"팀장님 거예요."

"음, 또 실수를 하셨나 보네요."

재킷에 묻은 얼룩의 잔해를 보며 진욱이 말했다. 슬그머니 얼룩이 묻은 부위를 감추며 하나가 하하 어색하게 웃었다.

"오 경위는 매번 볼 때마다 변함이 없네요."

싱긋이 웃으며 하는 진욱의 의미심장한 말에 하나가 어깨를 으쓱거렸다.

"그렇죠? 항상, 똑같이 사고를 칩니다, 제가."

다 알고 하는 말에 발뺌은 무의미했다. 하나가 자폭을 하며 해실거렸다. 그런 하나를 물끄러미 바라보다가 진욱이 한 걸음 옆으로 비켜섰다.

"바쁠 텐데 길을 막았네요, 제가."

"아유, 무슨 그런. 그럼 비켜 주신 김에 지나가겠습니다. 볼일 보고 가십시오."

그의 앞을 유유히 지나쳐 하나가 복도를 빠르게 걸어갔다. 코너를 돌아 그녀가 사라질 때까지 지켜보다가 진욱이 고개를 돌렸다. 그가 하나가 나왔던 특수부로 들어섰다.

진욱을 발견한 종석이 알은체를 하며 자리에서 일어났다.

"강 검사님, 오셨습니까."

"안녕하십니까."

더불어 일어난 기철도 인사를 건넸다. 진욱이 미소 띤 얼굴로 차례차례 묵례를 하며 영진의 자리로 걸어갔다. 진욱이 가까이 다가왔음에도 영진은 그를 돌아보지도 인사를 하지도 않았다.

"아는 체는 좀 합시다, 최 팀장."

"검사가 아침부터 여긴 왜 와. 출근할 곳을 잘못 찾은 거 아닌가?"

투박한 영진이 말에 진욱이 엷게 미소를 머금었다. 언뜻 보면 하극상으로 보일 수도 있는 영진의 태도와 말투를 진욱이 아무렇지 않게 넘겼다. 둘은 동갑내기 이종사촌이었다. 물론, 그다지 돈독한 이종사촌은 아니었다. 진욱의 넘치는 애정에 비해 영진은 그를 무척 싫어했다. 그 싫은 티를 영진은 숨기지 않았다. 영진은 지나치게 감정 표현에 솔직했다. 유독 진욱에게만.

영진이 그러면 그럴수록 진욱의 애정 표현도 진해졌다.

진욱이 영진의 뒤로 다가가 그의 어깨에 팔을 둘렀다. 그에 영진의 미간이 불쾌함을 담고 꿈틀거렸다. 서늘한 시선으로 영진이 제 어깨에 올려진 진욱의 팔을 노려보았다.

"네 재킷 막내가 들고 나가던데."

살포시 고개를 내려 영진의 귀 가까이에서 속삭이듯 진욱이 말했다. 일부러 숨결을 그의 귀에 흘려 넣는 것도 잊지 않았다. 당장 영진의 미간이 구겨진다. 그에 진욱의 입가에 미소가 머금어졌다. 건드리면 건드리는 대로 반응하는 영진이 진욱은 귀여웠다. 영진이 들었다면 당장에 진욱의 멱살을 잡고 주먹을 휘두를 테지만, 진욱은 자신을 향해 영진이 이렇게라도 반응을 보이는 게 좋았다.

툭. 영진이 진욱의 손을 쳐 내며 시니컬하게 말했다.

"우리 팀 막내지, 네 막내 아니다."

허공으로 내쳐진 제 손을 힐끔 보다 아래로 내리며 진욱이 자세를 바로잡았다. 나른하게 턱을 쓸며 그가 입을 열었다.

"그건 그렇다 치고."

진욱의 눈빛이 바뀌었다. 그가 예리하게 눈을 빛내며 영진을 향해 물었다.

"노숙자 장기 적출 사건 수사 보고서가 아직 안 올라왔던데."

그 물음에 영진은 무시로 일관하고 저만치 떨어져 있던 기철이 반응을 보였다. 둘을 예의 주시하고 있던 기철이 책상 위에서 서류 봉투를 찾아 번쩍 들어 올렸다.

"검사님, 그거 제가 가지고 있습니다."

진욱이 허공에서 흔들리는 서류 봉투와 그걸 들고 환하게 웃고 있는 기철을 보았다. 진욱의 눈썹이 휘었다. 검사에게 보고해야 할 서류를 팀장이 아닌 그 아랫사람이 들고 있다는 건, 필시 진욱의 면상을 굳이 제 발로 찾아가서 마주치기 싫다는 뜻이었다.

'이럴 줄 알고 내가 직접 찾아왔지.'

서류 봉투를 들고 다가온 기철이 공손하게 그것을 내밀었다. 진욱이 받아 들며 고개를 끄덕였다.

"고마워요."

"제가 안 그래도 오전에 청에 들어가려고 했는데, 이렇게 오셨네요."

"강력 1팀 식구들이 보고파서요."

"예?"

진욱의 말에 기철이 눈을 끔벅거렸다.

"아는 놈이 맡고 있어서 그런지, 다 제 식구 같고 그러네요."

그 아는 놈의 미간이 또 일그러졌다. 영진이 보지도 않고 허공에 손을 휘저었다. 귀찮음이 역력한 손짓으로 그가 진욱에게 말했다.

"헛소리 그만하고 볼일 끝났으면 꺼져."

"영장 청구할 때 내가 안 받아 주면 어쩌려고 이러실까?"

은근한 협박을 담아 진욱이 말하자, 그제야 영진이 의자를 빙글 돌려 진욱을 돌아봤다. 진욱의 입매가 빙긋이 올라가는 것을 무심하게 보며 영진이 서랍을 열었다. 거기에서 수갑을 꺼낸 영진이 진욱의 눈앞에서 흔들었다.

"공권력 남용하다 수갑 차는 수가 있다."

씨알도 안 먹힐 협박에 영진이 으름장을 놓았다. 피식 웃은 진욱이 서류 봉투를 흔들어 보이며 맞장을 놓았다.

"일 제대로 못 하면 너도 골로 가는 수가 있어."

"너나 잘해."

"나야 늘 퍼펙트하지."

진욱의 자화자찬에 영진이 불쾌한 심사를 담아 눈썹을 들썩였다. 마주치면 잡아먹지 못해 으르렁거리는 두 앙숙을 기철과 종석이 흥미진진하게 지켜보았다. 자리로 돌아온 기철이 오늘의 승자는 누가 될 것인가, 하며 책상을 소리 없이 두드렸다.

두구두구두구.

"아직 안 가셨네요?"

돌아온 하나가 영진의 자리로 걸어오며 진욱에게 말했다. 진욱이 제 앞으로 바짝 다가서는 하나를 보며 싱긋이 웃었다. 하나가 영진의 책상 위에 차 키를 내려놓았다. 책상과 진욱의 거리가 가까워 하나의 몸이 진욱에게 닿았다.

"재킷 주머니에 들어 있더라고요."

"응."

자신에게 하는 것과 달리 하나에게 부드럽게 말하며 고개를 끄덕이는 영진을 진욱이 힐끔 곁눈질했다. 그러다 또다시 하나가 맞닿은 몸을 움직이자 그녀를 돌아봤다. 하나가 저를 향해 몸을 돌려 빤히 올려다보고 있었다. 그녀의 얼굴이 지척에 있었다. 진욱이 반사적으로 뒤로 한 발 물러섰다.

"안 바쁘세요?"

"네?"

갑작스런 질문에 진욱이 되묻자 그녀가 진욱의 손을 덥석 붙잡아 올렸다. 서류 봉투를 들고 있던 손이었다. 진욱의 눈썹이 의아함을 담아 휘었다. 능청스런 미소를 입가에 달고 하나가 그의 손을 흔들었다.

"일하셔야 하잖아요."

"…으흠."

진욱의 눈이 가늘게 내리떠졌다. 그가 자신을 빤히 쳐다보며 얼른 가라고 눈치 아닌 눈치를 주고 있는 하나와 뒤에서 이미 없는 사람 취급하고 있는 영진을 번갈아 보았다. 일심으로 둘이 자신을 내쫓으려 하고 있었다. 그게 진욱은 영 탐탁지 않았다. 자신이 뭘 어쨌기에 이렇게 불청객 취급인지. 괜스레 마음이 불통해졌다.

"담당 검사를 이렇게 홀대해선 안 될 텐데."

진욱이 볼멘소리를 하자 하나가 잡고 있던 손목을 놓고 덥석 그의 팔짱을 꼈다. 그의 몸을 영진에게서 완전히 돌려세운 하나가 입구를 향해 그를 이끌었다.

"무슨 그런 말씀을. 누가 감히 우리 검사님을 홀대한답니까? 겁도 없이? 혹시 저한테 한 말은 아니시죠? 이렇게 친절하게 입구까지 배웅해 드리는데."

저를 경계 밖으로 몰아내며 말갛게 웃고 있는 하나를 진욱이 지그시 내려다봤다. 나날이 느는 게 능청이다. 발랑 까진 입으로 천연덕스럽게 쏟아 내는 말이 참 능글맞다. 입은 웃는데, 그녀의 눈은 부릅뜬 채다. 그 눈이 진욱에게 말한다. 우리 팀장님 그만 괴롭히고 얼른 꺼지라고.

'최영진 추종자, 오하나.'

하나는 영진이 진욱을 싫어한다는 걸 알고 있었다. 그래서 매번 진욱이 영진에게 다가가 그의 신경을 자극하면 이렇게 방패를 자처해 나서곤 했다. 영진으로부터 진욱을 격리시키는 것이 마치 자신의 일인 것처럼 말이다.

"이왕 해 주는 특급 배웅, 내 사무실까지 해 주면 안 됩니까?"

진욱이 하나 쪽으로 상체를 기울이며 은근히 물었다. 말이 떨어지기 무섭게 하나가 팔을 빼며 뒤로 물러섰다. 그녀가 등 뒤쪽을 엄지로 가리켰다.

"저도 일이 바빠서."

"우리 막내 형사님은 비번 언제?"

짧아진 말만큼이나 진욱의 표정도 짓궂어졌다. 하나의 얼굴이 단박에 찌푸려졌다. 별 시답잖은 소리를 다 듣겠다는 말이 금방이라도 반항기 가득한 하나의 입에서 튀어나올 것 같았다. 괜히 장난을 쳤나? 하며 진욱이 입맛을 다시는 찰나, 전화벨이 울렸다.

"네. 서동경찰서 강력곕니다."

기철이 전화를 받았다. 그가 빠르게 수첩에 뭔가를 적었다. 심각한 표정으로 보아 사건이 발생한 게 틀림없었다.

"예. 알겠습니다."

전화를 끊은 기철이 자리에서 일어나며 영진을 향해 말했다.

"서초동에서 강도 살인 사건 발생했답니다."

영진이 일어나 습관적으로 재킷을 걸치려다가 재킷의 행방을 떠올리고는 그냥 돌아섰다. 그가 입구로 걸어가자 기철과 종석도 그 뒤를 따랐다. 아직 입구에 서 있는 진욱에게는 시선도 주지 않고 영진이 하나의 머리를 스치듯 손으로 쏠고 지나갔다.

"가자, 꼴통."

그러면서 진욱은 툭 냉정하게 밀치고 지나갔다. 진욱이 눈을 가늘게 흘겼다.

"네, 팀장님."

상큼한 목소리에 고개를 돌린 진욱의 눈에 환한 하나의 미소가 보였다. 신나 죽겠는 얼굴로 하나가 영진의 뒤를 쫓아갔다.

"검사님, 그럼 저희 먼저 가 보겠습니다."

"아, 예."

기철과 종석이 그의 앞을 조심스럽게 지나갔다. 멀어지는 그들을 보다가 진욱이 강력 1팀 사무실을 돌아봤다. 텅 빈 사무실이 덩그러니 그를 마주했다. 그가 괜스레 이마를 긁적였다.

"이거 또 주객이 전도된 것 같은 느낌이란 말이지."

사무실 주인들은 다 나가고 객만 홀로 남았다. 그가 쩝 입맛을 다시며 몸을 돌렸다. 복도를 걸어가는 그의 손에서 서류 봉투가 덜렁거렸다. 굳이 찾아와 받지 않아도 제 책상 위에 도착할 서류 봉투였다.

"모닝 영진 했으니 목적은 달성한 거지, 뭐."

아침에 기분이 별로 좋지 않은 날은 이렇게 영진을 찾아와 면상을 보면 그나마 나았다. 그와 티격태격하면 하나가 끼어든다. 하나와 또 실랑이 아닌 실랑이를 벌이다 보면 침잠하게 가라앉았던 기분이 좋아지곤 했다.

"보람이 있어. 보람이."

혼잣말을 중얼거리며 진욱이 영진의 팀이 지나간 길을 걸어 나갔다.

폴리스 라인이 쳐져 있는 골목은 입구부터 소란스러웠다. 이미 사건에 대한 소문이 퍼진 모양이었다. 하긴 변사체가 발견되었다는데 조용하면 그게 더 이상한 일이다. 웅성거리며 모여 있는 사람들을 보며 영진이 기철과 종석에게 말했다.

"둘은 주변 탐문부터 해 봐."

"네."

기철과 종석이 사건 현장 주변을 탐문하기 위해 다른 방향으로 걸어갔다. 영진은 사람들 사이를 헤집고 경계를 서고 있던 경찰들 앞으로 다가갔다. 그를 알아본 경찰들이 경례를 하자, 영진이 짧게 고개를 끄덕이고 폴리스 라인 안으로 발을 들였다. 먼저 도착한 감식반이 증거물을 수집하고 있었다.

영진의 뒤에 서 있던 하나가 사체 앞으로 다가갔다. 사체는 머리만 벽에 댄 채로 바닥에 축 늘어져 있었다. 다리의 형태가 다소 기형적으로 보이는 건 아마도 온 힘을 다해 발버둥을 쳐서일 것이다. 그 증거로 바닥에 이리저리 난잡한 자국이 나 있었다. 그 위로 튄 핏자국이 검붉은 빛으로 바닥을 물들이고 있었다.

"그냥 주고 말지."

혼잣소리를 중얼거리는 하나의 시선이 사체의 머리를 따라 위로 올라갔다. 벽을 타고 길게 핏 길이 나 있었다. 다시 시선을 내린 하나가 사체의 목 부위를 살폈다. 경부 압박의 흔적이 보였다.

"목을 잡아 벽에 밀치고 둔기로 머리 좌측을 내려쳤네요."

그녀의 시선이 이번엔 두 손으로 향했다. 손바닥에 뭔가를 꽉 쥐었던 자국이 남아 있고, 손등에도 생채기가 제법 많았다. 가방끈을 쥐었던 흔적과 쓸린 자국. 목숨을 걸고 빼앗기지 않으려 했던 가방은 사라졌고, 목숨도 뺏겼다.

'부질없이……'

가방에 든 것이 무엇이든 피해자의 생명보다 값지진 않았을 것이다. 한숨이 절로 흘러나왔다. 자리에서 일어난 하나가 사건 현장을 눈으로 훑고 있는 영진을 힐끔 보다가 현장을 지키고 있던 경찰에게로 시선을 던졌다.

"최초 목격자 진술은 받았나요?"

지목을 받은 젊은 경찰이 수첩을 꺼내 메모한 내용을 읽어 내렸다.

"예. 골목 끝 쪽 집에 거주하는 오십 대 여성인데, 출근하려고 나오다가 발견했다고 합니다."

"어디 있지?"

영진이 물었다. 경찰이 하나와 영진을 번갈아 보다가 몰려 있는 사람들 중 한 사람을 지목했다.

"저쪽에 계십니다."

동네 이웃으로 보이는 사람들과 이야기를 나누고 있는 중년의 여자를 영진과 하나가 돌아보았다. 목격자를 저렇게 방치해 두다니. 아직 명확하게 조사가 끝난 게 아니었다. 협조를 요청하고 따로 보호를 하고 있어야 했는데 조치가 미흡했다.

영진이 하나를 돌아봤다. 하나가 고개를 끄덕이며 목격자에게 다가갔다.

"그랬다니까? 내가 얼마나 놀랐게. 아직도 가슴이 진정이 안 돼."

"실례합니다."

목격자는 가슴을 손으로 누르고 흥분한 목소리로 다른 사람과 이야기를 나누고 있었다. 하나가 그 사이로 끼어들었다. 모여 있던 사람들이 동시에 돌아봤다. 하나가 목격자와 시선을 맞추며 부드럽게 말했다.

"서동경찰서 강력계 오하나 형사입니다."

하나가 신분증을 보이며 말하자 살짝 경계하던 목격자의 얼굴이 조금 누그러졌다. 옆에 서 있던 사람들이 슬그머니 뒤쪽으로 빠졌다. 사건과 연관되고 싶지 않음을 몸과 표정으로 보여 주는 사람들을 하나가 모른 척했다. 보통 사람들의 심리가 다 그랬다. 그녀가 부담스럽지 않을 정도의 친근함을 보이며 입을 열었다.

"많이 놀라셨을 텐데, 괜찮으세요?"

"아직 가슴이 진정은 안 되네요."

"그렇죠. 많이 힘드실 텐데 다시는 이런 일이 없게 범인 검거를 위해서 조금만 도움을 주시겠어요?"

다정한 하나의 말에 목격자가 깊게 숨을 들이쉬었다. 긴장이 조금은 풀리는 모양이었다. 하나가 때를 놓치지 않고 말을 이어 갔다.

"혹시 발견하시기 전에 다투는 소리나 비명 같은 거 듣지 못하셨나요?"

"그게, 이 동네가 워낙 싸움이 잦아서. 들어도 뭐 어디서 또 부부싸움 하나 보다 하거든. 근데, 어제는 정말 조용했어. 그러고 보니 희한하네. 하루에도 죽네 사네 싸우는 소리가 즐비한데, 어젠 웬일로 아무 소리도 안 들렸어."

연신 희한하다며 박수까지 치는 목격자의 뒤쪽에서 다른 사람들이 맞장구를 쳤다. 쥐 죽은 듯 고요한 가운데 사람이 죽어 나갔다. 비명 한 번 지를 사이도 없이? 아니다. 여자는 분명 죽을힘을 다해서 가방을 지키려 했다. 그걸 뺏기지 않으려 버티다가 둔기에 머리를 맞은 것이고. 다툼이 있었을 것이고, 살려 달라고 주변에 도움을 요청했을 것이다. 그런데, 아무 소리도 들리지 않았다. 뭔가 이상했다.

하나가 사체를 돌아봤다. 영진이 내려앉아 사체를 살피고 있었다. 그가 장갑을 낀 손으로 사체의 등을 살짝 들어 보는 게 보였다. 뭔가에 홀린 듯 하나가 그쪽으로 걸어갔다. 영진의 곁으로 다가간 하나가 상체를 기울였다.

"피해자를 두 번 죽인 거네요."

사체의 등엔 흉기에 찔린 상처가 있었다. 그것도 여러 번. 난자를 당했다는 말이 어울릴 정도로 무수한 상처가 나 있었다. 입고 있던 옷이 너덜거리고 검붉은색으로 물들 만큼. 그에 비해 바닥에 고인 피는 그리 많지 않았다.

"1차 공격 뒤에 이곳으로 데려와 2차로 최종적으로 숨통을 끊어 놓은 거야."

영진이 사체를 원위치시키며 말했다.

"왜 그랬을까요?"

굳이 왜. 한 곳에서 끝내지 않고 이곳까지 끌고 와서 죽인 것일까? 하나의 질문에 영진이 질문을 더했다.

"우발적으로 보이나?"

이게 과연 단순 강도 살인일까? 우연히 길 가다 마주친 여자의 가방이 탐나서 뺏으려다가 강한 저항에 우발적으로 저지른? 하나가 저를 보고 있는 영진과 시선을 맞추며 작게 고개를 저었다.

"아니요."

입 안이 썼다. 하나가 한숨을 섞어 입을 열었다.

"강도 사건으로 위장하려 한 면식범의 소행으로 보여요."

"아직 단정 짓긴 이르고."

영진이 자리에서 일어섰다. 그를 올려다보며 하나가 고개를 끄덕였다. 라텍스 장갑을 벗는 영진의 앞으로 검시반이 들어왔다. 사체 수습을 하기 위해 움직이는 그들에게 영진과 하나가 자리를 내어 주고 물러섰다.

폴리스 라인을 벗어나 사람들 사이를 헤집고 나온 영진이 차로 걸어가며 말했다.

"피해자 신원 조회하고."

"결과 나오는 대로 주변 인물 조사부터 할게요."

영진의 말을 하나가 받아 뒷말을 이었다. 현장을 걸어 나오며 영진이 습관적으로 몸을 더듬었다. 재킷 주머니에 있던 담배를 찾는 것이었다. 하지만 지금 영진은 재킷을 입고 있지 않았다. 그러니 당연히 담배도 없었다. 그것을 깨달은 영진의 시선이 곁에 선 하나에게로 옮겨 갔다.

"이참에 금연하는 건 어때요?"

영진의 미간이 좁아지는 걸 보고 하나가 슬그머니 시선을 회피했다. 사건 현장에서 사체를 마주할 때마다 영진은 습관적으로 담배를 찾았다. 누군가의 주검을 마주하는 일은 늘 그의 마음을 무겁게 했다. 주어진 생이 다해 삶을 마감하는 것과 타인에 의해 억울하게 죽임을 당하는 것은 명백하게 다르다. 그 누구도 타인의 목숨을 멋대로 거둘 자격은 없었다. 그래서 그런 자들을 살인마라고 부른다.

"일단 저는 신원 조회 결과 나오는 대로 움직이도록 할게요."

은근슬쩍 자신에게서 멀어지는 하나의 뒷덜미를 영진이 붙잡았다.

"아."

뒤로 휘청거리던 몸을 바로 세우고 하나가 영진을 돌아봤다. 영진이 그녀를 가늘게 내리뜬 눈으로 내려다보고 있었다.

"내놔."

"뭘요?"

영진이 내민 손을 힐끔 쳐다보며 하나가 무슨 말을 하는지 모르겠다는 투로 물었다. 그에 영진이 그녀의 점퍼 주머니로 손을 뻗었다. 그러곤 수색을 하듯 주머니 위를 더듬었다.

"어어. 이거 추행이에요."

"추행 좋아한다. 절도로 수갑 채워 줘?"

"와아, 고작 담배 하나에 절도? 너무한 거 아니에요?"

"장발장은 빵 하나로 수갑까지 됐어."

"아아, 거긴 안 돼요."

영진이 점퍼의 양쪽 주머니를 확인하고 이어 바지 뒷주머니로 손을 내리려고 하자 하나가 그의 손목을 잡아 저지시켰다. 영진의 시선이 제 손목을 잡은 하나의 손에서 그녀의 얼굴로 옮겨 갔다. 그의 눈썹이 한쪽만 들썩였다. 안 내놓으면 작정하고 뒤져서라도 찾을 기세였다.

"알았어요, 알았다고. 주면 되잖아요."

그녀가 항복의 의미로 손을 들어 보였지만, 영진은 잡은 뒷덜미를 놓지 않았다. 여차하면 도망가려는 하나의 계획을 영진은 이미 간파하고 있었다. 어쩔 수 없다고 판단한 하나가 쩝 입맛을 다시며 점퍼 안주머니에서 영진의 담배를 꺼냈다.

"안 피우면 안 되나?"

일말의 기대감을 안고 묻는 하나의 손에서 영진이 담배를 낚아챘다.

"간접흡연 안 시킬 테니까 걱정 마."

그가 담배를 들고 성큼성큼 걸어갔다. 담뱃갑에서 한 개를 꺼내 입으로 가져가던 그가 걸음을 멈추고 하나를 돌아봤다.

"그런데 너."

"네?"

"말 자꾸 잘라 먹는다."

"아이고, 제가요? 언제요? 설마요."

절대 그런 적이 없다 시치미를 떼며 하나가 손사래를 쳤다. 저놈의 능청. 영진이 짧게 혀를 차며 돌아섰다. 그가 담배를 입에 물고 라이터를 꺼내 드는 것을 보며 하나가 한숨을 푹 내쉬었다.

"애도를 왜 자기 몸 죽여 가면서 하느냐고. 왜."

영진이 담배를 피우는 것은 일종의 의식과도 같았다. 억울한 죽음에 대한 자신만의 작은 의식. 미리 막지 못해 미안하다는 죄스러움에서 우러난 사과 같은 것이었다. 그런 영진을 바라보는 하나의 마음이 무겁게 내려앉았다.

'정작 미안해해야 하는 사람은 따로 있는데. 왜 당신이 그러는 건데.'

저만치 자신의 차에 기대선 영진을 하나가 아프게 바라보았다. 그의 입에서 뿌연 담배 연기가 흘러나와 허공으로 흩어졌다. 가엾은 영혼의 슬픈 몸짓처럼 그가 흘려 낸 연기가 처연했다. 물끄러미 하늘을 응시하고 있던 영진이 하나의 시선을 느낀 듯 그녀를 돌아봤다. 시선이 마주치자 하나가 인상을 구기며 코앞에서 손을 흔들었다.

거리가 떨어져 있음에도 마치 매캐한 담배 연기가 난다는 듯 그녀가 호들갑을 떨었다. 그런 그녀를 느긋하게 바라보며 영진이 천천히 폐 속 깊이 담배를 빨아들였다. 그러곤 후우 길게 연기를 뿜어냈다. 연기에 가려 하나의 모습이 희미하게 보였다.

"폐암으로 죽어도 나 원망하지 마세요."

가까이 다가온 하나가 퉁명스레 말하며 보조석으로 걸어갔다. 담배를 휴대용 재떨이에 비벼 끈 영진이 보닛을 돌아 보조석 문을 여는 하나의 어깨를 붙잡았다. 의아해 돌아보는 하나에게 그가 턱으로 운전석을 가리켰다.

"제 차 아닌데요?"

"그래서?"

건조하게 묻는 영진의 말에 하나가 열었던 문을 닫고 돌아섰다.

"당연히 운전은 제가 해야죠. 팀장님 차라고 팀장님께 운전을 시킬 수는 없죠."

올 때는 기철이 운전하는 차를 타고 왔었다. 기철과 종석이 같이 움직이고 있어서 서로 돌아가려면 영진의 차를 얻어 타는 수밖에 없었다. 좀 편하게 갈까 싶어서 자연스럽게 보조석으로 간 것인데 영진에게 딱 걸렸다.

툴툴거리며 자신의 옆을 지나 운전석으로 가는 하나를 힐끔 보며 영진이 비식이 입가를 끌어 올렸다. 반항기는 다분한데 말은 또 고분고분 잘 듣는다. 그가 하나가 닫았던 보조석 문을 열고 차에 올라탔다.

운전석에 오른 하나가 꽂혀 있던 키를 돌려 시동을 걸었다.
"서로 바로 가면 되죠?"

대답 없이 영진이 시트에 몸을 기대며 눈을 감았다. 그런 영진을 곁눈질로 보곤 하나가 조용히 차를 출발시켰다.

아침나절 보았던 환영 속 피로 얼룩진 처참한 몰골의 여자 얼굴이 어른거렸다. 방금 본 사체와 비슷한 또래의 이십 대 중후반 여자였다. 그녀는 아직 평범한 일상 속에서 살고 있을 것이다. 다가올 죽음의 그림자를 알지 못한 채. 누군가의 죽음을, 그것도 살해당하는 장면을 미리 본다는 건 정말 끔찍한 일이었다.

어쩌면 살인을 막을 수 있을지도 모른다는 희망이 그녀를 이 자리까지 오게 만들었다. 자신이 봤던 환영이 실제로 일어난 것을 뉴스로 접했을 때, 그 두려움과 공포, 절망감은 이루 말할 수 없었다. 아닐 거라고 부정했다. 자신이 본 건 그저 그동안 보았던 수많은 살인 사건이 만들어 낸 환영일 뿐이라고, 절대 같은 것이 아니라고 우겼었다.

하지만, 그 누구보다 하나 자신이 더 잘 알고 있었다. 모든 것이 현실이라는 것을.

왜 이런 개떡 같은 일이 자신에게 일어나고 있는지 신에게 원망도 해 보았다. 빌어먹을 사명감 따위는 개나 줘 버리라고, 난 그저 평범하게 살고 싶다고, 이젠 끔찍한 악몽에서 그만 벗어나고 싶다고 발악 아닌 발악도 해 보았다.

그 모두가 부질없는 짓이라는 걸 깨닫는 데에는 그렇게 오랜 시간이 걸리지 않았다.

하나에게 이런 일이 일어나게 된 건 그날 그 사건 때문임이 틀림없다. 그녀의 아버지를 죽인 범인의 피를 마신 그날 모든 것이 시작되었다.

9년 전, 겨울.

아빠의 뒤를 이어 경찰이 되겠다며 경찰대 시험을 본 하나는 기분 좋게 고사장을 나섰다. 제법 시험을 잘 본 것 같았다. 이대로라면 합격은 문제없겠다고 생각하니 발걸음이 경쾌해졌다. 들뜬 마음으로 하나가 휴대폰을 꺼내 아빠에게 전화를 걸었다.

Rrrr. Rrrr.

신호가 두어 번 가고 이어 전화를 받는 소리가 들렸다.

"아빠, 나."

—…….

톤을 높인 하나가 발랄하게 말했다. 하지만 휴대폰 저쪽에선 아무런 말도 들리지 않았다. 하나가 고개를 갸웃하며 휴대폰을 내려 액정을 확인했다. 단축번호 1번, 오 경갑. 자신의 아빠 전화번호가 분명했다.

"듣고 있어? 아빠?"

—…으, 컥.

고요한 가운데 들리는 작은 소음에 하나의 귀가 쫑긋거렸다. 낮은 신음과 막힌 숨을 토해 내는 것 같은 소리였다. 처음엔 평소에도 하나에게 장난치는 걸 좋아하는 그녀의 아빠가 장난을 하고 있는 거라고 생각했다.

"안 속아. 내가 누구 딸인데. 이런 거에 속을 것 같아? 장난 그만하고 전화 제대로 받으시죠? 오 경갑님?"

—…하윽. 안…….

또다시 들리는 신음 소리. 그 사이로 찰나의 순간 스치듯 지나간 웃음소리가 그녀의 귀에 틀어박혔다. 아빠의 것이 아니었다. 다른 누군가가 아빠의 휴대폰을 들고 있는 것 같았다. 그녀의 척추를 타고 순식간에 소름이 돋아났다.

"아빠 아니지?"

—후후.

이번엔 조금 더 선명하게 들린다. 좋지 않은 예감이 스치며 하나의 입술이 바짝 타들어 갔다. 그녀가 뛰기 시작했다. 도로로 나가 미친 듯이 손을 흔들었다. 택시 하나가 그녀의 앞에 다가와 섰다. 급히 문을 열고 차에 오른 하나가 휴대폰을 막고 명운동이라고 행선지를 택시 기사에게 알렸다.

"너 누구야?"

다급하게 묻는 하나의 말에 피식 웃는 소리가 들렸다. 톡톡. 휴대폰을 손톱으로 두드리는 소리를 끝으로 전화가 끊겼다.

"여보세요! 여보세요!"

떨리는 손으로 다시 전화를 걸었지만 받지 않았다. 하나가 이번엔 다른 번호를 눌렀다. 신호가 가는 동안 초조함과 두려움으로 심장이 미친 듯이 뛰어 댔다. 전화를 받는 소리가 들리자마자 하나가 말을 쏟아 냈다.

"삼촌! 아빠가 위험해!"

-뭐?

"내가 전화를 걸었는데 다른 사람이 아빠 휴대폰을 받았어. 신음 소리도 들리는 것 같고. 뭔가 이상해. 누가 아빠를 다치게 한 것 같아. 어쩌지? 우리 아빠 많이 다쳤으면 어쩌지?"

-무슨 소리야. 반장님 댁에 잠깐 들어갔다가 나오신다고 하셨는데. 가신 지 30분도 안 됐어.

영진이 그럴 리 없다는 투로 말했다. 수화기 너머로 들리던 뻐꾸기 시계 소리가 익숙하다고 생각했었다. 집에 있던 시계 소리라고 알아차리는 데에는 그리 오래 걸리지 않았다. 그래서 하나는 택시에 타자

마자 자신의 집인 명운동으로 가 달라고 했다. 아빠와 놈이 집에 있다고 판단해서였다.

"놈이 웃었어. 아빠는 신음하는데 놈이 웃었다고."

두서없이 내뱉는 하나의 말에 영진도 뭔가 이상함을 느꼈는지 그가 차분하게 목소리를 가다듬고 말했다.

-하나야, 일단 집으로 가지 말고 경찰서로 와. 내가 가 볼 테니까. 넌 여기 와서 기다려.

"집 다 왔어. 빨리 와, 삼촌."

-하나야!

전화를 끊은 하나가 지갑째로 기사에게 건네고 택시에서 내렸다. 뒤에서 하나를 부르는 소리가 들렸지만, 그녀는 멈추지 않고 곧장 자신의 집으로 뛰어갔다. 통화 내용으로 보아 심상찮은 일이 일어났음을 직감한 기사가 지갑을 창밖으로 던지고 차를 출발시켰다. 괜한 일에 엮이고 싶지 않아서였다.

문손잡이로 향하는 하나의 손이 파르르 떨렸다. 두려웠다. 자신이 생각하는 일이 정말 집 안에서 벌어졌을까 봐. 아직도 놈이 집 안에 있을까 봐.

하지만 그녀는 용기를 내 문손잡이를 잡아 돌렸다. 아빠가 집 안에 있었다. 전화기 너머로 들리던 숨소리는 너무 나약했다. 마치 곧 숨이 넘어갈 것처럼 위태롭게 들렸다. 아빠를 구해야 했다. 영진이 오기를 기다리기엔 상황이 너무 급박했다.

집 안은 어두웠다.

아직 바깥은 해가 남아 있었다. 하지만 실내는 이른 밤이 찾아온 듯 어두웠다. 밤낮 구분 없이 뛰어다녀야 하는 오 경감이 짧으나마 숙면을 취하기 위해 달아 놓은 암막커튼이 저물어져 가는 해를 가렸다.

"하아."

저도 모르게 낮은 숨을 토해 낸 하나가 닫히는 문소리에 놀라 움찔거렸다. 불을 켤까 잠시 고민했지만 손이 쉽게 움직여지지 않았다. 콧속으로 스며드는 비릿한 피 냄새가 그녀의 몸을 굳게 만들었다. 가만히 귀를 기울였다. 집 안에선 그 어떤 인기척도 들리지 않았다. 잘근 아랫입술을 깨문 하나가 신발을 벗고 집 안으로 들어섰다.

"아빠?"

아직 놈이 집 안에 있을지도 몰랐다. 아니면 하나가 올 것을 알고 도망갔는지도 모른다. 놈이 달아났기를 바라며 하나가 아빠를 부르며 걸음을 옮겼다. 발 아래로 질퍽한 질감이 느껴졌다. 양말을 적시는 액체가 제발 피가 아니기를 바라며 하나가 천천히 고개를 내렸다. 어둠에 익숙해지는 눈으로도 액체의 정체를 알아내기는 어려웠다. 온통 검고 검었다.

오소소 소름이 돋아났다. 기분 나쁜 느낌을 벗어나려 하나가 다시 발을 움직였다. 발끝으로 뭔가가 닿았다. 움찔. 동작을 멈춘 하나가 놀란 숨을 삼켰다. 불안감이 엄습했다. 발에 걸린 둔탁한 질감의 정체가 자신이 생각한 것이 아니기를 바라며 하나가 자세를 낮췄다.

벌벌 떨리는 손으로 발 앞에 있는 것을 더듬었다. 사람이다.

"아…빠?"

철퍽. 바닥에 그대로 주저앉은 하나가 정신없이 앞에 쓰러져 있는 사람을 더듬어 흔들었다. 보지 않아도 알 수 있었다. 죽은 듯 누워 있는 사람이 자신의 아빠인 오 경감이라는 것을.

손이 축축하게 젖어 들었다. 피다. 흥건하게 옷을 물들이고 바닥으로 흘러내린 피가 하나의 손에 묻어났다. 그녀의 손길이 다급해졌다.

"아빠, 괜찮아? 일어나! 아빠!"

"큭."

귓속을 파고드는 섬뜩한 웃음소리에 하나가 동작을 멈췄다. 웃음소리는 그녀의 좌측 귀 바로 옆에서 들렸다. 어느새 다가온 놈이 그녀의 뒤쪽에 바짝 붙어 왼쪽 어깨 너머로 그녀가 하는 것을 지켜보고 있었다.

파르르 떨리던 그녀의 손이 불끈 쥐어졌다. 아빠를 이렇게 만든 놈이었다. 절대 그냥 내버려 둘 수 없었다. 자신의 힘으론 역부족이겠지만, 그래도 영진이 올 때까지 놈을 잡아 둘 수는 있을 것이다. 그녀가 재빨리 손을 올려 놈의 머리를 움켜잡았다.

"하아."

비웃음이 들렸다. 머리카락을 잡으려 했는데 하나의 손에 잡힌 건 놈이 쓰고 있던 모자였다. 하나의 손이 허공에서 허우적거렸다. 그 손을 놈이 잡아 비틀며 그녀의 머리카락을 거머쥐었다.

"헉!"

놈이 하나의 몸을 뒤집어 바닥에 눕혔다. 어둠 속에서 광기를 뿜어내고 있는 놈의 눈이 보였다. 제 몸을 깔고 앉은 놈을 향해 하나가 거칠게 반항하며 발버둥을 쳤다. 다리와 무릎으로 놈을 차려 했지만 쉽지 않았다.

"죽여 버릴 거야."

분노에 치를 떨며 하나가 잇소리를 냈다. 그 입을 놈이 틀어막았다. 얼굴을 흔들며 이로 놈의 손을 물려고 했다. 놈을 물 수는 없었다. 대신 그녀의 입 안으로 놈의 피가 흥건히 들어왔다. 이미 놈의 손에는 상처가 나 있었다. 흉기에 의해 갈라진 손바닥의 상처에서 피가 흘러나와 하나의 입 속으로 떨어졌다. 피의 역함에 구역질이 치밀었다. 뱉고 싶어도 뱉을 수가 없었다.

꿀꺽. 입 안으로 스며든 놈의 피가 하나의 목구멍으로 넘어갔다.

"큭큭큭."

기괴한 놈의 웃음소리가 하나의 귓속을 파고들었다. 놈이 손을 거뒀다. 그와 동시에 하나의 몸을 뒤집었다. 질퍽하게 바닥을 적시고 있던 피가 그녀의 한쪽 뺨에 닿았다. 아빠의 피. 그녀는 악착같이 입을 다물었다. 입술과 얼굴의 반을 적신 피를 먹지 않기 위해서 미친 듯이 몸부림을 쳤다.

"다음에 보자."

놈이 그녀의 얼굴을 꽉 눌렀다. 하나의 귀로 놈이 입술을 내렸다. 음산한 놈의 목소리가 하나의 귓속으로 침범해 들어왔다. 파르르 온몸이 떨려 왔다. 경기를 일으키듯 부들거리는 하나를 비릿하게 내려다보며 놈이 천천히 몸을 일으켰다.

벌떡 놈을 잡기 위해 일어나려던 하나의 머리로 놈의 발이 날아들었다. 놈이 사정없이 그녀의 머리를 걷어찼다.

퍽. 아빠가 쏟아 낸 피 위로 하나가 쓰러졌다. 그를 무감각하게 내려다보던 놈이 터벅터벅 걸음을 옮겼다. 닫히는 문 너머로 요란한 사이렌소리가 들렸다.

하나가 정신을 차린 건 아빠의 장례식이 끝난 3일 후였다. 아무리 토해 내고 토해 내도 사라지지 않는 피의 역겨움에 하나는 한동안 아무것도 먹지 못했다. 이대로 말라 죽어 버릴까 생각하던 하나의 머릿속에 선명하게 살인 장면이 떠오른 것은 정신없이 번화가를 걷던 그녀가 누군가와 부딪힌 순간부터였다.

처음엔 자신이 눈을 뜨고 악몽을 꾸고 있다고 생각했다. 하지만 자신의 머릿속에 떠올랐던 것들을 어느 날 텔레비전 뉴스를 통해 보게 되고, 그 일이 반복되면서 그녀는 자신에게 이상한 일이 일어나고 있음을 알아챘다.

자신에게 주어진 저주라고 생각했다. 아빠를 지키지 못하고 범인을 놓쳐 버린 것에 대한 죗값이라고 여겼다. 그러다 문득 간간이 자신을 찾아 보살피던 영진이 범인을 쫓고 잡는 것을 보며 깨달았다.

살인이 일어날 것을 알고 있다면 범인을 잡는 것도 가능하지 않을까? 미리 살인을 예방할 수 있지 않을까? 누군가의 죽음을 막을 수 있지 않을까 하는 생각이 들었다.

자신에게 일어났던 일이 다른 사람에게는 일어나지 않게 도와주라고, 아빠가 준 능력일지도 모른다고 하나는 생각했다. 뼛속까지 형사였던 아빠는 늘 범행이 일어난 후에 범인을 잡을 수밖에 없는 것을 안타까워했다. 미리 예방할 수 있으면 얼마나 좋을까. 아무도 죽지 않게. 가끔씩 술 한잔을 기울이며 아빠가 하던 말이 떠올랐다.

'내가 할게. 내가 해 볼게.'

그 누구도 억울하게 죽는 일이 없게 자신이 만들어 보겠다고 아빠에게 약속하고 돌아온 날, 하나는 다시 경찰대에 들어갔다. 그리고 누구보다 열심히 범인을 잡았다. 그렇게 노력해 영진의 곁으로 왔다. 그냥 편하게 내근 업무나 하라는 영진의 말을 외면하고 결국은 강력계에 발을 들였다.

그때부터 그는 하나를 꼴통이라고 불렀다. 말도 더럽게 안 듣는다는 게 그 이유였다.

"출발."

잠시 딴생각에 빠져 있던 하나가 영진의 말에 반사적으로 차를 출발시켰다.

"정신 차려."

이어지는 그의 핀잔에 하나가 순순히 고개를 끄덕였다. 운전 중에 한눈을 팔거나 딴생각을 하는 건 나도 죽고 너도 죽이겠다는 거나 마찬가지였다. 이왕이면 너도 살고 나도 살게 운전 중에는 정신을 바짝 차려야 했다.

"팀장님."

정면을 주시한 채 하나가 그를 불렀다. 영진이 할 말 있으면

해 보라는 듯 그녀를 비스듬히 돌아봤다. 그를 보지 않고 하나가 핸들을 잡지 않은 손을 내밀었다. 그 손을 힐끔 내려다보다 시선을 올려 영진이 그녀의 옆얼굴을 직시했다.

"뭐야."

"손이요."

"뭐?"

"손 좀 줘 보세요."

당돌한 하나의 말에 영진의 미간이 찌푸려졌다. 어디서 팀장을 개 취급이냐 버럭거릴 만도 한데 영진이 미심쩍은 눈빛을 하고서도 제 손을 그녀의 손바닥 위에 사뿐히 걸쳐 놓았다. 어디 뭘 하려고 그러나 한번 보자는 생각에서였다.

영진의 손목을 덥석 붙잡은 하나가 그 손을 제 머리 위에 척하니 올려놓았다. 영진의 눈에 의아함이 담겼다. 그의 손이 하나에 의해 앞뒤로 움직였다. 마치 머리를 쓰다듬는 것 같은 형태가 되었다. 이건 또 무슨 엉뚱한 짓인가 싶어 영진이 묘한 시선으로 하나의 얼굴을 빤히 쳐다봤다.

때마침 신호를 받은 차가 멈춰 섰다.

"지금 이게 뭐 하는 거지?"

"셀프 칭찬이요."

"남의 손 빌려서?"

"나의 대견함을 남이 알아준다는 게 중요 포인트거든요."

"그 대견함을 아직 난 모르는 것 같은데."

칭찬을 들을 만한 대견함이 뭔지 그가 물었다. 영 미덥지 못한 시선으로 하나를 바라보면서. 그녀가 차를 출발시키며 싱긋 웃었다. 그 입술로 영진의 시선이 내려갔다.
"참 잘 살고 있다, 뭐 그런 거죠."
 하나를 바라보는 영진의 눈빛이 짙어졌다. 그를 아는지 하나가 머쓱함을 담아 어깨를 으쓱거렸다. 아직 머리 위에 머물러 있던 영진의 손이 톡톡 가볍게 움직였다. 이번에는 셀프 칭찬이 아닌 영진의 마음이 담긴 작은 위로였다.
"웬일로 윤기가 나네."
 단순한 위로임에도 이런 것에 익숙하지 않은 영진은 영 어색했다. 그래서 그가 괜스레 말을 돌렸다. 반짝거리는 하나의 머리카락을 보며 지나는 투로 말했다.
 하나가 혀를 내밀어 제 입술을 핥았다. 그건 뭔가 좋지 않은 징후였다. 불길한 예감에 영진의 미간이 좁아지는 순간 그녀가 볼을 긁적이며 툭 내뱉었다.
"그래요? 신기하네. 이틀이나 안 감았는데 윤기가 다 나고."
 혼잣말처럼 끝맺은 하나의 말에 영진의 손이 움찔거렸다. 그가 슬그머니 그녀의 머리에서 손을 거둬 냈다. 영진이 손을 바지에 문지르는 걸 보며 하나가 히죽 웃었다. 그 말을 또 곧이곧대로 믿는 영진이 하나는 재밌었다.
"적당히 까불고."
"네."

그리고 그는 눈치도 빨랐다. 우측 얼굴을 날카롭게 파고드는 그의 눈빛에 하나가 냉큼 웃음을 지웠다. 경찰서 주차장에 차를 세우고 운전석에서 내린 하나가 영진에게 키를 건넸다. 받은 키를 재킷 주머니에 넣으려던 그가 헛손질에 한숨을 내쉬었다.

그와 나란히 보조를 맞춰 걷던 하나가 눈치껏 뒤로 한 발 물러나 걸음을 느릿하게 했다. 영진이 습관처럼 찾는 담배와 키를 넣을 주머니는 재킷에 있었고, 그 재킷은 하나의 실수로 지금 세탁소에 있었다.

"팀장님 먼저 들어가시겠어요? 전 잠깐 화장실 좀."

영진이 걸음을 멈추고 계단 아래에 멈춰 선 그녀를 가늘게 늘인 눈으로 돌아봤다. 나는 지금 네가 무슨 생각을 하고 있는지 다 안다는 눈빛으로 그가 그녀를 보고 있었다. 마치 범죄자가 돼서 취조를 당하는 기분이 들었다. 그럼에도 불구하고 하나는 모르쇠로 일관하며 태연하게 그의 얼굴을 마주했다. 그가 알아서 하라는 듯 손을 내저으며 돌아섰다. 그의 손에서 흔들리는 차 키를 보며 하나가 쩝 입맛을 다셨다.

"알았어요. 알았다고요. 재킷 찾아오면 되잖아요."

출입문 안쪽으로 사라지는 영진을 눈으로 좇다가 하나가 한숨과 함께 돌아섰다. 경찰서를 나서며 하나가 아침나절 커피를 들고 있던 제 손을 나무라며 찰싹찰싹 때렸다. 점퍼, 슈트 재킷, 코트. 교복도 아니고 뭐라도 걸쳐야지 아니면 불편해 못

사는 영진이었다. 그런 그에게서 재킷을 벗겨 냈으니 하나의 잘못이 컸다. 얼른 그에게 재킷을 돌려줘야겠다고 생각한 하나가 경찰서 옆 세탁소를 찾았다.

"아저씨, 아침에 맡긴 거 다 됐어요?"

세탁소 안으로 폴짝 뛰어들며 하나가 물었다. 세탁소 주인이 턱으로 뒤쪽 행거를 가리켰다.

"저기."

행거 맨 앞쪽에 걸린 영진의 재킷을 확인한 하나의 얼굴이 금방 환해졌다. 재킷을 덥석 붙잡고 싱글거리는 하나의 뒤로 세탁소 주인의 목소리가 들렸다.

"긴급으로 했으니까 드라이비 더블인 거 알지?"

그랬다. 아침에 재킷을 맡기면서 분명 하나가 더블을 외쳤다. 그러니 급하게 재킷 먼저 드라이해 달라고 억지로 떠맡겼었다.

"와아, 아저씨는 어쩜 그렇게 기억력이 좋아요? 어째 세월을 역행하는 거 같아."

주머니에서 돈을 꺼내며 하나가 너스레를 떨었다. 오십 중반의 세탁소 주인이 피식 웃었다. 주인 김 씨가 하나를 본 게 벌써 20년이 넘었다. 하나는 초등학생일 때부터 형사인 아빠를 만나기 위해 경찰서를 자주 들락거렸다. 그러면서 자연스레 빨랫감을 들고 세탁소도 찾곤 했다. 자세한 이야기는 듣지 못했지만, 하나가 어릴 때 엄마가 사고로 죽고 아빠와 단둘이 살고 있다고 했었다. 그래서 바쁜 아빠를 대신해 집안일은 대부분 하나의 몫으로 남겨졌다.

"단골 할인 들먹일 생각 마. 급하다고 더블 외친 건 너니까."

씨알도 안 먹힐 거라고 미리 철벽을 치는 김 씨를 보며 하나가 입맛을 다셨다. 기본 드라이클리닝비에 두 배를 내밀자 김 씨가 냉큼 낚아챘다. 당연히 줘야 할 돈이었다. 하나는 그에 대한 미련을 깔끔히 지워 냈다. 이러니저러니 해도 결국은 모두가 자신의 실수에서 비롯된 것이다.

"스피드 드라이 땡큐."

재킷을 챙겨 들고 세탁소를 나서며 하나가 엄지를 척 들어 보였다.

"잠깐."

돌아보는 하나의 앞으로 불쑥 검은 비닐이 나타났다. 하나가 비닐과 김 씨를 번갈아 보며 이게 뭐냐고 눈으로 물었다.

"몰러. 마누라가 주라네. 안 가져가면 나만 혼나니까 챙겨가."

"오호, 먹을 건가 봐요?"

"냉장고에 넣어 놓고 잘 챙겨 먹어."

"뭔지도 모른다면서 냉장고에 넣어야 되는 건 어떻게 아는고?"

장난스런 하나의 말에 김 씨가 이맛살을 찌푸렸다. 꼬장꼬장한 노인네처럼 보이는 인상의 김 씨는 보기와 달리 잔정이 많았다. 그의 아내 또한 후덕한 몸매만큼이나 인심도 마음도 넉넉했다. 그들은 어린 하나가 경찰서를 쫓아다니면서부터 그녀를 살뜰히 보살펴 주었다. 혼자 된 이후엔 간간이 반찬도 챙겨 주고 무심한 척 밥은 챙겨 먹고 다니냐며 안부를 묻곤 했다.

그들이 하나는 무척 소중하고 고마웠다.

"만날 주는 거 똑같겠지. 줘도 난리야."

"난리는 무슨, 고맙다는 말이죠. 아줌마한테도 잘 먹겠다고 전해 주세요."

"가. 일하는 데 성가시게 쫑알거리지 말고."

"가는 사람 붙잡은 게 누군데?"

"뭐야?"

"쿡. 갑니다. 돈 많이 벌어서 부자 되십시오."

하나가 오버하며 허리를 깊이 숙여 인사를 하고 돌아섰다. 그 모습을 김 씨가 눈을 가늘게 늘이고 흘겨보다 피식 웃었다. 무뚝뚝한 자신을 대하는 게 꽤 능숙해졌다. 보통의 넉살은 아니었다. 그러니 그 험난하다는 강력계에서 잘 버티고 있는 게 아닐까. 그렇게 끔찍한 일을 겪고도 말이다.

"에휴."

긴 한숨을 내쉬며 김 씨가 다시 다림질을 시작했다. 생각하면 마음만 아프니 그저 잘 지내는 지금의 모습만 담아 두는 게 나았다. 아무 일도 없었다는 듯 저렇게 밝게 행동하는 하나를 봐서라도 그게 좋은 것 같았다.

사무실로 돌아온 하나가 영진에게 재킷을 공손히 내밀었다.

"재킷 대령이요."

"걸어 놔."

영진이 보지도 않고 말했다. 그의 뒤쪽 옷걸이를 돌아본 하나가 고개를 끄덕이며 얌전히 재킷을 걸어 두었다. 돌아서던 그녀의 휴대폰이 주머니 속에서 울어 댔다. 하나가 전화를 받으며 자신의 자리로 걸어갔다.

"네. 오하나입니다."

-의뢰하신 변사체의 신원 확인 결과가 나왔습니다.

"아, 그럼 제 휴대폰으로 전송 좀 해 주시겠어요?"

-네. 지금 바로 보내 드리겠습니다.

"네. 감사합니다."

전화를 끊고 얼마 안 돼 사진이 첨부된 문자가 왔다. 문자를 확인한 하나가 다시 자리에서 일어났다.

"팀장님, 피해자 신원 확인됐습니다."

생각보다 결과가 늦게 나왔다. 신분을 증명할 만한 물건이 없어 부검실로 옮긴 이후에 지문 감식을 진행하는 과정에서 다소 시간이 걸린 듯했다. 수첩을 챙겨 자리를 벗어나는 하나를 보며 영진도 일어나 재킷을 걷어 걸쳤다.

"같이 가시게요?"

입구로 다가오는 영진을 보며 하나가 물었다. 그가 하나의 곁을 스치며 말했다.

"꼴통 뭘 믿고 혼자 보내."

성큼성큼 앞서 걷는 영진의 등을 흘기며 하나가 입을 삐죽 내밀었다.

"그놈의 꼴통 소린 빠질 때가 없지."

툴툴거리는 하나를 복도 끝에서 영진이 돌아봤다. 그가 검지를 까닥거렸다. 입 넣고 빨리 튀어 오란 소리였다.

"예예. 갑니다, 가요."

불퉁하던 하나의 입이 금방 원래의 모습으로 돌아갔다. 출입구 밖으로 나온 영진이 옆에 나란히 선 하나를 힐끔 쳐다보곤 주머니에 손을 넣었다.

"또 제가 해요?"

그가 말없이 꺼내 든 차 키를 들어 올렸다. 그러곤 키를 잡고 있던 손을 놓았다. 반사적으로 손바닥을 펼친 하나가 키를 받아 들고 작게 나이스 캐치라고 중얼거렸다. 그러다 키를 받아 낸 것에 좋아 웃고 있는 자신을 깨닫곤 그를 얄밉게 흘겨본다. 하나의 모습을 보며 엷게 웃고 있던 영진의 입술에서 순간 언제 그랬냐는 듯 웃음이 말끔히 사라졌다.

"가지."

무뚝뚝함이 트레이드마크인 것처럼 영진이 포커페이스로 자신의 차가 있는 곳을 향해 걸어갔다. 그런 영진을 물끄러미 바라보던 하나가 차 키를 가만히 그러쥐었다.

"대체 날 뭘 믿고 운전대를 맡기시나? 이게 내 손에 자기 명줄 쥐여 준 거라는 걸 아나 몰라."

피식 웃으며 하나가 허공으로 차 키를 훌쩍 던졌다가 가볍게 받아 냈다. 가까이 다가온 하나를 향해 영진이 불만스레 말했다.

"굼떠."

"굼벵이 따라서 그래요."

능청스레 받아치고는 차 문을 열고 운전석에 올라타는 하나를 보며 영진이 고개를 절레절레 흔들었다. 그런 그의 입가에 잠시 엷은 미소가 머물다가 사라졌다. 그가 보조석에 올라 안전벨트를 매는 동안 하나가 내비게이션에 주소를 입력했다.

"듣지도 않을 거면서 뭐하러."

"무한 경쟁 사회잖아요."

그게 무슨 말이냐 눈으로 묻는 영진을 향해 하나가 아무렇지 않게 답했다.

"얘가 이기나 내가 이기나 보려는 거죠. 첨단 기술의 승리인가, 지리에 밝은 인간의 승리인가."

점점 찌푸려지는 영진의 미간을 모른 척 외면하며 하나가 차를 출발시켰다. 영진이 한숨을 내쉬며 이마를 짚었다. 이 철딱서니를 어쩌면 좋을까. 그의 마음이 고스란히 행동과 표정에 드러나고 있었다.

한참 도로를 달리다 무거운 침묵을 깨고 하나가 입을 열었다.

"철들면……."

어쩐 일로 자신의 생각을 잘 읽어 냈나 싶어 영진이 그녀를 빤히 돌아봤다.

"무거워요."

사뭇 진지한 표정으로 내뱉은 그녀의 말에 영진이 굳은 듯 동작을 멈췄다. 좀 전보다 더 무거운 침묵이 흘렀다. 뭔가 이상함을 느낀 하나가 이게 아닌데 하는 표정으로 이마를 긁적였다. 영진이 천천히 고개를 돌려 창밖을 응시했다.

영진도 쓰지 않는 저런 허접한 아재 개그를 대체 누가 가르쳤는지. 알아내면 절대 가만두지 않겠다고 그는 마음속으로 다짐했다.

그의 두 주먹이 불끈 쥐어지는 것을 곁눈질로 보며 하나가 마른침을 삼켰다. 이상했다. 분명 다른 곳에서는 재미있다고 웃어 주었었다. 어릴 때부터 경찰서를 들락거리며 아버지 또래의 어른들과 어울렸던 하나였다. 그때 듣고 배운 것이 지금 시대에 먹혀들 리 없었다. 분위기 좀 바꿔 보려다가 더 망쳐 버린 것 같아 하나가 아쉬움의 입맛을 다셨다.

하나가 생각하기로 영진은 유머라고는 눈곱만큼도 없는 사람이었다. 지나치게 무미건조해서 대체 무슨 재미로 세상을 사는지 걱정스러울 정도였다.

국과수로 들어선 하나의 표정이 다소 무거워졌다. 시동을 끄고 깊게 숨을 들이켠 후에 그녀가 벨트를 풀었다. 차 문을 열고 내리는 하나를 먼저 내린 영진이 무심하게 바라보았다. 조금 전과는 전혀 다른 모습으로 그녀가 눈앞의 국과수 건물을 향해 발을 내디뎠다. 그런 하나의 뒤를 영진이 말없이 따랐다.

"안녕하세요."

부검실로 들어서며 하나가 기다리고 있던 검시관에게 인사를 건넸다. 최종언 법의관이 하나를 알아보고 미소를 띠어 보였다.

"오셨어요."

"가족들에게 연락은 됐나요?"

하나의 질문에 최종언 법의관이 시계를 확인했다.

"아마 30분 내로 도착할 거예요."

"네."

잠깐의 틈을 두고 들어선 영진과 최종언 법의관이 눈인사를 주고받는 사이 하나가 부검대 위에 눕혀져 있는 사체 앞으로 다가갔다. 새하얀 천이 머리끝까지 덮여 있는 사체를 하나가 가만히 내려다보았다. 얼마 전까지도 보통의 사람들처럼 살아 숨 쉬던 여자였다. 어떠한 이유로 이런 끔찍한 일을 당한 것인지, 누가 그녀를 이렇게 만든 것인지 알아내는 것이 이제부터 그녀가 할 일이었다.

법으로 내릴 수 있는 최고의 형량은 고작 무기징역이다. 고작.

여자는 죄 없이 죽었는데 정작 여자를 죽인 죄인은 제 수명이 다하는 그날까지 사는 것이다. 사회와 교도소라는 장소만 달리질 뿐 놈은 결국은 살아간다. 남의 생명을 잔악하게 빼앗고도 말이다.
"내가 범인 꼭 잡아 줄게요."
 그녀가 할 수 있는 최선의 위로 또한 고작 이게 다였다. 범인을 잡아 법정에 세우는 것. 가족들의 확인이 끝난 후에 부검이 시작된다. 죽은 자의 몸 위로 메스가 닿게 되는 것이다. 평범한 죽음이었다면 겪지 않아도 될 일이었다. 하나가 착잡한 마음으로 사체를 내려다보며 새하얀 천의 일부를 손끝으로 쓸었다.

2

당신만은 내 곁에 남아 살아 줄래요

Finish

한다연, 27세.

하나보다도 어린 나이였다. 아직 살아갈 날이 많은 젊고 아름다운 여자였다. 수많은 죽음을 보았고, 끔찍한 사체를 마주한 적도 많았다. 하지만 그렇다고 한들 아무리 무던해지려 해도 그게 마음처럼 쉽지가 않았다. 하긴 누군들 마음이 편할까.

하나가 법의관과 대화를 나누고 있는 영진을 돌아보았다. 그녀가 보아 온 그 오랜 세월 동안 영진 또한 그러했다. 항상 죽은 자를 마주할 때 그는 진심으로 마음 아파했다. 그가 피우는 담배는 그들을 위해 피우는 향불과 같았다. 아마 그게 그가 담배를 끊지 못하는 이유가 아닐까 싶다.

"새로운 사실 알게 되면 알려 주세요."

"네."

 이야기를 마친 영진이 하나를 돌아봤다. 둘의 시선이 허공에서 맞물렸다. 그가 턱으로 문을 가리켰다. 밖에 나가 있자는 의미였다. 하나가 고개를 끄덕이며 걸음을 옮겼다. 법의관과 묵례를 하고 돌아선 영진이 먼저 다가가 문을 열었다. 문을 붙잡은 채 그가 하나가 나오기를 기다렸다.

 그가 열어 준 문을 통해 밖으로 나온 하나가 깊은 한숨을 내쉬었다. 나란히 보조를 맞춰 걷던 그가 건물 밖으로 나오자 한쪽 벽에 기대서며 주머니에 손을 넣었다. 담배를 찾는 모양이다. 담배를 찾아 꺼내 물던 영진이 하나의 시선을 느꼈는지 그녀를 돌아봤다.

"여기 자판기가 어디 있더라?"

 담배를 문 채로 자신을 바라보고 있는 영진에게서 시선을 돌린 하나가 바지 주머니에 손을 찔러 넣고 그를 등지고 돌아섰다. 이쯤 자리를 피해 줘야 할 것 같았다. 자판기가 있는 곳으로 어슬렁어슬렁 걸어가는 하나를 영진이 건조하게 바라보았다.

 그가 물고 있던 담배를 빼내 바로 옆 휴지통에 버렸다. 그러곤 하나가 서 있는 자판기 쪽으로 걸음을 옮겼다.

 동전을 넣고 밀크커피를 누른 하나가 무심코 옆을 돌아보다 흠칫 놀랐다.

"엄마야!"

영진이 바로 옆에 바짝 붙어서 있었다. 놀라 눈을 부릅뜬 하나를 시큰둥하게 쳐다보곤 영진이 그녀 앞으로 쓱 몸을 기울였다. 그 때문에 그의 얼굴이 하나의 얼굴 가까이 내려왔다. 그리고 조금 그의 몸이 기울어졌고 달각 하고 배출구 문이 열리는 소리가 났다.

"잘 마실게."

하나가 뽑은 밀크커피가 그의 손에 들려 그의 입술로 향했다. 종이컵에 입술을 대고 기울이며 영진이 하나를 직시했다. 멍하니 자신을 바라보는 그의 눈을 마주 보다가 하나가 번뜩 정신을 차렸다.

"아, 진짜 벼룩의 간을 빼먹지. 월급도 쥐꼬리만큼밖에 안 되고만. 그걸 삥 뜯어요?"

"형사라는 놈이 말하는 거 봐라."

"뭐요. 형사는 말 좀 삐딱하게 하면 안 되나?"

영진이 입술에 묻은 커피의 잔해를 무심히 혀로 쓸어 내며 하나를 보았다. 저도 모르게 꿀꺽 마른침을 삼킨 하나가 도도한 눈빛을 지우지 않은 채 그를 마주했다. 모두가 알아도 영진만은 절대 모를 그를 향한 마음을 숨긴 채 하나가 눈을 가늘게 늘였다.

툭.

언제 동전을 꺼냈는지 그가 투입구를 보지도 않고 동전을 넣었다. 동전이 굴러 들어가는 소리와 이어 버튼에 불이 켜졌다.

톡톡.

이번엔 그가 뒤쪽 자판기를 손끝으로 두드렸다. 마시고 싶은 걸 누르라는 뜻이었다. 영진을 보며 하나가 주섬주섬 손을 올려 밀크커피를 눌렀다. 컵이 안착하고 쪼르르 커피 원액이 흘러내렸다.

"하나, 네 간은 벼룩보다 크다."

그가 하나가 한 말의 오류를 짚어 나갔다.

"둘, 네 월급은 절대 쥐꼬리만 하지 않다. 목숨과 안전을 지켜 달라고 국민들이 네게 주는 돈이니까."

하나의 미간이 좁아지는 것을 보며 그가 검지를 뻗었다. 쓱쓱 하나의 눈썹 사이를 다림질하듯 검지로 문지른 영진이 멍하니 자신을 바라보고 있는 하나의 손에 종이컵을 고이 쥐여 주었다.

"쓰레기통은 저쪽."

고갯짓으로 출입구 옆에 있는 쓰레기통을 가리키며 영진이 말했다. 버리고 오란 소리였다. 짧게 입맛을 다신 하나가 군소리 없이 종이컵을 들고 쓰레기통이 있는 곳으로 걸음을 옮겼다. 그런 하나를 보며 영진이 소리 없이 웃었다.

"쓰레기통이 왜 이렇게 멀리 있는 거야?"

보통은 자판기 옆에 있어야 할 쓰레기통이 너무 멀리 있다고 투덜거리며 하나가 종이컵을 버렸다. 그런 그녀의 입가에 엷은 미소가 머물러 있었다.

"훈계를 왜 저렇게 멋있게 해. 또 반하게."

속삭이듯 중얼거린 말은 영진이 들을 수 없는 하나의 혼잣말이었다. 싱글거리며 돌아선 하나의 눈에 종이컵을 꺼내는 영진의 모습이 잡혔다. 그녀의 눈이 커지고 발이 빨라졌다.

"스톱! 그건 제 거예요!"

다급하게 달려오는 하나를 보고 영진이 종이컵을 든 손을 슬쩍 뒤로 물렸다. 브레이크를 걸지 못하고 달리던 속도 그대로 하나가 영진에게 부딪쳤다. 팔은 그의 몸을 지나 등 뒤로 뻗어 나갔고 상체는 맞붙었다. 충돌의 충격으로 둘의 몸이 살짝 흔들렸지만, 영진이 버티고 선 덕분에 넘어지지는 않았다.

다만, 그가 들고 있던 종이컵에서 커피가 출렁거리며 넘쳐 그의 손을 적시고 소매 끝을 물들였다. 그것을 보고 하나가 움찔하며 눈을 깜빡거렸다.

"어."

하나에게서 한 걸음 물러서며 영진이 덤덤하게 말했다.

"누가 마신데?"

그가 종이컵을 하나에게 건넸다. 얼떨결에 종이컵을 받아 든 하나가 안을 봤다. 커피의 반이 비어 있었다. 그 반의 잔해가 남아 있는 영진의 손으로 하나가 시선을 옮겼다. 그가 무심하게 손을 탈탈 털고 있었다. 이번엔 재킷은 물론 셔츠까지 더럽혀 놓고 말았다. 좌절로 물들어 가는 하나의 얼굴을 보고 영진이 웃으며 고개를 설레설레 흔들었다.

"괜찮아. 이 정돈 그냥 집에 가서 빨면 돼."

"아, 그게."

그래도 미안함이 가시지 않은 하나가 잘근 아랫입술을 깨물었다. 설마하니, 그가 정말 뽑아 준 커피까지 마시려고 했을까. 그냥 종이컵을 꺼내 준 것뿐일 텐데 하는 뒤늦은 후회가 밀려왔다.

'이놈의 급한 성질머리를 확 뜯어 고치든지 해야지.'

걱정스럽게 영진의 젖은 소매를 보고 있던 하나가 아침나절 샀던 물티슈를 떠올리곤 주머니를 뒤졌다.

"여기, 이걸로 닦으세요."

"어. 고마워."

하나가 뽑아 준 물티슈를 받아 든 영진이 소매 부위를 닦아 냈다. 물티슈로 지워 내지 못한 얼룩이 그대로 남아 있었다.

"그렇게 말고 좀 더 꾹꾹 눌러서……."

그놈의 급한 성질이 또 발동되고 말았다. 하나가 물티슈를 들고 있는 그의 손을 덥석 붙잡고 직접 셔츠 위에 꾹꾹 눌렀다. 영진이 그런 하나를 내려다봤고 그 시선을 느낀 하나가 움찔거리며 동작을 멈췄다. 그녀가 천천히 고개를 들어 그를 올려다보았다.

꿀꺽. 마른침이 하나의 목으로 넘어갔다. 자신의 손바닥으로 전해지는 온기는 영진의 것이었다. 그 손을 잡은 건 자신이었다. 단순히 답답함에 행동부터 먼저 나가 그런 것인데 어쩐지 분위기가 묘했다.

"그러게 좀 제대로 하시지 그랬어요."

머쓱함에 괜스레 그에게 화살을 돌리며 하나가 슬그머니 손을 거뒀다.

"이게 지금 내가 핀잔을 들을 일인가?"

그가 손을 내리며 물었다.

"아니요. 죄송합니다."

인정은 빠르고 사과는 확실하게. 평소의 신조대로 하나가 즉시 잘못을 시인하며 영진에게 고개를 숙였다.

"그렇다고 옷을 벗으라고 할 수도 없고, 내가 벗길 수도 없고."

혼잣말을 중얼거리던 하나가 그 말을 영진이 듣고 있다는 걸 깨닫고는 손으로 눈을 가렸다. 다행히 아직 고개를 숙이고 있던 터라 그와 눈이 마주치지는 않았다. 제발, 생각은 머리로만 하자고 그녀가 스스로를 탓했다.

"직접 벗길 수 있나?"

불쑥 치고 들어오는 그의 말에 하나가 번쩍 고개를 들었다. 감흥 없는 눈으로 자신을 내려다보는 영진을 향해 그녀가 물었다.

"설마, 농담?"

"그럼 진담일까?"

"아니겠죠."

그럴 리가 없다. 그의 성격상 저런 말을 진심으로 할 리 없었다. 하지만 그의 입가에 보일 듯 말 듯 매달린 미소가 어딘지 모르게 애매모호했다. 의아함을 담은 눈으로 그의 입술 끝을 바라보며 하나가 반쯤 남은 종이컵의 커피를 한입에 털어 넣었다.

"저 이것 좀 버리고 올게요."

그녀가 막 몸을 돌렸을 때 주차장으로 차 한 대가 다급하게 들어섰다.

끼이익. 거친 마찰음을 내며 급정거하는 차를 하나가 걸음을 멈추고 바라보았다. 영진의 시선도 차로 향했다.

"아니야. 아니야. 그럴 리 없어."

차가 멈추기가 무섭게 보조석 문이 열리고 중년의 여자가 내렸다. 고개를 흔들며 부정의 말을 중얼거리는 여자의 넋은 이미 반은 넘게 나가 있었다. 운전석에서 내린 남자의 얼굴도 무척 심각하게 굳어 있었다. 허둥지둥 건물을 향해 달리다시피 다가오는 여자와 그 뒤를 따르는 남자를 하나가 눈으로 좇았다. 그들이 제 앞을 스칠 때 하나의 눈이 감기고 고개가 떨궈졌다.

곧이어 들릴 가슴에 사무치는 통곡의 울음소리를 예견해 그런 것이다. 자신의 앞을 지나간 그들은 아마도 지금 부검실 안에 누워 있는 여자의 가족일 것이다.

"버리고 들어와."

어느새 곁으로 다가온 영진이 그녀의 어깨를 가볍게 두드리고는 먼저 건물 안으로 들어갔다. 눈을 뜬 하나가 그의 뒷모습을 바라보며 숨을 깊이 들이켰다. 성큼성큼 걸어가 종이컵을 버리고 그녀도 곧 그의 뒤를 따랐다.

이제부터 본격적으로 수사에 돌입할 시간이었다. 모두가 잠정적 피의자가 될 수 있었다. 죽은 그녀의 가족들부터 주변인들과 그녀를 스쳐 지나간 모든 사람들까지 수사 대상이 될 것이다. 그러니 감정이 앞서서는 안 된다. 그것을 배제시킨 상태에서 철두철미하게 냉철한 수사를 진행해야만 했다.

"다연아! 네가 왜 여기 누워 있어. 허어윽. 어서 일어나! 일어나라고. 흐흑. 집에 가자, 다연아."

서글픈 울음소리가 복도를 가득 메웠다. 하루에도 수십 번 반복되는 저 울음을 절반, 아니 십분의 일이라도 줄일 수만 있다면 얼마나 좋을까. 언제나 이 복도를 걸어가며 했던 생각을 또다시 떠올리며 영진이 열고 들어간 문으로 하나가 손을 뻗었다.

안으로 들어선 하나가 숨죽이며 영진의 옆으로 다가섰다. 숙연한 자세로 법의관과 영진, 하나가 세상에서 가장 잔인한 조우를 지켜보았다. 가둘 수 없는 슬픔에 몸부림치며 죽은 딸을 부둥켜안고 오열하는 아내를 남편이 겨우겨우 보듬어 떼어 놓았다. 그런 남편의 눈에서도 하염없이 눈물이 흘러내렸다.

'하아.'

하나가 속으로 한숨을 삼켰다. 이 와중에도 매섭게 그들의 행동 하나하나를 의심하며 담아내야 한다는 것이 괴로웠다. 그녀가 습관처럼 등 뒤로 돌린 손을 꽉 그러쥐었다. 섣부른 동정이 중요한 단서를 놓치는 실수를 범하게 된다는 아빠의 말을 되새기며 하나가 이를 악물었다. 부검실을 나선 가족들은 제대로 걷지도 못하고 복도 의자에 주저앉았다.

아직 충격에서 미처 다 헤어 나오지 못한 가족들을 향해 영진이 다가갔다. 하나도 그 뒤를 따랐다.

"서동경찰서 강력 1팀 팀장 최영진입니다."

신분증을 보이며 그가 고개를 숙였다. 안녕하시냐는 인사는 건넬 수 없다. 절대 안녕할 리가 없으니. 하나도 뒤에서 숙연하게 고개를 숙였다.

"어떤 놈입니까? 우리… 다연이 끈."

차마 말을 잇지 못하고 부친이 입술을 꽉 깨물었다. 터져 나오려는 울음을 억지로 집어삼키는 게 눈에 훤히 보였다. 심장을 도려낸들 이보다 더 아플까. 눈물이 차오르는 슬픔 가득한 눈으로 가까스로 감정을 눌러 삼킨 부친이 힘겹게 다시 입을 열었다.

파르르 떨리는 아내의 파리한 손을 꼭 쥔 채였다. 쓰러질 듯 안타까이 버티고 앉은 다연의 모친에게로 하나의 시선이 닿았다. 모친의 눈은 이미 초점을 잃고 허공을 멍하니 응시하고 있었다. 혈색이 좋지 않은 것이 혼절을 하지 않은 게 신기할 정도였다.

"저렇게 만든 놈이."

"조사 중입니다."

"그놈이에요. 그놈이야. 그놈이 틀림없어."

혼미한 정신으로 모친이 중얼거렸다. 영진이 그녀를 돌아봤다. 하나가 무릎을 세우고 그녀 앞에 내려앉았다. 힘없이 축 늘어져 있던 모친의 다른 손을 하나가 부드럽게 감쌌다. 그러곤 최대한 다정하고 조심스럽게 그녀를 불렀다.

"어머니."

하나의 목소리에 모친의 시선이 천천히 움직였다. 하나를 담은 모친의 눈에 그렁그렁 눈물이 맺혔다. 자신의 딸처럼 젊은 여자를 보니 울컥 슬픔이 차올랐다. 그녀의 눈을 지그시 마주 보며 하나가 입을 열었다.

"말해 주세요. 그놈이 어떤 놈인지."

"우리 다연이 쫓아다니던 놈이 있었어요. 싫다는데, 그 미친 놈이 지독하게 쫓아다녔어. 흑."

끝내 울음을 참지 못하고 터트리며 고개를 떨군 모친의 눈물을 하나가 조심스럽게 손으로 쓸어 냈다. 그런 하나를 모친이 가슴 아프게 바라보았다. 둘의 모습을 지켜보던 부친이 한숨을 내쉬며 말을 이었다.

"한 3년 전부터 다연이를 쫓아다닌 놈이 있었어요. 박준상이라고, 고시생이라던가. 그것도 자기 입으로 한 말이니 믿을 수는 없지. 시도 때도 없이 나타나서는 다연이를 마치 제 여자처럼 불러 대고 단속하고. 한번은 억지로 끌고 가려다가 실패했던 적도 있었어요. 신고했더니 주의만 주고 풀어 줬더라고. 그 뒤로 몇 번을 찾아와서 애원하고 협박하고, 그래도 말을 안 들으니 같이 죽자고 난동을 피웠어요. 없는 인맥 있는 인맥 다 끌어다가 겨우 받아 낸 게 접근금지였는데. 이런 일이 일어날 거라고는……."

부모님의 확신도 있었고, 정황상 박준상이라는 사람이 지금 가장 유력한 용의자였다.

"어디에 사는지 혹시 아십니까?"

영진이 수첩과 볼펜을 꺼내 들며 물었다.

"정확한 건 몰라요. 그냥 청운동 고시촌에 있다는 거밖에. 다연이가 워낙 끔찍해서 말 꺼내는 것도 싫어해서요."

"인상착의나 나이는 알고 계신가요?"

"항상 모자를 눌러쓰고 다녀서. 뿔테 안경을 쓰기도 했고. 턱이 각이 졌던가? 나이는 이십 대 중반 정도로 보였어요. 키가 나보다 조금 컸으니까, 177에서 8 정도였던 것 같아요."

"네. 그럼 기억나시는 특징 같은 건 없었나요?"

"그게……."

그런 것까지 떠올릴 정신이 부친에겐 없어 보였다. 지금 짧았다. 모친의 눈은 이미 초점을 잃고 허공을 멍하니 응시하고 있었다. 혈색이 좋지 않은 것이 혼절을 하지 않은 게 신기할 정도였다.

"저렇게 만든 놈이."

"조사 중입니다."

"그놈이에요. 그놈이야. 그놈이 틀림없어."

혼미한 정신으로 모친이 중얼거렸다. 영진이 그녀를 돌아봤다. 하나가 무릎을 세우고 그녀 앞에 내려앉았다. 힘없이 축 늘어져 있던 모친의 다른 손을 하나가 부드럽게 감쌌다. 그러곤 최대한 다정하고 조심스럽게 그녀를 불렀다.

"어머니."

하나의 목소리에 모친의 시선이 천천히 움직였다. 하나를 담은 모친의 눈에 그렁그렁 눈물이 맺혔다. 자신의 딸처럼 젊은 여자를 보니 울컥 슬픔이 차올랐다. 그녀의 눈을 지그시 마주 보며 하나가 입을 열었다.

"말해 주세요. 그놈이 어떤 놈인지."

"우리 다연이 쫓아다니던 놈이 있었어요. 싫다는데, 그 미친놈이 지독하게 쫓아다녔어. 흑."

끝내 울음을 참지 못하고 터트리며 고개를 떨군 모친의 눈물을 하나가 조심스럽게 손으로 쓸어 냈다. 그런 하나를 모친이 가슴 아프게 바라보았다. 둘의 모습을 지켜보던 부친이 한숨을 내쉬며 말을 이었다.

"한 3년 전부터 다연이를 쫓아다닌 놈이 있었어요. 박준상이라고, 고시생이라던가. 그것도 자기 입으로 한 말이니 믿을 수는 없지. 시도 때도 없이 나타나서는 다연이를 마치 제 여자처럼 불러 대고 단속하고. 한번은 억지로 끌고 가려다가 실패했던 적도 있었어요. 신고했더니 주의만 주고 풀어 줬더라고. 그 뒤로 몇 번을 찾아와서 애원하고 협박하고, 그래도 말을 안 들으니 같이 죽자고 난동을 피웠어요. 없는 인맥 있는 인맥 다 끌어다가 겨우 받아 낸 게 접근금지였는데. 이런 일이 일어날 거라고는……."

부모님의 확신도 있었고, 정황상 박준상이라는 사람이 지금 가장 유력한 용의자였다.

"어디에 사는지 혹시 아십니까?"

영진이 수첩과 볼펜을 꺼내 들며 물었다.

"정확한 건 몰라요. 그냥 청운동 고시촌에 있다는 거밖에. 다연이가 워낙 끔찍해서 말 꺼내는 것도 싫어해서요."

"인상착의나 나이는 알고 계신가요?"

"항상 모자를 눌러쓰고 다녀서. 뿔테 안경을 쓰기도 했고. 턱이 각이 졌던가? 나이는 이십 대 중반 정도로 보였어요. 키가 나보다 조금 컸으니까, 177에서 8 정도였던 것 같아요."

"네. 그럼 기억나시는 특징 같은 건 없었나요?"

"그게……."

그런 것까지 떠올릴 정신이 부친에겐 없어 보였다. 지금 짧은 질문에 답하는 것도 힘겨워하는 게 역력했다. 영진이 수첩을 다시 집어넣으며 말했다.

"혹시 생각나시는 게 있으면 이쪽으로 연락 주시겠습니까?"

명함을 꺼내 내밀며 그가 부탁했다. 그것을 받아 든 부친의 고개가 힘없이 끄덕여졌다.

"다시 뵙겠습니다."

몸 건강히 잘 지내시라는 말을 속으로 삼키고 영진이 고개를 숙여 보이며 몸을 돌렸다. 모친의 손을 다독이고 자리에서 일어난 하나가 인사를 하고 돌아섰다. 냉기 가득한 국과수 복도를 걸어 나오는 둘의 발걸음이 무거웠다.

청운동 고시촌 주변을 탐문하며 박준상을 찾는 한편, 범죄 현장 주변의 CCTV까지 모두 조사했다. 용의 선상에 올라 있는 박준상 외에도 또 다른 용의자가 있을지 모른다는 가정하에 증거와 증인을 찾아 나갔다.

한다연의 주변인들을 만나 들어 본 얘기로도 박준상이 예사롭지 않았다. 충분히 범죄를 저지를 동기와 가능성이 있었다. 하지만 조금 더 확실한 증거와 정황이 필요했다.

"가방은 어디로 사라진 걸까?"

한다연은 왜 그토록 필사적으로 가방을 붙잡고 빼앗기지 않으려고 했던 걸까? 정말 단순히 가방을 뺏으려던 강도가 저지른 우발적인 살인이었을까? 아니면, 철저한 계획하에 자행된 박준상의 살인인 걸까?

톡톡. 손에 쥔 볼펜으로 수첩을 두드리며 하나가 골똘히 생각에 잠겼다. 아무리 생각해도 그 가방이 중요한 단서가 될 것 같았다. 돈이 목적이어서 죽였다면 다연의 목과 손에 있던 귀금속도 가져갔어야 했다.

"그런데, 그것들은 죄다 두고 딱 가방만 가져갔단 말이지."

빙글. 의자를 돌린 하나의 시선이 사건에 관련된 상황이 적힌 보드판에 닿았다. 범죄 현장이 고스란히 담긴 사진들과 지금까지의 수사 내용들이 적혀 있는 메모를 주의 깊게 살폈다. 행여나, 자신이 놓친 것이 있지 않을까 하나는 매의 눈으로 하나씩 되짚어 갔다.

현장에 남겨진 것은 오직 피해자의 사체뿐이었다. 1차 장소가 어디인지는 모르지만, 현장에 피해자를 데리고 왔을 때는 이미 등 쪽에 아홉 차례에 걸쳐 칼을 찔러 넣은 뒤였다. 그리고 2차 범행 장소인 현장에서 또다시 피해자의 머리와 배를 찔렀다. 그때 흘린 피가 벽과 바닥에 흩어져 있었고, 방어흔이 피해자의 몸 곳곳에 남겨져 있었다. 하지만 직접적인 사망 원인은 과다 출혈이 아닌 경부 압박에 의한 질식사.

아마 범인은 피해자가 죽었다고 생각해 유기를 목적으로 골목으로 들어선 것일지도 몰랐다. 아니면, 강도 사건으로 보이기 위해 위장하려는 생각으로 그랬거나. 하지만 피해자는 살아 있었고, 놀라 복부를 찔렀음에도 강렬한 저항을 했다. 그에

원하는 것을 얻지 못하자 범인은 피해자의 목을 잡고 벽으로 밀쳤다. 그리고 칼이 아닌 둔기로 머리를 내려쳤다. 아래로 미끄러져 내리는 피해자의 손에서 가방을 빼앗으려 2차 시도를 했지만, 역시 죽을힘을 다해 버티는 바람에 실패. 이번엔 양손으로 목을 조른다. 있는 힘껏. 숨이 끊어질 때까지.

사지에서 힘이 빠지고 숨이 넘어가자 목적했던 가방을 들고, 모든 증거물을 지운 채 사라졌다.

"여기서 의문이 생긴단 말이지. 그 잔혹하고 끔찍한 상황을 아무도 듣지도 보지도 못했다는 게 말이 안 되거든. 주택이 밀집된 그 좁은 골목 안에서 저녁 시간 때에 일어난 사건인데 말이야."

소리를 듣지 못한 이유. 그게 뭘까? 하나의 생각이 깊어졌다. 이미 등을 수차례 찔린 후라 소리를 지를 힘이 남아 있지 않았던 걸까? 범인조차도 죽었다고 판단하고 골목에 사체를 유기하려고 했었으니 그럴 가능성이 컸다.

Rrrrr.

책상 위 전화기가 울렸다. 하나가 보지도 않고 손을 뻗어 수화기를 집어 들었다.

"네. 서동경찰서 강력 1팀입니다."

-찾았다. 박준상.

전화를 건 것은 기철이었다. 하나가 자리를 박차고 일어났다.

"어디예요?"

-청운동. 지금 검거해서 서로 데려가는 길이야. 팀장님께 전해 줘.

"네. 알겠어요."

전화를 끊은 하나가 제 휴대폰을 꺼내 들었다. 단축번호를 누르는 게 더 빠를 것 같아 휴대폰으로 영진에게 전화를 걸었다. 두 번째 신호 뒤에 영진이 전화를 받았다.

-어.

"잡았답니다. 박준상."

-알았어. 나도 지금 들어간다.

"네."

이제 확실한 증거만 있으면 되는데, 그걸 어떻게 찾아야 할지. 잘근 아랫입술을 깨문 하나가 다시 보드판을 응시했다. 가방. 그녀가 끝까지 지키려 했던 그 가방의 행방만 찾으면 될 것 같은데. 과연 어디서 찾을 수 있을까.

예상대로 박준상의 취조는 쉽지 않았다. 자신은 아무것도 모른다며 발뺌했다. 그간의 스토킹을 들먹이자 접근금지 명령을 받은 이후로는 단 한 번도 가까이 간 적이 없다고 했다. 사건이 일어나기 이틀 전 박준상을 다연의 집 근처에서 목격했다는 제보가 있었다. 하지만 놈은 그마저도 우연히 그 근처에서 누군가를 만나기로 약속했을 뿐, 다연이 때문에 간 건 절대 아니라고 했다.

놈을 잡아 둘 수 있는 시간은 그리 길지 않았다. 그 시간 안에 다른 증거를 찾아야만 했다.

박준상이 은거지로 사용했던 청운동 빈집을 하나가 수색했다.

집의 주인은 20년 전에 죽었고, 그때부터 빈 채로 남아 지금의 흉물스러운 폐가의 모습을 하게 되었다.

박준상이 이곳을 알고 숨어 든 이유는 그가 유년 시절을 청운동에서 보냈기 때문일 것이다. 폐가라 사람들이 쉽사리 접근하지 않는다는 걸 알고 몸을 숨겼을 것이다.

"그 정도로 굴릴 머리가 있었단 말이지, 그 와중에."

자신은 아무런 죄가 없다고 말하면서 사건이 일어난 직후 감쪽같이 행적을 감췄다. 그리고 일주일 가까이를 이곳에 숨어 있었다.

"말이 앞뒤가 안 맞는 거지."

집 안 곳곳을 살피며 놈이 물건을 숨겼을 만한 곳을 찾았다. 가방이 그렇게 중요한 물건이었다면 아마 자신의 가까이에 두었을 것이다. 그게 아니라면 증거 인멸을 위해 태웠을 가능성도 적지 않았다.

집 안에서는 아무런 물건도 나오지 않았다.

마당으로 나온 하나의 눈에 곳곳에 쌓여 있는 잡동사니들이 보였다. 오랜 세월 버려져 있었던 이 집의 물건을 비롯해서 누군가 갖다 버린 것들까지 꽤 많은 쓰레기들이 있었다.

"그런데 여기가 좀 이상하단 말이지."

툭. 하나가 발로 쌓여 있는 물건 중 하나를 밀었다. 부러진 상은 우당탕 소리를 내며 바닥으로 굴러떨어졌다. 그 아래 있던 깨진 화분도 다른 물건들도 죄다 마당의 한 부분을 차지하고 있는 다른 쓰레기들과는 달랐다.

"왜 이것들만 먼지가 덜 쌓여 있는 걸까?"

꼭 어디서 따로 가져와 쌓은 것처럼. 하나가 상체를 낮추고 본격적으로 물건들을 거둬 내기 시작했다.

얼마 안 가 뭔가를 묻은 것 같은 흔적이 고스란히 남아 있는 땅이 드러났다. 땀이 송골송골 맺힌 하나의 입가에 엷은 미소가 머물렀다. 그녀가 두 손으로 땅을 파헤쳤다.

"찾았다."

가방은 비닐에 싸인 채로 온전한 모습을 유지하고 있었다. 그것을 꺼내 든 하나가 환한 미소를 지으며 휴대폰을 꺼내 들었다.

"가방 찾았습니다, 팀장님."

-그래. 수고했다.

차로 돌아간 하나가 곧장 준비해 둔 라텍스 장갑을 끼고 사진 촬영과 함께 가방의 내용물을 하나하나 확인했다. 별다를 것 없는 물건들 가운데 하나가 그녀의 눈에 띄었다. 녹음기였다.

"이거구나?"

놈이 가방을 빼앗은 이유가 바로 이것 때문이었다는 걸 직감했다.

녹음기에는 박준상이 다연을 찾아와 애걸하고 협박한 모든 것들이 담겨져 있었다. 그는 그동안 말끝마다 죽이겠다는 폭언은 물론 물건을 집어 던지는 등의 폭력적인 성향도 드러냈다.

그리고 마지막 날, 그녀는 또다시 나타난 박준상을 향해 녹음기의 실체를 알리며 경찰에 신고하겠다고 했다. 자신의 사랑을 믿지 않는 그녀에게 분노한 박준상은 끝내 돌아선 그녀의 등에 칼을 꽂았고, 그녀가 쓰러지자 두려움에 갖다 살인으로 위장해야겠다고 생각했다.

"죽은 줄 알았겠지. 사체만 유기하고 가방에 든 녹음기만 꺼내 가려고 했는데 뜻대로 되지 않았어."

취조실.

박준상과 마주한 하나가 녹음기가 들어 있는 비닐 팩을 들어 보이며 말했다. 녹음기를 보자 박준상의 표정이 어두워졌다.

"아직 살아 있는 피해자를 향해 넌 또다시 흉기를 휘둘렀어. 고작 이 녹음기 하나를 빼앗으려고."

"그년이 우리의 사랑을 더럽혔어."

박준상의 두 눈에 광기가 깃들었다. 이를 뿌드득 갈며 놈이 녹음기를 노려보았다.

"사랑? 그걸 사랑이라고 부를 수 있나?"

취조실로 들어서던 영진이 건조하게 말했다. 그런 영진을 향해 놈이 독기 어린 시선을 보냈다. 그 시선을 덤덤히 받아내며 영진이 하나의 옆에 앉았다.

"내가 얼마나 사랑해 줬는데. 온 마음을 다해서 죽도록 사랑했다고!"

"넌 안 죽었잖아."

"뭐?"

"죽도록 사랑한 게 아니라 사랑이라고 믿는 그 정신병적인 감정 때문에 오히려 상대를 죽이고 말았지. 정말로 사랑했다면, 오히려 네가 상사병이 나서 죽었거나 죽기 직전이었겠지."

"아니야! 우린 정말 사랑했다고!"

발악하는 박준상 앞으로 영진이 사진 하나를 던져 놓았다. 그 사진을 박준상이 일그러진 얼굴로 바라보았다. 언뜻 보아서는 그것이 무엇인지 알 수 없었다. 영진의 시선이 붕대를 감고 있는 박준상의 손에 닿았다.

"피해자가 잔혹하게 당하면서도 비명을 지르지 않은 이유. 널 꼭 잡아 넣고 말겠다는 강인한 의지 때문이었지."

"무슨 소리야."

"피해자의 입을 틀어막았을 때, 아마 넌 손바닥을 깨물렸을 거야. 살점이 떨어져 나갈 만큼 아주 강하게."

영진의 말에 박준상의 미간이 꿈틀거렸다. 영진이 박준상 가까이로 상체를 기울였다. 그의 시린 눈빛이 박준상의 흔들리는 눈동자를 직시했다.

"그 뒤로 넌 아마 피해자의 입에서 그 어떤 신음이나 비명도 듣지 못했을 거야. 왜냐하면, 이로 깨문 네 살점을 죽어 가면서도 지켜 내기 위해서 피해자가 절대 입을 벌리지 않았거든."

박준상의 몸이 파르르 떨렸다. 이어 영진이 내민 것은 박준상과 피해자의 입에서 나온 살점의 DNA가 일치한다는 검사 결과였다.

녹음기가 든 가방은 자신이 죽고 나면 박준상이 빼앗아 갈 것을 알았기에, 피해자 한다연은 놈을 잡을 수 있는 증거를 입속에 간직한 것이다. 영진이 국과수에 간 이유가 그것 때문이었음을 하나는 이제야 알 수 있었다. 녹음기와 함께 그녀가 사수한 것은 박준상을 구속할 결정적인 증거물이 될 것이다.

"구속영장 청구하고 집어넣어."

"네."

경찰들의 손에 인계되어 취조실을 나서는 박준상의 얼굴에선 후회를 찾아볼 수가 없었다. 이 모든 게 다 피해자가 자신의 사랑을 받아 주지 않아서라는 원망만 가득했다.

"평생 깨닫지 못하겠죠?"

"죽어도 모를걸."

끌려가는 박준상의 뒷모습을 보며 영진과 하나가 고개를 저었다. 삐뚤어진 사랑에 대한 망상이 결국은 가엾은 한 젊은 여자의 생명을 앗아 갔다. 벗어나기 위해 얼마나 몸부림쳤을까. 놈의 끔찍한 사랑이 두렵고 무서웠을 것이다. 법에 호소해도 달리 뾰족한 수가 없었을 것이다. 최대한 받을 수 있는 게 고작 접근금지 명령이었겠지. 그마저도 소용없게 되어버렸지만.

"허무해요."

술잔을 기울이며 하나가 한숨을 푹 내쉬었다. 하나가 내려놓은 잔에 기철이 술을 채우며 고개를 끄덕였다. 그 잔을 또 입으로 가져가 단숨에 비우고는 안주 삼아 박준상을 곱씹었다.

"죽어야 하는 건 바로 그런 사이코 새끼들인데, 아까운 생명만 죽어 나가고. 아우! 이놈의 지랄 맞은 법, 어째 좀 안 되나?"

"나도 경찰이지만, 가끔씩 답답할 때 있어."

종석이 하나의 잔을 채우고 같이 잔을 기울이며 말을 거들었다.

"사회적 관념의 문제야. 가족 문제, 연인 문제. 이런 건 다 개인사라고 여기니까."

"망할 놈의 세상."

주거니 받거니 술잔을 기울이는 횟수가 잦아졌다. 뒤늦게 합류한 영진이 테이블에 턱을 괴고 있는 하나를 보고 미간을 살짝 찌푸렸다.

"얼마나 마신 거야?"

영진의 목소리에 하나가 고개를 돌려 그를 응시했다.

"와아, 우리 팀장님이다."

배시시 웃으며 손을 흔드는 폼이 꽤나 취한 듯했다.

"얼마 안 마셨어요. 한, 세 병?"

초점이 흐릿한 눈으로 테이블 위를 훑으며 하나가 말했다. 테이블 위에 올려져 있는 것만 다섯 병이었고, 바닥에 내려져 있는 게 또 그만큼이었다. 인당으로 쳐도 세 병은 넘지 싶었다. 그 세 병에 해롱거리는 걸 보니 오늘 하나의 컨디션이 그다지 좋지 않은 모양이었다. 기분이 나쁜 탓도 있을 것이다.

"적당히 마시지."

"피이, 자기는?"

"뭐?"

하나가 옆자리에 앉는 영진을 새초롬하게 흘겼다. 그런 하나를 돌아보며 영진이 눈썹을 휘었다. 그녀가 갑자기 두 손으로 영진의 몸을 더듬기 시작했다. 영진이 가늘게 눈을 늘이며 하나의 하는 양을 지켜봤다. 찾고자 하는 것이 무엇인지 알아서였다.

아니나 다를까 하나가 그의 재킷 주머니에서 담배를 꺼내 들었다.

"이봐, 이봐. 벌써 반 갑이나 피웠지. 몸 생각해서 적당히 피우라니까, 지독하게 말을 안 들어요."

"야, 골초한테 담배 피우지 말라는 건 죽으라는 거나 마찬가지야."

종석이 딴에는 영진의 편을 들어 한 말이었다. 하지만 가만히 수긍할 하나가 아니었다.

"피우고 암 걸려 죽는 것보다는 그냥 안 피우고 깨끗한 몸으로 죽는 게 골백번 낫거든요."

"이래 죽으나 저래 죽으나."

시큰둥하게 말하며 영진이 하나의 손에서 담배를 낚아채 테이블 위에 올려놓았다. 영진이 하나 앞에 놓여 있던 잔을 들어 입으로 가져갔다.

그런 그를 물끄러미 바라보다 입술에 잔이 닿기 직전 하나가 그의 손을 덮쳤다.

영진이 돌아보자 하나가 입을 삐죽거리며 그의 손에서 제 잔을 뺏어 들었다. 그러곤 냉큼 제 입으로 가져가 단숨에 비워 냈다.

손등으로 입술에 묻은 술의 잔해를 거둬 내는 하나를 그가 덤덤히 바라보았다.

"좋아요. 팀장님은 담배 피워 죽고, 전 술병으로 죽고. 됐죠?"

"에헤이, 그게 왜 또 그렇게 되나."

종석이 술을 부어 연거푸 들이켜는 하나를 만류하며 영진의 눈치를 살폈다.

다른 잔을 찾는 영진에게 기철이 새 잔을 건네며 술을 따라 주었다. 그 술잔을 영진이 말없이 천천히 기울였다.

"적당히 좀 마시자. 내일 출근 안 할 거야?"

종석에 이어 기철까지 하나를 말리고 나섰다. 안 그래도 간단하게 회식 겸 술이나 한잔하자며 고깃집으로 들어왔을 때부터 하나의 기분이 저조했었다. 오늘 술깨나 마시겠구나 싶었는데, 볼일이 있어 늦게 합류한 영진이 오자마자 발동이 아주 제대로 걸렸다.

"내가 어디 나 생각해서 그러나? 자기 몸 좀 챙기라고 그러는 거지. 팀장이면 팀장답게 팀원들보다 솔선수범해서 건강을 생각해야 하는 거 아니냐고."

"팀장님 몸이 우리 중에 제일 좋아. 너나 걱정하셔."

기철의 핀잔에도 하나의 주정은 멈추지 않았다. 하나가 툭툭 영진의 팔뚝을 건드리며 불만을 터트렸다.

"몸이 좋기는 개뿔."

그녀가 더 과감하게 영진의 팔을 조물조물거렸다. 옆에서 보고 있던 종석과 기철이 난색을 표했다.

"이게 다 물렁살이라고요. 힘 빼요. 힘."

혀 꼬부라진 소리는 하지 않았지만 이미 술에 어느 정도 정신이 잠식당하고 있다는 건 그녀의 행동으로 알 수 있었다. 평소에는 할 수 없는 저 과감한 터치와 거침없는 말투로 봐선 술이 아주 많이 취한 듯했다. 저러다 또 그녀의 주사의 끝 레퍼토리가 나오지 싶었다.

"내가 당신을 얼마나 좋아하는지이 당신은 몰라. 너무나 몰라."

나왔다. 시인지 노래인지 잡담인지 알 수 없는 좋아와 몰라가 난무하는 그녀의 레퍼토리 고백 타임이 시작되었다.

"내가, 이 오하나가아 최영진을 오래오래 까마득한 세월을. 하아, 좋아했다는 걸, 너만 모르네."

과감하게 영진의 볼에 검지를 콕콕 찔러 대는 하나의 주정을 차마 보지 못하고 기철과 종석이 고개를 돌려 술잔을 기울였다.

하루 이틀 있는 일도 아닌 듯 당사자인 영진도 하나가 하는 대로 내버려 둔 채 익숙하게 술을 마셨다.

"빈속에 술만 드시지 말고 안주도 좀 드세요."

기철이 술잔만 기울이는 영진이 걱정돼 그의 접시에 고기 한 점을 올려놓았다. 영진이 고개를 끄덕이며 마저 술잔을 비웠다. 그가 술잔을 내려놓고 젓가락을 집어 들었다.

접시에 놓인 고기를 집으려던 영진의 얼굴 앞으로 하나의 얼굴이 드리워졌다. 그녀가 두 손으로 그의 얼굴을 잡고 제 쪽으로 돌린 것이다.

"어어, 저거 가도 너무 간다."

"분리시켜야겠는데요?"

종석과 기철이 사태의 심각성을 깨닫고 막 몸을 일으켜 움직이려던 찰나, 그보다 앞서 하나가 영진을 빤히 들여다보며 코끝이 닿을 거리로 얼굴을 가까이 댔다. 그녀의 눈동자가 촉촉이 젖어 있었다.

"내 마음 들려요?"

그녀가 애절한 목소리로 물었다.

"그래. 들린다, 들려."

"이제 그만 잘 때가 되었다고 말하네. 자자. 우리 막내 얌전히 자라."

기철과 종석이 그녀의 양옆으로 붙어서 영진의 얼굴에 찰싹 달라붙어 있던 손을 떼 내었다. 그와 함께 영진의 볼을 따스하게 감쌌던 온기가 사라졌다. 종석과 기철이 그녀를 바로 옆 테이블로 옮겼다. 테이블 위에 그녀를 엎드리게 하곤 다독다독하며 자라고 주문을 외웠다.

고분이 엎드린 채로 그녀가 영진을 몽롱한 시선으로 바라보았다.

"죽으면 가만 안 둬. 나 혼자 두고 또 가 버리면 절대… 용서 안 해."

스르르 감기는 그녀의 눈에서 눈물 한 방울이 또르르 떨어져 내렸다.

그런 하나를 기철과 종석이 측은하게 바라보았다. 자리로 돌아온 기철과 종석이 말없이 술잔을 채워 입으로 가져갔다.

"자식이 많이 외로운가 보네."

안주 삼아 파절이를 입으로 가져가며 종석이 중얼거렸다.

"소개팅이라도 시켜 줘야 하는 거 아냐? 애인이라도 만들어 주면 좀 나으려나?"

기철의 말에 종석이 반색했다.

"그럴까요? 천방지축 골통이긴 해도 나름 예쁘잖아, 우리 막내."

"예쁘다 뿐이야? 몸매도 저만 하면… 흠, 괜찮은 편이지?"

테이블에 한쪽 볼이 뭉그러진 채 팔다리를 늘어뜨리고 자고 있는 하나를 보며 기철이 볼을 긁적였다. 종석도 그런 하나를 돌아보곤 쩝 하고 입맛을 다셨다.

늘 청바지에 티, 점퍼 차림인 하나를 팀의 막내로만 봤었다. 여자라고 생각하며 보자니 대략난감이었다.

"저런 스타일 좋아하는 남자도 있지 않을까요?"

"요즘은 걸 크러시한 스타일이 또 유행이라고 하니까, 분명 찾아보면 짝이 있을 거예요. 짚신도 짝이 있다는데 설마, 우리 막내한테 맞는 짝이 없을까. 안 그래요?"

"그럼, 그럼."

그러나 하나를 바라보는 둘의 눈에 확신은 없었다.

그들의 대화를 들으며 영진은 묵묵히 제 앞에 놓인 술잔을 내려다보았다. 그가 손끝으로 잔의 테두리를 쓸었다. 투명한 술 위로 자신의 얼굴이 비쳐졌다.

톡. 영진이 손끝으로 잔을 튕기자 술이 가는 파장을 일으키며 비쳐지는 모든 것들을 헝클어 놓았다. 잔을 들어 영진이 목 안으로 술을 넘겼다. 알싸한 알코올이 짙은 고독을 뿜어내며 몸 안으로 스며들었다.

'삼촌, 삼촌은 절대 죽지 마.'

아련하게 들려오는 하나의 슬픈 목소리.

벌써 9년 전의 일이었다. 하나의 아버지이자 영진의 사수였던 오 경감의 장례식이 있던 날, 이제 갓 스무 살이 된 하나가 영진의 손을 꼭 잡고 그렇게 말했었다.

성인의 문턱에 이제 처음 발을 들인 그녀는 오롯이 혼자 세상에 던져졌다. 살인마의 손에 희생된 경찰의 딸이라는 끔찍한 운명의 굴레를 뒤집어쓴 채.

하지만 하나는 그대로 주저앉지 않았다. 반드시 범인을 제 손으로 잡겠다며 꿋꿋이 경찰대를 졸업하고 지금의 자리에 섰다.

'나도 끝까지 죽지 않고 버틸 테니까.'

슬픈 하나의 다짐은 메아리가 되어 여전히 영진의 귓속을 맴돌았다.

고작 7살 차이가 무슨 삼촌이냐고 당돌하게 대들던 것이 엊그제 같은데, 벌써 제법 의젓한 형사가 되어 제 몫을 다하고 있었다. 기특하기도 하고 안쓰럽기도 했다.

술만 마시면 하나는 영진에게 당신 운운하며 내가 당신 좀 좋아하면 안 되냐고 고백 아닌 고백을 해 댔다. 그러다 술이 깨거나, 다음 날이 되면 언제 그랬냐는 듯 아무렇지 않게 행동하곤 했다. 자신이 그런 말을 했다는 기억조차 하지 못하는 듯했다.

취중진담이란 말이 있다. 술김에 하는 말이지만 진실을 담은 말.

아무도 모를 거라 여기고 태연히 영진을 대하지만, 그녀만 모르고 모두가 알고 있는 일이었다. 그녀가 영진을 좋아하고 있다고 이미 여러 번 고백했다는 사실을.

오늘까지 합해서 벌써 서른두 번째 고백을 들었다.

기철과 종석도 처음에는 놀랐지만, 버릇처럼 이어진 그녀의 고백 타임을 이제는 그저 술주정으로 여겼다.

그래서 수많은 에피소드 중 하나로 치부되며 그녀의 고백은 허무하게 잊히곤 했다. 오늘은 아예 그녀가 외로움에 사무쳐 그런다는 결론을 내리고 소개팅 이야기까지 나왔다.

"과연."

잔을 내려놓으며 영진이 혼잣말을 작게 중얼거렸다.
'널 감당할 수 있는 남자가 있을까?'
그의 시선이 하나에게 머물렀다. 곤히 잠든 하나의 얼굴 위로 어두운 그림자가 드리워져 있었다. 평소의 씩씩함은 찾아볼 수 없는 연약하기 그지없는 모습이었다. 보듬어 안아 주고픈.
"그만 일어나지."
"예, 팀장님."
"막내는 저 상태로 택시 태워 보낼 수도 없고. 숙직실에 던져 놓을까요?"
종석이 아직도 널브러져 정신을 못 차리는 하나를 보며 말했다.
영진이 테이블 위 담배를 챙겨 넣다가 하나를 돌아보았다. 곁으로 다가간 종석이 흔들어도 깰 기미가 보이지 않았다. 아주 푹 잠에 빠져든 모양이었다.
"업어야 되나?"
종석이 하나의 팔목을 잡고 이리저리 자세를 잡아 보려 애쓰고 있었다. 그런 종석의 곁으로 영진이 다가가 뒤로 빠지라는 손짓을 해 보였다.
"여긴 나한테 맡기고 두 사람 먼저 들어가 봐."
"혼자 괜찮으시겠어요?"
"집도 알고 택시로 실어다가 던져 놓으면 되니까, 걱정 마."

"예. 그럼 저희 먼저 가 보겠습니다."

영진의 마음이 바뀔까 싶어 서둘러 둘이 가게를 빠져나갔다.

하나를 두고 영진이 먼저 계산대로 가서 계산을 마치고 돌아왔다. 그때까지도 하나는 정신을 차리지 못하고 있었다.

"누가 업어 가도 모를 정도로 술에 취하면 어쩌자는 거야?"

듣지도 못할 핀잔을 하며 영진이 자세를 낮췄다. 그가 하나의 허벅지 아래와 등 쪽으로 손을 넣어 그녀를 안아 들었다. 그러곤 성큼성큼 가게를 나섰다. 축 늘어진 하나의 몸을 제게 기대게 자세를 다시 잡자 그녀가 나른한 숨을 흘려 내며 몸을 뒤척였다. 그러곤 잠결인 듯 본능적으로 그의 목을 끌어안았다.

"생존 본능 하나는 끝내준다, 오하나."

떨어지지 않으려 몸이 흔들리니 붙잡을 수 있는 것을 찾아 팔을 휘감은 것이겠지만, 제 목을 휘감고 얼굴을 목덜미에 기대 뜨거운 숨결을 흘려 내는 하나 때문에 영진은 조금쯤 곤란함을 느꼈다. 목덜미의 촉각이 절로 예민하게 곤두섰다.

"여러모로 사람 곤란하게 만드는 재주가 있어."

깨면 가만두지 않겠다는 말로 영진이 괜스레 신경을 다른 곳으로 돌리려 애썼다.

걸음을 옮길 때마다 그녀의 숨결이 목덜미로 흩어지고, 그 위로 또다시 하나의 입술이 살짝 닿았다가 떨어지기를 반복했다. 그에 의도치 않게 영진의 목덜미가 붉게 물들어 갔다.

하나를 자신의 차 뒷좌석에 태운 영진이 목덜미를 손으로 쓸어 냈다. 하지만 아무리 문질러도 그녀가 남긴 묘한 여운은 가시지를 않았다.

차 문을 닫고 차에 기대선 영진이 습관처럼 담배를 찾았다. 담배 갑에서 담배를 꺼내 입에 물고 라이터로 불을 붙이려던 그가 문득 동작을 멈추고 뒤를 돌아 차 안을 들여다봤다.

쌔근쌔근 곤한 숨을 내쉬는 하나의 얼굴을 가만히 내려다보다 한숨을 푹 내쉬며 그가 담배를 입에서 거둬 냈다. 그가 담배 갑에 다시 담배를 넣어 두고 대신 휴대폰을 꺼내 대리운전을 불렀다.

"목골 식당 앞이요. 네."

5분 정도 걸린다는 대리기사의 말을 끝으로 전화를 끊은 영진은 밤바람을 맞으며 차 밖에 그대로 서 있었다. 적당한 찬 기운을 품은 바람이 그의 머리카락을 살짝 흔들어 놓았다. 얼굴과 목의 열기를 식히기에는 알맞은 정도의 바람이었다.

그가 휘황찬란하게 빛나는 네온사인이 즐비한 거리를 바라보았다.

늦은 시간임에도 불구하고 행인들은 마치 대낮의 거리를 걷는 것처럼 아무 거리낌 없이 거리를 활보하고 있었다. 어제와 다름없는 하루. 그들이 바라는 것은 그리 많은 것이 아닐지도 모른다.

그리고 영진과 하나 또한 그런 일상을 바랐다. 평범하기 그지없는 삶을 살아갈 수 있기를.

하지만 삶은 언제나 그렇듯 심술 같은 변덕을 부린다. 잔잔하던 수면 위에 돌을 던지고, 때론 돌풍이 휘몰아치게 만들기도 한다. 그리하여 삶의 또 다른 잔인한 일면에 망연자실 넋을 놓게 한다. 삶에 마냥 평온한 일상은 없다고 늘 경계하고 조심하라고 일침을 놓는다.

"망할 궤변 따위는 이제 됐으니까, 그만해."

적어도 저 아이에게만큼은 더 시련을 주지 않아도 되지 않느냐고 영진은 어두운 하늘을 올려다보며 시리게 쏘아붙였다.

길을 가다 문득문득 발걸음을 멈추고 파리한 혈색으로 서 있는 하나의 모습을 종종 발견하곤 한다. 공포로 물든 눈과 긴장으로 굳은 얼굴이 그녀가 현실이 아닌 다른 것을 보고 있다는 것을 말해 주곤 했다.

그녀가 본 것이 과거의 끔찍한 기억인지 아니면 전혀 다른 망상인지는 알 길이 없다. 말을 해 주지 않으니까.

그리고 가끔씩 마주한 사건 현장에서 망연자실한 모습으로 넋을 잃고 서 있는 그녀를 볼 때마다 영진은 느꼈다. 그녀가 본 것이 어쩌면 비슷하거나, 혹은 같은 살해 현장이 아니었을까 하고.

과거의 악몽에서 벗어나지 못해 그런 걸지도 모른다는 생각을 했다. 그녀에게 더 많은 정신과 상담이 필요하지 않을까 걱정도 되었지만, 차마 말을 꺼내지는 못했다.

그녀가 아무런 내색을 하지 않고 곧 평소와 다름없는 모습을 보였기에.

그가 저 멀리 자신의 차를 향해 뛰어오고 있는 사내를 보곤 옅은 숨을 천천히 내쉬었다. 그의 짐작대로 사내는 자신이 부른 대리기사였다.

"대리 부르셨죠?"

"네. 여기."

그가 차 키를 건네자 대리기사가 운전석에 올라타 시동을 걸었다. 영진이 보조석 문을 열려다 말고 뒷좌석을 돌아봤다. 가로등과 네온사인이 빛나는 밤거리와 대조적으로 하나가 잠들어 있는 차 안은 무척 고요했다.

홀로 잠들어 있는 하나의 모습이 왜 그렇게 처연해 보였는지, 영진은 저도 모르게 뒷좌석 문을 열고 올라탔다. 그러곤 의자에 불편하게 쓰러져 자고 있는 하나의 머리를 조심히 들어 제 다리 위에 올려놓았다.

"어디로 갈까요?"

"페리얼 오피스텔로 가시죠."

"네. 알겠습니다."

차가 도로 위를 질주하는 동안 영진은 창밖으로 시선을 던지고 있었다. 자신의 다리 위에 얼굴을 기대고 곤히 잠든 하나의 숨결에 빠져들지 않기 위해서였다. 그녀의 헝클어진 머릿결을 쓸어 주고 싶은 욕구가 스멀거리는 손은 팔짱을 껴서 단속했다.

한번 마음을 주기 시작하면 걷잡을 수가 없다. 존경하던 사수의 딸. 자신을 삼촌이라 부르며 따르던 조금은 건방졌던 조카. 그리고 지금 자신이 돌봐야 하는 팀원으로 단지 그렇게만 그녀를 봐야 한다고 영진은 스스로를 단속했다.

왜 그래야 하는지 그 이유를 묻는다면, 글쎄. 그녀에게 흔들리지 않기 위해서?

하나를 여자로 보기 시작하면 모든 것이 끝날 것만 같았다. 단단히 여며 놓은 마음의 빗장이 풀리면 어쩌면 그녀를 제 속에 가두어 두려 하지 않을까. 그 어디에도 가지 못하게 제 곁에 붙들어 놓으려 할 것만 같았다.

가끔씩 불쑥불쑥 튀어나오는 그녀에 대한 소유욕이 영진은 낯설고 두려웠다.

어쩌면 그녀의 부친이 살아 있었다면 한 번쯤은 욕심을 냈을지도 모른다. 하지만 지금은 그럴 수가 없었다. 부모를 모두 잃고 혈혈단신인 자신보다는 가족애가 돈독한 사람에게 가는 것이 그녀를 행복하게 해 줄 수 있는 일이라고 그는 믿었다.

그런 의미에서 적어도 하나는 자신보다는 더 안정적이고 마음이 넓은 사람을 만나야 한다고 생각했다. 그녀의 모든 것들을 다 품어 줄 수 있는 다정다감한 그런 사람 말이다.

그래서 영진은 하나의 취중진담을 늘 못 들은 척 외면해 왔다.

그의 외면에 팀원들도 영진이 하나에게 아무런 마음이 없다고 판단했다. 자신들처럼 그저 막내로만 여기고 있다고 생각했다. 그래서 그 앞에서 아무 거리낌 없이 소개팅 운운했던 것이다.

"도착했습니다."

주차장에 차를 대고 시동을 끄며 대리기사가 말했다. 다른 생각에 빠져 있던 영진이 현실로 돌아오며 재킷에서 지갑을 꺼냈다.

"여기 대리비."

"감사합니다."

차 키를 건네며 운전석에서 내린 대리기사가 주차장을 빠져나갔다.

그를 가만히 지켜보다 영진이 지갑을 챙겨 넣고 시선을 내렸다. 일어날 생각이 전혀 없는 하나를 물끄러미 내려다보던 영진이 손바닥으로 얼굴을 쓸었다. 피곤이 몰려왔다. 머리 아픈 생각은 접고 얼른 하나를 집에 데려다주고 자신도 쉬어야겠다고 생각하며 영진이 하나의 팔을 흔들었다.

"일어나 봐."

"…으응."

일어나기는커녕 하나는 제 팔을 흔들어 대는 영진의 손을 쳐 내며 오히려 그의 다리를 붙잡고 얼굴을 비비적거렸다. 허벅지를 부여잡는 것도 모자라 볼을 비벼 대는 통에 영진의 몸이 긴장해 절로 굳었다. 그녀의 머리와 손이 자꾸만 허벅지 안쪽으로 몰려서 더는 견디지 못하고, 결국 영진이 하나를 자신의 다리에서 억지로 떼어 냈다.

"오하나."

그의 언성이 조금 높아졌다. 하지만 의자에 철퍼덕 소리가 날 정도로 내동댕이쳐지고도 하나는 냠냠 입맛을 다시며 잠에 취해 있었다.

"하아."

깨어날 기미가 없어 보이는 하나를 보고 영진이 짙은 한숨을 토해 냈다. 차라리 종석의 말대로 숙직실에 던져 버릴 걸 그랬나 하는 후회가 밀려왔다.

"집만 가깝지 않았으면 그냥 버리고 오는 건데."

좁아지는 미간을 억지로 펴며 영진이 차에서 내렸다. 그가 반대편으로 자리를 옮겨 문을 열었다.

하나의 몸을 차 밖으로 끌어내느라 또 한 번 힘을 써야 했다. 그녀의 팔을 제 어깨 양쪽에 올리고 등을 내어 주었다. 경찰서와 가까운 곳에 집을 얻으라고 할걸. 괜히 자신의 집 가까이로 이사를 시켰다.

혼자 남은 하나가 고집을 피우며 오 경감이 살해당한 집에 머물려고 했을 때, 영진이 나서 그녀를 집 밖으로 끌어냈다.

그러고는 자신의 오피스텔 바로 아래에 그녀의 거처를 마련했다.

여차하면 달려갈 수 있는 가까운 곳에 자신이 있으니 안심하라는 의미에서 그렇게 한 것인데. 술에 곤드레만드레가 되어 이렇게 사람을 곤란하게 만들 때면 괜히 이웃을 만들었다는 생각이 들곤 했다.

그녀를 업고 건물 안으로 통하는 문을 향해 걸어가며 영진이 고개를 절레절레 흔들었다. 이런 놈을 대체 누가 감당할 수 있을까 하는 생각이 들어서였다.

돌아오는 대답은 나 말곤 아무도 없다는 것이었다. 그 생각에 또 한 번 영진이 쓰게 웃었다.

"나 말고 있을 수도 있지."

자신의 생각을 정정하며 그가 문을 통과해 엘리베이터 앞에 섰다. 하나를 업은 채로 그가 버튼을 눌렀다. 엘리베이터 문이 열리고 안으로 들어서 6층 버튼을 눌렀다.

계기판을 보고 서 있던 그의 목을 하나가 부드럽게 끌어안았다. 그녀의 얼굴이 그의 우측 어깨 위로 내려앉으며 입술이 그의 볼 가까이 자리했다.

"으음, 좋다."

나른한 숨과 함께 흘려 낸 그녀의 속살거림이 영진의 볼에 닿아 간질거렸다. 좋다는 말이 사르르 귓속으로 스며들어 그의 가슴을 물들였다. 영진의 미간이 움찔거렸다.

"자식이 심심하면 좋다고 난리야. 마음이 너무 헤프면 못 써."

그 마음이 오롯이 자신을 향한 것이라는 걸 알기에 영진의 입가에 보일 듯 말 듯 모호한 미소가 머물렀다. 6층에 멈춰 엘리베이터 문이 열리자 언제 그랬냐는 듯 그 미소가 말끔히 사라졌다.

6층에 내려 우측에 있는 집으로 다가선 영진이 익숙하게 그녀의 집 도어 록을 해제시켰다.

열린 문 안으로 들어선 영진이 하나의 신발을 벗겨 내고 집 안으로 발을 들였다. 불이 꺼진 실내는 센서등이 꺼지자 더욱 어두워졌다.

그 어둠을 뚫고 영진이 곧장 하나의 침실로 향했다. 한 치의 망설임도 없이 문을 열고 들어서 그녀를 침대 위에 내려놓았다. 마음 같아서는 정신 좀 차리라고 내동댕이라도 치고 싶었지만, 간신히 충동을 억누르고 얌전히 하나를 눕혔다.

"작작 좀 마셔. 앞으로는 그냥 버리고 올 거니까."

창으로 들어오는 달빛과 네온사인 불빛이 하나의 얼굴을 비쳤다. 그때보다 조금은 컸나? 앳된 얼굴이 채 가시지 않았던 그날의 하나를 떠올리다 영진이 고개를 저었다. 하나는 이제 애가 아니었다. 자기 몫은 거뜬히 해내는 베테랑 형사가 되어 가고 있었다. 그러니 행여나 어찌 되지 않을까 하는 걱정 따위는 접어 둬도 될 것이다. 영진의 생각보다 하나는 강인한 정신력을 지니고 있었다.

"대견한 꼴통이란 건가?"

엷은 미소를 머금은 영진이 가만히 하나의 잠든 얼굴을 내려다보았다. 헝클어진 머리카락이라도 걷어 주려 뻗은 손이 그녀의 얼굴 앞에서 멈칫거렸다. 속눈썹에서 반짝이는 무언가를 본 탓이었다.

'울어?'

그럴 리 없다고 생각은 했지만 이미 그의 손은 물기가 어린 하나의 속눈썹 아래로 뻗어 가고 있었다. 손끝으로 촉촉한 물기가 묻어났다. 더불어 그의 미간이 좁아졌다.

그녀가 끄응 하며 앓는 소리를 내곤 몸을 새우처럼 말았다. 자신을 향해 하나가 몸을 돌리는 바람에 영진이 움찔해 손을 뒤로 뺐지만, 완전히 거두지는 않았다. 그가 손가락에 묻은 물기를 만지작거리다가 낮은 한숨을 내쉬었다.

"…안 돼."

잠길 듯 가느다란 목소리로 하나가 웅얼거렸다. 한껏 구겨진 미간에 고통이 담겼다. 그를 지켜보던 영진이 아랫입술을 잘근 깨물었다.

'아직도 악몽을 꾸는구나.'

잊을 수 없음을 알지만 참 꿋꿋하게 잘 견뎌 냈다고 대견해했었는데, 그동안 아무런 내색을 하지 않기에 이제 괜찮은 거라고 여겼는데. 아니었던 모양이다. 하긴 그게 잊고 싶다고 해서 잊을 수 있는 일은 아니지.

영진이 가만가만 잠든 하나의 머리를 쓰다듬었다. 흐느낌조차 속으로 삼키고 눈물마저도 겉으로 드러내지 않으려 어지간히도 애를 쓰고 있었다. 깊이 잠든 이 순간에도 말이다. 얼마나 노력을 하면 이럴 수 있을까?

입 안이 썼다. 참혹하기 이를 데 없는 그 끔찍한 살인 현장에서 하나를 발견했을 때, 영진은 그녀가 죽은 줄로만 알았다. 온통 피를 뒤집어쓰고 있었고, 입 주변에도 피범벅이었기에 그런 줄 알았었다.

하지만 그녀가 막혔던 숨통을 터트리고 그의 옷깃을 잡으며 짐승처럼 울부짖던 순간을 그는 잊을 수가 없었다.

죽일 거라고, 꼭 찾아서 죽여 버리겠다고 온몸으로 고통스럽게 울부짖던 하나의 처절한 모습이 아직도 생생했다.

그래서였는지도 모른다. 하나가 경찰이 아닌 평범한 인생을 살아갔으면 하고 바랐던 것은.

하나의 머리를 쓰다듬던 손을 작고 부드러운 손이 감싸 붙잡는다. 영진의 시선이 자신의 손을 꼭 붙잡고 있는 하나의 손에 닿았다. 본능적으로 불안함을 떨쳐 낼 무언가를 찾아낸 하나의 얼굴이 좀 전보다는 평온해졌다.

그런 하나를 물끄러미 내려다보며 영진이 다른 손으로 제 입술을 쓸었다. 씁쓸함에 담배 생각이 났지만, 영진은 욕구를 눌러 참았다. 비단 오래오래 자신의 곁에 남아 달라는 하나의 말이 머릿속에 맴돌아서만은 아니라고 영진은 곱씹었다.

"오피스텔은 금연 구역이니까."

변명처럼 그가 나직하게 읊조렸다.

"그나저나, 이러다 날 새겠다. 어이, 꼴통, 손 좀 놓지?"

귀찮은 듯 말하면서 영진은 하나의 손을 떨쳐 내지 않았다. 그가 엄지로 그녀의 손을 가만히 조심스럽게 쓰다듬었다. 영진은 그 손길에 이제 괜찮으니 편히 자라는 위로를 담아냈다.

그렇게 많이 마신 것도 아닌데 머리가 깨질 듯 지끈거렸다. 아마도 기분이 나쁜 상태에서 연거푸 빈속에 술을 들이켜서인 것 같았다.

"아, 해장."

출근길에 경찰서 앞 시원한 콩나물국밥으로 해장이나 해야겠다고 생각하며 하나가 무거운 눈꺼풀을 들어 올렸다. 그러다 손이 뭔가에 눌린 듯 묵직한 느낌에 시선을 그쪽으로 돌렸다. 가물거리는 시선 안으로 크고 선이 굵은 남자의 손이 들어왔다. 제 손과는 확연히 다른 남성미가 느껴지는 손이었다.

'최영진 손이다.'

그녀가 버르장머리 없다는 소리를 들어가며 영진을 삼촌이 아닌 이름으로 불렀던 시절처럼 속으로 그의 이름을 불렀다. 자신의 손이 완전히 다 가려지는 영진의 손이 하나는 참 좋았다. 마음은 그게 아니면서 괜스레 툭툭 그에게 시비를 걸었던 철없던 시절부터 줄곧 하나는 그를 좋아했었다.

"여전히 크고 따뜻하네."

그의 손을 만지작거리며 하나가 중얼거렸다. 자신의 스킨십에 침대에 엎드려 잠이 들었던 영진이 깨어났다는 건 미처 깨닫지 못했다. 영진이 눈을 뜨고 자신의 손을 조물거리고 있는 하나의 손과 그녀를 바라보았다.

피식. 웃음이 났다. 그의 휘파람 소리 같은 웃음소리에 하나의 손이 멈췄다. 그녀가 손에 머물렀던 시선을 옮겨 제가 잡고 있던 손의 팔과 그 주인을 쭉 올려다보았다. 어느새 상체를 일으켜 다른 팔에 턱을 괴고 앉아 자신을 내려 보고 있는 영진과 눈이 딱 마주쳤다.

"어라."

"어라?"

그의 한쪽 눈썹이 비스듬히 치켜 올라갔다.

거기에 담긴 잔소리를 읽으며 하나가 곰곰이 어제의 행적을 되짚어 보았다. 눈동자의 궤적을 따라 또르르 머리 굴리는 소리가 들리는 것 같았다.

잠에서 깬 하나의 얼굴에선 어젯밤 비쳤던 어두운 그림자는 보이지 않았다. 다행이다.

영진이 속으로 안도의 한숨을 내쉬었다. 그런 영진의 속내를 알 리 없는 하나가 쩝 하고 짧게 입맛을 다시며 힐끔 그의 눈치를 살폈다. 예상컨대, 어제 술에 취해 잠든 자신을 영진이 집까지 데리고 왔다가 본의 아니게 붙잡혀 가지 못하고 그대로 잠이 든 것 같았다.

그게 아니고서는 이 상황을 달리 설명할 수가 없었다. 영진의 성격상 아무 이유 없이 여자 혼자 사는 집에 그것도 침실에서 앉은 채로 잠이 들 리 없었다. 그러니 하나의 추측이 거의 백 프로 맞을 것이다.

"이 손은 제가 잡은 거겠죠?"

하나가 여태 잡고 있던 손을 가리키며 물었다. 영진의 눈이 가늘게 내리떠지는 걸 보니 맞는 듯했다. 가지 말라고 바짓가랑이가 아닌 손을 붙잡고 늘어졌던 것이 틀림없다.

잠결에 그런 것이라고 모르쇠로 일관하기에는 때가 늦었다. 이미 깨어나서도 영진의 손을 만지작거렸으니까.

"내가 잡진 않았으니까, 그렇겠지?"

"죄송해요."

사과는 신속하게. 하나가 냉큼 그의 손을 놓고 얌전히 물러났다. 역시 하나의 예상은 적중했다.

"바짓가랑이 붙잡고 늘어지는 추함은 보이지 않아 다행이네요."

농담 삼아 한 말인데 돌아오는 답이 없었다. 설마 하며 하나가 시선을 맞추자 영진이 또다시 눈썹을 한쪽만 추켜올린다. 그것도 했다는 뜻이다.

"와아, 이 진상을 어쩌지?"

두 손으로 제 얼굴을 감싸며 자괴감에 빠져드는 하나를 지그시 내려다보며 영진이 피식 소리 없이 웃었다. 그가 자리를 털고 일어나며 좌절 모드의 하나에게 말했다.

"미안하면 해장국이라도 사든지."

그의 말에 하나가 얼굴을 번쩍 들고 격하게 끄덕여 댔다. 영진이 손목시계를 확인했다.

"정확히 15분 후에 로비에서 기다려."

"15분요?"

"더 지체하면 밥이고 뭐고 없어."

"네. 알았어요."

방향을 틀어 나가려는 영진의 앞으로 하나가 후다닥 지나갔다. 허둥지둥 욕실로 뛰어 들어가는 하나의 모습에 그가 설레설레 고개를 저었다. 침실을 나온 영진이 거실을 지나 전실에 벗어 놓은 신발을 꿰신고 현관문을 나섰다.

간단히 샤워를 하고 옷을 갈아입고 나오려면 그에게도 시간은 촉박했다. 원래 영진은 아침밥을 잘 먹지 않는다. 그가 아침 대용으로 먹는 거라곤 모닝커피가 다였다. 하지만 오늘 아침은 하나의 해장을 위해서 영진도 밥을 먹기로 했다.

이래저래 손이 많이 가는 녀석이었다.

"이모 여기 콩나물국밥 두 그릇이요."

경찰서 앞까지 갈 것도 없이 오피스텔 근처 국밥집으로 향했다. 국밥집으로 들어서 자리에 앉기도 전에 하나가 주문을 했다. 메뉴는 이미 정해져 있었다. 콩나물국밥을 전문으로 하는 집이니 당연히 그것으로 먹을 거라 생각해 아예 영진에게는 묻지도 않았다. 그러다 자리에 앉아 수저를 챙겨 놓으면서 하나가 은근슬쩍 영진에게 물었다.

"콩나물국밥 괜찮으시죠?"

"참 빨리도 묻는다."

"저 먹고 싶은 걸로 아무거나 괜찮다고 하셨잖아요."

뭘 먹고 싶으냐는 하나의 말에 오피스텔을 나서기 전 영진이 아무거나라고 답한 걸 들먹이며 하나가 말했다.

"누가 뭐래?"

툭 던지듯 무심히 내뱉은 영진의 말에 그제야 하나가 배시시 웃었다.

잔 두 개를 나란히 놓고 물을 따라 한 잔을 영진 앞에 내밀었다. 갈증이 일었던지 하나가 물을 단숨에 들이켜곤 다시 또 한 잔을 비워 냈다.

"적당히 마셔."

"아침에 마시는 물은 약이랬어요."

"누가 물 마시는 거 가지고 뭐래?"

"아, 술."

그가 하는 말이 무슨 뜻인지 뒤늦게 깨닫고는 하나가 혀를 날름 내밀었다.

확실히 어제는 기분 탓인지 많이 먹지 않았는데도 금방 취했다. 물론, 그 많이 마시지 않았다는 건 지극히 하나 개인적인 관점에서였다. 적어도 소주 세 병은 혼자 비워 낸 게 분명했다. 보통은 그 정도 마시면 취하기 마련이었다.

"제가 아빠 닮아서 말술이잖아요. 어제만 그런 거지 괜찮아요."

"경감님은 술 자체를 좋아하지 않으셨어."

"아, 그랬나?"

아빠 핑계를 좀 대 볼까 했던 게 괜히 머쓱해 하나가 뒷목을 쓸었다.

"그럼 엄마 닮았나 보죠."

아무렇지 않게 말하며 하나가 때마침 나온 해장국에 환호했다. 눈을 빛내며 숟가락을 들던 하나가 슬쩍 영진을 쳐다봤다. 영진이 손을 휘저으며 먼저 먹으라고 말하자 신나서 국밥에 새우젓을 넣어 휘저었다.

후후 입바람을 불어 가며 맛나게 국밥을 떠먹는 하나를 영진이 지그시 바라보았다. 테이블 위에 두 팔을 올려 그 위에 턱을 괴고 아예 관람 모드로 그녀가 먹는 것을 지켜봤다. 참 맛깔나게도 먹는다. 그 모습을 지켜보는 영진의 입가에 엷은 미소가 떠올랐다.

"안 드세요?"

한창 먹는 것에 열중하던 하나가 숟가락 한 번 들지 않은 영진을 보며 의아해 물었다. 그가 턱을 괴고 있던 손을 내려 수저를 들었다.

"너 먹는 거 보고 괜찮으면 먹으려고 했지."

"왜요? 여기 뭐 이상한 거 들었나 싶어서요?"

"맛없으면 안 먹으려고."

"먹는 것만 보고 맛있는지 없는지 어떻게 알아요? 맛없는데 맛있는 척할 수도 있지."

국밥을 숟가락으로 떠 올리다 말고 영진이 다시 숟가락을 놓았다. 그를 보고 하나가 손을 내저었다.

"아니에요. 진짜 맛있어요. 둘이 먹다 하나 죽어도……."

무심한 듯 뻗어 온 영진의 손이 그녀의 입술에 닿았다가 떨어졌다.

"뭐 묻은 것도 모르고 정신없이 먹는 거 보면 맛있는 거겠지."

그의 손이 닿았던 부위를 제 손으로 만지작거리며 하나가 그를 빤히 응시했다. 그를 모른 척 영진이 국밥을 떠서 제 입으로 가져갔다.

"팀장님."

하나가 진지한 투로 그를 불렀다. 그녀를 보지 않고 영진이 말했다.

"말해."

"저, 팀장님 좋아해도 됩니까?"

"컥."

이건 생각지도 못한 불시의 습격이었다. 영진이 밭은기침을 하며 얼른 물을 마셨다.

입가에 묻은 물기를 손등으로 닦아 내며 그가 미간을 찌푸린 채 하나를 응시했다. 말갛게 자신을 바라보는 하나의 눈을 마주하자 잠시 말문이 막혔다. 하지만 그는 곧 정색하며 평상시의 말투로 단칼에 그녀의 고백을 잘라 냈다.

"아니."

술에 취해 정신이 몽롱해져야만 비로소 내뱉던 고백을 오늘은 맨 정신에 그를 또렷이 바라보며 했다. 왜 갑자기 직진 모드로 작전을 바꿨는지 알 수 없었다. 당황스럽기는 했지만, 그는 냉정하게 그녀의 마음을 차단시키는 데 성공했다.

"아……. 역시, 안 되는구나."

혼잣말처럼 작게 중얼거린 하나가 싱긋이 입가를 끌어 올리곤 다시 밥을 떠 입으로 가져갔다. 마치 아무 일도 없었다는 듯 국밥을 밀어 넣었지만, 맛을 느끼지는 못했다. 아니, 이상하게 그 맛나던 국밥이 썼다.

안다. 매번 술을 핑계 삼아 고백 아닌 고백을 했을 때 그가 답 없이 농담으로 치부하며 넘겨 버렸다는 걸. 기억하지 못하는 게 아니라 기억하고 싶지 않아 모른 척한 것이다.

사실은 두려웠다. 그가 지금처럼 딱 잘라 거절할까 봐.

"괜찮을 줄 알았는데, 아니네."

고개를 푹 숙인 채 중얼거리던 하나가 숟가락을 내려놓았다. 그녀가 억지웃음을 지으며 자리에서 일어났다. 그런 하나를 영진이 감정을 싣지 않은 눈으로 바라보았다.
"저 먼저 갈게요. 팀장님은 드시고 천천히 오세요. 계산은 제가 하고 갈게요."
 그가 말없이 눈을 마주치지 못하는 그녀의 얼굴을 유심히 지켜보았다.
"아우, 쪽팔려. 나 팀장님한테 두 번이나 차였네요. 두 번째는 괜찮을 줄 알았는데, 좀 아프네. 팀장님 마음은 팀장님 거니까, 제가 어떻게 할 순 없죠. 아니라는데 굳이 또 이렇게 주접을 떨었네. 죄송해요. 말이 좀 두서가 없죠? 아직 술이 덜 깨서 그런가 봐요. 저 먼저 가면서 정신 좀 차릴게요."
 이런 일로 눈물을 떨구기엔 그동안 힘든 일들이 너무 많았다. 그래서 하나는 싱거운 웃음과 어깨 으쓱거림 한 번으로 눈물을 대신하며 자리를 뜰 수 있었다.
 성큼성큼 걸어가 계산까지 마치고 가게를 나서는 하나의 발소리가 영진의 귓가에 선명하게 들려왔다. 영진의 입 안에 든 밥알이 모래알처럼 서걱거렸다. 숟가락을 내려놓은 그가 손으로 지끈거리는 머리를 쓸었다.
 처음 그에게 고백했다가 차였을 때 하나는 고등학교 2학년이었다. 그때는 장난 반 진심 반으로 툭 던지듯 나중에 정 할 거 없음 삼촌이랑 결혼이나 할까 하고 은근슬쩍 고백했었다.

그리고 지금처럼 가차 없이 차였었다. 조금 아프긴 했지만, 자신이 조금 더 커서 어른이 되면 분명히 영진의 마음이 바뀔 거라고 확신했었다.

"바뀌긴 개뿔."

가게를 나와 일부러 더 씩씩거리며 걷던 하나가 갑자기 걸음을 멈추고 쇼윈도에 비친 자신의 모습을 봤다. 요모조모 따져 봐도 어디 꿀릴 만한 인물은 아니었다. 물론 이건 하나의 지극히 주관적인 견해였다.

"쳇, 그래 봐야 최영진 당신만 손해지. 이렇게 반반하고 일곱 살이나 어린 여자를 어디서 또 구하냐? 나나 되니까 당신 구원해 주려는 거지. 평생 총각으로 늙어 죽어 봐야 아, 그때 내가 정말 잘못했구나 땅을 치고 후회하지."

한바탕 쏟아 내고 나면 속이 후련할 줄 알았는데 아니었다. 한숨이 절로 나왔다.

"나 지금 뭐 하냐?"

어디에서 뺨맞고 엄한 곳 가서 화풀이한다더니, 딱 그 꼴이었다. 고개를 숙인 채 절레절레 흔들다 발을 뗐다. 몇 발 걷지 않아 톡톡 그녀의 얼굴과 땅 위로 빗방울이 떨어졌다.

"어, 비 오나?"

하늘을 올려다보는 그녀의 눈으로 빗방울이 들이쳤다. 찰나의 순간 눈을 감은 덕에 눈꺼풀 위로 빗방울이 부딪쳤다. 다시 떠올린 눈동자에 먹구름이 몰려들기 시작한 하늘이 보였다.

"비 올 확률 40프로라더니. 하여튼 요즘 일기예보는 믿을 게 못 된다니까."

그녀가 투덜거리며 고개를 바로 하고 걸음을 옮겼다. 이왕 내리려면 시원하게 쏟아지는 것도 좋겠다고 하나는 속으로 생각했다. 그렇게 터벅터벅 발걸음을 옮기던 하나가 갑자기 걸음을 멈췄다.

하나가 고개를 돌려 건물과 건물 사이의 골목길을 바라보았다. 파르르 그녀의 속눈썹이 떨려 왔다. 골목을 바라보는 하나의 동공이 확장되며 흔들렸다. 그녀는 지금 같은 공간 속에서 다른 것을 보고 있었다.

'여기다!'

흔하디흔한 번화가의 골목길. 특별할 것 없는 으슥하고 어두침침한 골목의 전경이 하나의 두 눈에 들어와 박혔다. 여기가 며칠 전 보았던 환영 속의 그 골목이라는 걸 하나는 직감했다.

언젠가 살인 사건이 일어날 장소였다. 그녀가 이 골목이 바로 그곳이라 확신을 할 수 있었던 것은 골목 안쪽에 버려진 것처럼 아무렇게나 놓여 있는 입간판 때문이었다.

보이스 노래방.

환영 속에서 보았던 간판과 똑같은 것이었다. 살인이 벌어졌던 그 시간에 입간판은 켜져 있었다. 입간판의 테두리를 두르고 있던 전구 몇 개가 나간 듯 드문드문 불을 밝히고 있었다.

입 안이 바짝 타들어 갔다. 긴장으로 저도 모르게 주먹을 불끈 쥐었다.

그녀가 경찰이 되고자 했던 이유 중 하나. 자신이 보는 환영 속 살인을 어쩌면 미리 막을 수 있을지도 모른다는 실낱같은 희망. 언제 어떻게 벌어질지 모르는 사건이지만, 오늘처럼 이렇게 우연히 장소를 발견하거나 혹은 범인이나 피해자를 만나 사건을 예방할 수 있을지도 모른다는 생각 때문이었다.

"뭐 해?"

갑자기 제 어깨를 지그시 잡아 오며 귓속으로 파고드는 영진의 목소리 때문에 하나가 번뜩 정신을 차렸다. 그녀가 놀라 커진 눈으로 그를 돌아보았다.

반쯤 넋이 나간 듯한 하나의 얼굴을 영진이 걱정스럽게 바라보았다.

"괜찮아?"

그가 심각한 표정으로 하나의 이마를 짚었다. 송골송골 맺혀 있던 이마의 땀이 그의 손에 묻어났다. 하나가 그의 손을 쳐 내며 고개를 돌렸다.

"괜찮아요."

매정하게 영진의 손을 밀어낸 하나가 골목 안쪽으로 시선을 던졌다가 하늘을 다시 올려다보았다. 추적추적 내리던 비가 멈추고 있었다. 군데군데 먹구름 사이로 맑은 하늘이 보였다. 비가 오다 말았다.

'오늘은 아니란 건가?'

그도 알 수 없었다. 오늘 저녁 그쳤던 비가 다시 내릴지도 모르니까.

어딘지 모르게 위태롭게 보이는 하나의 모습을 영진이 여전히 걱정스럽게 바라보았다. 내쳐진 손이 허공에 잠시 머물다 아무 일도 없었던 것처럼 아래로 내려왔다. 그녀의 마음에 상처를 준 것에 비하면 이 정도는 아무것도 아니었다.

영진의 시선이 그녀가 보고 있는 골목길로 이어졌다. 하나는 저곳에서 지금 무엇을 보고 있는 것일까?

가끔 그녀는 영진이 알 수 없는 그 무언가를 보며 다른 공간 속에 있는 것 같을 때가 종종 있었다. 그때마다 하나는 아무것도 아니라며 얼버무렸지만, 뭔가 있는 것이 틀림없다고 영진의 직감은 말했다.

그가 불쑥 하나의 손을 붙잡았다. 움찔하며 하나가 그를 돌아보았다. 시선이 마주치자 그가 혀로 마른 입술을 축였다. 그러곤 천천히 입을 열었다.

"너도 약속해."

그녀의 고개가 갸웃 기울었다. 무슨 약속? 그녀가 눈으로 물었다.

그 눈을 직시하며 영진이 말했다.

"오래오래 내 곁에 살아 함께할 거라고."

영진의 불안한 마음이 그녀의 대답을 재촉했다. 꽉 조여 오는 영진의 악력에 하나가 살짝 미간을 찌푸리며 웃었다.

"팀장님 담배 끊으면요. 그럼 저도 생각해 볼게요."

평소의 모습으로 돌아온 하나가 싱긋이 웃으며 조건을 제시했다. 그의 입가에도 옅은 미소가 머물렀다.

"뭐, 그러든지."

영진의 대답이 못 미더웠던지 하나가 척하니 새끼손가락을 내밀었다.

"약속하고 도장까지 완벽하게 찍어요."

눈높이에 맞춘 그녀의 새끼손가락을 가늘게 노려보다 영진이 하나의 손을 놓고 성큼성큼 걸음을 옮겼다.

"귀찮아."

흘리듯 내뱉은 그의 말에 하나가 덥석 영진의 팔을 잡고 늘어졌다.

"남아일언중천금. 몰라요? 한번 내뱉은 말은 책임을 져야지."

그러면서 그의 새끼손가락에 제 손가락을 걸고 엄지를 맞붙여 도장까지 완벽히 찍었다.

은근히 못 이기는 척 하나가 하는 대로 내버려 두며 영진이 그녀에게 보조를 맞춰 걸었다. 언젠가는 하나 스스로 지금 말하지 못하는 비밀을 털어놓지 않을까. 영진은 그렇게 생각하며 하나의 머리를 장난스럽게 부스스 헝클었다.

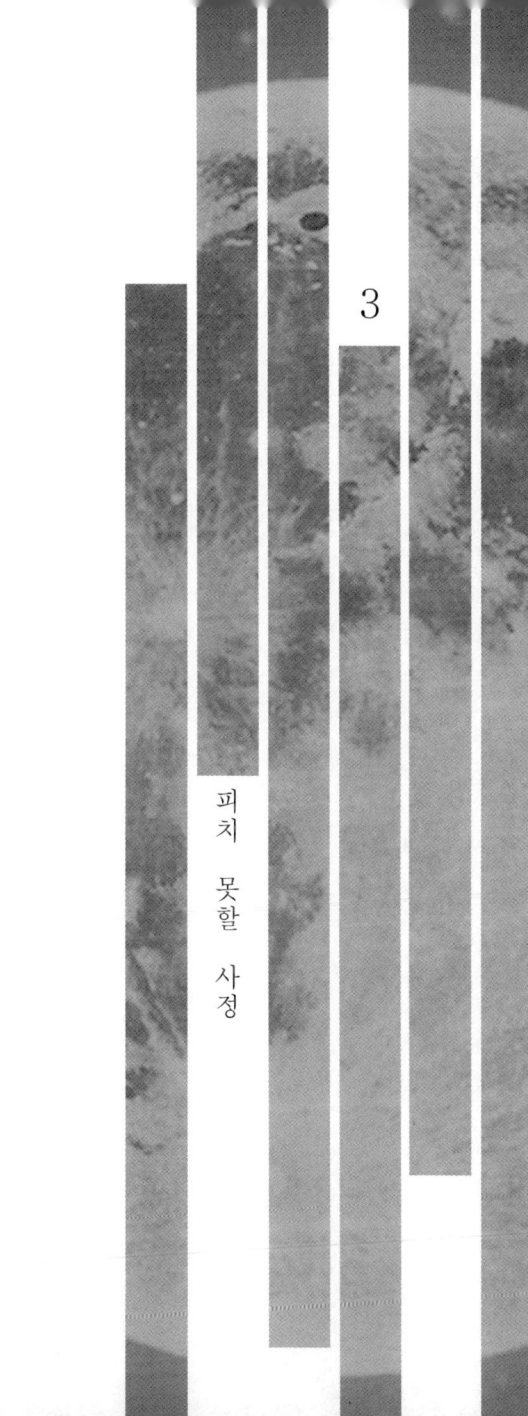

3

피치 못할 사정

Finish

"밥 딱 한 번만 같이 먹자."

간절하다 못해 조금은 비굴하기까지 한 부탁이었다. 영진은 제 눈앞에 세워진 검지를 철저하게 외면했다.

사건도 해결했겠다, 그 기념으로 밥 한번 먹자며 강진욱 검사가 강력 1팀을 찾았다. 회식은 자기네 팀이랑 하면 될 것을 굳이 매번 차갑게 외면당하면서 찾아와 저렇게 매달리는지 이해를 할 수가 없었다.

종석과 기철은 속으로 절레절레 고개를 저으며 각자 일에 몰두하는 척했다.

사무실로 들어서던 하나가 영진의 책상에 들러붙어 한 번만을 부르짖고 있는 진욱을 발견하곤 미간을 찌푸렸다.

"그 밥 내가 대신 먹어 주고 싶네."

혼잣소리를 중얼거리며 자신의 자리로 걸어가던 하나의 팔을 누군가 불쑥 낚아챘다.

휘청거리는 몸을 바로 세우며 하나가 제 팔을 붙잡은 진욱을 쳐다봤다. 조금 전까지 분명히 영진의 책상 옆에 서 있던 진욱이었다. 그가 눈 깜짝할 사이에 달려와 하나를 바라보며 생글거리고 있었다.

"엄청 스피드하시네요."
"제가 행동력 하나는 끝내주거든요."
"그런 거 같아요."

굳이 말로 하지 않아도 알겠다며 하나가 고개를 주억거렸다.

"그런데 제 팔은 왜……."

왜 남의 팔에 팔짱을 끼고 있는 거냐 묻는 하나의 말에 진욱이 그녀의 몸을 방금 들어왔던 입구 쪽으로 돌렸다. 하나가 입구와 진욱을 번갈아 보며 눈을 깜빡거렸다. 이건 또 무슨 뜻이지?

"갑시다."
"어디를요?"
"밥 먹으러."
"예? 지금요? 저랑?"

하나의 눈이 시계와 입구와 진욱을 오가며 분주하게 움직였다. 그런 하나를 진욱이 입구로 이끌며 발걸음을 옮겼다.

"대신 먹어 준다면서요."

"아니, 그게."

진욱이 측은해서 그냥 해 본 말이었다. 그걸 또 어떻게 듣고 냉큼 달려온 것인지.

난감한 표정으로 하나가 뒤를 돌아보았다. 기철과 종석이 장난스럽게 기도하는 액션을 취했다. 신의 가호를. 그들의 목소리가 하나의 귀로 들리는 것 같았다.

"내가 아주 맛난 걸로 사 줄 테니까, 우리 배터지게 먹어 봅시다."

"하하, 맛난 거 좋죠. 좋은데 제가 지금 좀……."

"다른 사람들 있잖아요. 바빠서 귓구멍에 말도 제대로 안 들어가는 놈이랑 다른 팀원들."

기어이 하나를 영진의 대타로 끌고 가려는 듯 진욱이 팔짱을 더 단단히 조였다.

밥 먹는 거야 상관은 없었다. 게다가 사 준다는데 마다할 이유는 더더욱 없었다. 하지만 그냥 끌려가 먹는 것보다 이 기회에 조건을 내걸어 딜을 하는 게 좋겠다는 생각이 하나의 뇌리에 스쳤다.

"잠깐만요."

철문을 통과하기 직전 하나가 제동을 걸었다. 진욱이 멈춰 돌아보자 하나가 싱긋이 웃으며 조금 전 그가 그랬던 것처럼 검지를 그의 눈앞에 세워 보였다. 진욱의 눈이 검지와 하나를 번갈아 보았다. 그가 눈썹을 들썩였다.

"이건 무슨 뜻일까요?"

그가 자신의 손 검지를 그녀의 손끝에 붙였다. 맞닿은 검지를 보며 하나가 배시시 웃었다.

"밥 같이 먹는 대신 제 부탁 하나만 들어주세요."

"밥도 내가 사고, 부탁도 내가 들어주고?"

진욱이 하나의 말을 다시 되짚었다. 웃음을 띤 채 하나가 고개를 끄덕였다.

"빙고."

"뭔가 내가 손해를 보는 것 같은 느낌이 드는데. 이건 그냥 느낌인 거겠죠?"

"아마도 그럴 겁니다."

하나가 맞닿은 검지를 꿀렁거리며 단정적으로 말했다. 밉지 않게 진욱이 미간을 찌푸렸다 펴며 흔쾌히 그녀의 제안을 받아들였다.

"오케이. 누굴 대신 죽여 달라는 부탁만 아니라면 얼마든지 들어 드리죠."

그렇게 말하곤 진욱이 갑자기 그녀의 어깨에 손을 올리고 귀에 바짝 입술을 가져다 대곤 소곤거렸다.

"영진이 죽여 달라는 부탁이면 가능할 것도 같아요."

그의 말에 피식 웃음을 터트린 하나가 이번에 진욱의 귀에 대고 반대로 속삭였다.

"아마 그건 검사님보다 제가 더 빨리 해낼지도 몰라요. 매일 팀장님 염장을 제대로 지르고 있거든요."

"오, 아주 좋은데요? 저 대신 더 팍팍 질러 주세요, 꼭."

은밀하게 주고받는 대화 속에 웃음이 난무했다.

장난스런 눈길을 나누는 그들 사이로 누군가 불쑥 끼어들었다. 하나의 어깨와 진욱의 어깨를 동시에 잡고 둘을 떼어 놓으며 그 사이로 영진이 지나갔다.

"문 막고 서서 뭐 하는 거야."

시니컬하게 말하며 철문을 지나 걸어가는 영진의 뒷모습을 하나와 진욱이 물끄러미 바라보았다.

"최 팀장 어디 가?"

그렇게 염불을 외듯 일어나 같이 가자고 할 때는 꿈쩍도 않더니, 하나와 나가려는 차에 둘 사이를 갈라놓고 먼저 사무실을 나서니 의아해 물은 것이다.

답 없이 걷기만 하는 영진에게 이번에는 하나가 물었다.

"식사하시게요?"

"빨리 안 튀어 오면 나 혼자 간다."

불퉁한 영진의 말에 하나와 진욱이 시선을 맞추며 히죽 웃었다. 진욱이 내민 손에 하나가 제 손바닥을 내리쳤다. 둘이 마치 약속이라도 한 듯 영진의 뒤를 쫓아 복도를 걸어 나갔다.

하나가 영진의 옆에 바짝 붙어서며 그를 힐끔 올려다보았다.

"뭐 드시고 싶은 거 있으세요?"

"아무거나……."

습관처럼 아무거나라고 말하던 영진이 미간을 좁히곤 말을 정정했다.

"더럽게 비싼데 맛없으면 죽을 줄 알아."

"와아, 내 돈 내고 밥까지 사는데 이렇게 살벌한 소릴 들어야 하나?"

기분 좋은 투정을 하며 나란히 보조를 맞춰 걷는 진욱을 매섭게 쏘아보며 영진이 발을 멈췄다.

"왜, 싫어? 그럼 다시 들어가고."

몸을 돌리려는 그의 허리를 하나가 붙잡아 앞으로 고정시켰다. 하나에게 엄지를 척 들어 보이며 진욱이 너스레를 떨었다.

"까칠하긴. 그냥 해 본 말이지. 그걸 또 곧이곧대로 들어요. 좋아. 내가 오늘 점심 진짜 죽여주게 맛있는 걸로 쏜다."

"오, 셋이 먹다가 둘이 죽어도 모를 그런 맛집으로 가는 건가요?"

하나가 능청스럽게 진욱의 말을 받았다.

"그럼요. 누가 살아남을지 모를 아주 끝내주는 맛집이죠."

주거니 받거니 잘도 종알거리는 둘에 혀를 차며 영진이 짜증스럽게 말했다.

"재미없는 만담 계속 들어야 되냐?"

"아니요. 입은 먹을 때만 열겠습니다."

"음."

하나는 입에 지퍼를 채우는 시늉을 하고 진욱은 입술을 꾹 다문 채 고개를 끄덕였다.

진욱이 두 사람을 데리고 간 곳은 음식이 맛있기로 정평이 나 있는 일식집이었다. 영진이 먼저 안쪽에 자리를 잡고 앉고 그 맞은편에 하나가 앉았다. 그리고 당연하다는 듯 진욱이 하나의 옆에 앉았다.

영진이 그런 진욱을 마뜩잖게 쳐다보자 진욱이 엉덩이를 들썩이며 말했다.

"왜, 네 옆에 앉았으면 좋겠어?"

한껏 찌푸려지는 영진의 얼굴을 보곤 진욱이 농담이라며 다시 얌전히 착석했다. 주문을 하고 음식이 나오기를 기다리며 진욱이 제법 진지하게 입을 열었다.

"오늘 이 자리는 지극히 사적인 자립니다. 사촌과 지인한테 밥 한 끼 같이 먹자는 의도에서 제가 마련한 자리지 그 이상도 이하도 아닙니다."

"사설이 길다."

"혹시나 해서 하는 말이지."

"죽어도 너한테 청탁할 일은 없을 테니까, 그런 쓸데없는 걱정은 하지 마."

"네. 명심하겠습니다, 최 팀장님."

말에 어패가 있었지만 무시하고 진욱이 기분 좋게 영진의 말을 받아들였다. 돈은 검사인 진욱이 들여서 밥을 산다. 그러니 영진이 청탁을 하는 것과는 별개의 일이었다. 그걸 알면서도 둘은 더 이상의 말을 꺼내지 않았다.

"이거 먼저 먹어 봐요. 입맛을 돋워 줘요."

음식이 나오자 진욱이 옆에 앉은 하나를 살뜰히 챙겼다. 마를 갈아 살짝 소금 간을 하고 고소한 참기름을 첨가한 것이 조그만 그릇에 담겨져 있었다. 젓가락으로 휘저어 후루룩 먹으면 된다는 진욱의 설명에 하나가 그대로 따라 하며 마를 삼켰다.

"으음."

씹을 것도 없이 입 속으로 술술 넘어가는 마를 음미하며 하나가 고개를 끄덕였다. 맛나게 먹는 하나를 보며 진욱이 생긋이 입가를 끌어 올렸다. 그런 진욱을 신경 쓰지 않는 듯 영진이 무심하게 마를 젓가락으로 휘저었다. 하지만 그것을 먹지는 않았다.

차례대로 나온 음식을 진욱이 하나에게 살뜰하게 챙겨 줬다.

하나는 아무 거리낌 없이 그가 주는 것들을 순순히 받아먹었다. 보는 사람의 입맛도 돋우는 왕성한 먹성을 자랑하며 참 잘도 먹었다. 맞은편의 영진이 제대로 먹기는 하는지 챙겨 볼 사이도 없이 진욱이 건네는 음식을 먹기에 바빴다.

"짜."

전에 없이 영진이 음식 투정을 하며 그릇을 밀어냈다. 그제 야 하나가 그를 돌아보며 눈을 말똥거렸다. 그가 밀어낸 것은 방금 전 하나가 맛나게 먹었던 연어 초밥이었다.

"초밥이 짜요?"

이해할 수 없다는 듯 하나가 되물었다. 와사비의 톡 쏘는 맛 이 거슬린다면 모를까, 연어초밥이 짜다는 건 좀체 이해가 가 지 않았다.

"어."

단조롭게 답하곤 그가 또 다른 초밥을 젓가락으로 깨작거렸 다. 하는 양으로 봐선 영진은 음식에 별 흥미가 없는 듯했다.

하나는 음식이 그의 입에 안 맞는 모양이라고 생각했다. 진 욱을 돌아보자 그도 곤란하다는 듯 살짝 아랫입술을 깨물며 영진에게 퇴짜를 맞은 접시들을 살폈다.

일부러 영진이 좋아하는 일식집으로 온 것인데, 오늘 음식 이 그다지 그의 입맛에는 맞지 않는 모양이었다. 어렵게 밥 한 끼를 같이 먹게 됐는데 이러면 애써 자리를 마련한 진욱 이 좀 실망스러울 것 같았다. 하나가 진욱을 안타까운 시선으 로 돌아봤다.

"이상하네. 난 맛있는데."

곤란한 표정을 지었던 게 거짓말인 것처럼 진욱이 해맑게 웃으며 영진이 밀어낸 연어초밥을 집어 들었다. 그러곤 그것 을 하나의 입 앞으로 가져갔다.

"하나 씨, 아."

그의 주문에 하나가 저도 모르게 아 하고 입을 벌렸다. 그 벌린 입 속으로 연어초밥이 들어왔다. 진욱이 손수 턱을 올려 주자 하나가 오물오물 입을 움직였다. 달콤하고 신선한 연어초밥이 입 안을 부드럽게 물들였다. 그녀의 눈이 동그랗게 커졌다.

"으음."

맛있음을 표정으로 드러내며 하나가 엄지를 척 들어 보였다. 그를 흐뭇하게 바라보며 진욱이 하나의 입 속으로 들어갔던 젓가락을 제 입에 무심결에 넣었다. 그러자 당장 영진의 손이 다가와 진욱의 입에서 젓가락을 뺏어 갔다.

"어?"

놀란 진욱이 돌아보자 영진이 표정을 굳히며 새 젓가락을 내밀었다.

"위생 관념이 없어."

무신경하게 건네는 젓가락을 받아 든 진욱의 눈썹이 미미하게 꿈틀거렸다. 역시 하나에게는 남다른 애정을 가지고 있는 게 분명했다. 팀 내의 유일한 여자이고 막내라는 것 외에도 뭔가 다른 게 있는 것 같았다.

예를 들면, 남자 대 여자 뭐 그런 비슷한 감정 말이다. 정작 본인은 모르는 척 외면하고 있는 것 같지만 보이는 건 딱 그거였다. 내 여자한테 침 흘리지 마, 혹은 내 여자 건드리면 죽인다, 뭐 이런 경고성 강한 눈빛이 영진의 눈에 담겨 있었다.

'그럼 제대로 단속하든가.'

제 마음이 어떤지도 모르고 방어만 해 대는 영진이 진욱은 무척 답답했다. 마음의 벽은 친척들에게 세우는 것만으로도 충분했다. 사랑까지는 아니더라도 적어도 마음에 둔 여자에게는 그러지 않았으면 싶었다.

'스스로 깨고 나오지 못한다면 할 수 없지. 내가 나서서 도울 수밖에.'

그러다 이쪽에서 마음이 먼저 가면 그 또한 어쩔 수 없는 일이다. 충분히 기회를 줬음에도 끝까지 마음의 빗장을 열지 못한다면, 먼저 마음을 보인 쪽이 낚아챌 수밖에.

"부탁이란 건 뭐죠?"

진욱이 하나가 아까 제시한 조건에 대해 물었다. 슬쩍 영진의 눈치를 살피다 그가 이쪽에는 아무런 관심이 없는 듯하자 하나가 진욱에게 바짝 다가가 귀에 입술을 가져다 댔다. 한 손으로 가림막을 세우고 그녀가 속살거렸다.

"제가 급하게 도움을 요청할 일이 생기면 이유 불문하고 도와 달라는 말이었어요."

"흠."

하나의 말에 진욱이 나른하게 턱을 쓸었다. 그가 불쑥 하나에게 고개를 돌렸다. 그에 아직까지 속살거리던 자세를 유지하고 있던 하나의 얼굴 바로 앞에 진욱의 얼굴이 자리했다. 신장 차이로 하나의 고개가 뒤로 조금 젖혀져 있었다.

지척에서 말갛게 반짝거리는 하나의 눈을 지그시 응시하며 진욱이 입술 끝을 말아 올렸다. 그가 잔잔한 눈빛으로 그녀를 내려다보며 입술을 달싹였다.

"그대가 원한다면 언제라도 달려가 드리죠."

"…오."

"멘트가 구려도 닭은 되지 맙시다."

제 말이 조금 닭살스러웠다는 걸 아는지 진욱이 하나의 어깨에 두 손을 올리며 장난스럽게 말했다. 하나가 보조를 맞춰 능청스럽게 양손으로 제 팔을 문질렀다. 대패질을 하는 시늉을 한 것이다. 둘이 시선이 맞물리자 피식하고 동시에 웃음을 터트렸다.

탁. 영진이 신경질적으로 젓가락을 소리 나게 내려놓았다. 하나와 진욱이 그를 돌아보자 영진이 자리에서 일어났다.

"시간 됐다."

"벌써 가게?"

진욱이 시간을 확인하며 물었다. 하지만 그의 말엔 아무런 대답도 하지 않고 영진이 성큼성큼 자리에서 걸어 나와 하나에게 손을 내밀었다. 그 손을 하나가 물끄러미 바라보다 시선을 들어 영진을 응시했다.

"가자."

그가 말했다. 하나가 진욱을 돌아보는 사이 영진이 자세를 낮춰 하나의 허리를 덥석 붙잡았다. 놀란 하나가 눈을 동그랗게 뜨고 영진을 쳐다봤다. 그가 하나를 일으켜 세웠다. 그러곤 한 팔로 그녀의 허리를 휘감았다.

"늦었어."

"아, 어, 그, 그런가?"

어리둥절함에 자신이 말을 더듬고 있다는 사실도 인지하지 못하는 하나를 이끌고 영진이 룸의 문을 열고 나섰다.

하나가 혼란스러운 와중에 진욱을 돌아보며 잘 먹었다고 말했다. 그에 진욱이 고개를 가볍게 숙여 보였다.

하나의 얼굴에 담긴 미안함에 진욱이 괜찮다는 의미를 담아 눈을 찡긋해 보였다. 인사 한마디 없이 멀어지는 영진의 뒷모습을 씁쓸하게 바라보며 진욱이 혼잣말을 중얼거렸다.

"생일 축하한다, 최영진."

부모님이 돌아가신 뒤로 단 한 번도 제대로 자신의 생일을 챙긴 적이 없는 영진이었다. 집안에서 아무리 불러도 응답조차 하지 않는 영진이 진욱은 늘 안쓰러웠다. 그가 왜 그렇게 집안을 경멸하고 멀리하려는지도 알고 있었다. 자신의 부모님이 죽은 이유가 집안 때문이라고 생각해서 그런 것이다.

어느 정도 그 말에 일리는 있었다.

보잘것없는 고아출신의 사위를 받아들일 수 없다는 집안의 반대에 영진이 태어나기 전까지 그의 부모는 철저하게 무시를 당했다. 집안의 기대를 듬뿍 받았었던 그의 어머니는 끈질기

게 헤어질 것을 종용하는 어른들을 피해 지방으로 내려가기로 결심했고, 그렇게 어린 영진을 데리고 이사 길에 올랐다.

그날은 갑작스런 폭우가 내렸고 도로가 미끄러웠다. 그런 날 사고를 당한 게 이상할 것은 없었다. 빗길 사고는 아차 하는 순간에 일어날 수 있는 것이니까.

경찰 조사 결과 우연한 사고라고 했지만, 영진은 그렇게 생각하지 않는 듯했다. 어린 영진의 뇌리에 선명하게 각인된 그날의 기억은 분명 누군가 그들의 뒤를 쫓았고 그 차를 피해 위험하게 속도를 내다가 사고가 났다는 것이다.

사고 순간 자신을 온힘을 다해 감싼 엄마 덕분에 영진은 크게 다치지 않았다.

대신 그의 부모님이 목숨을 잃었다. 구급대가 오기 전, 뒤집어진 차의 차창 너머로 보이던 자신들을 내려다보던 얼굴을 영진은 잊을 수가 없었다.

영진이 직접적으로 말은 하지 않았지만, 그 얼굴이 영진의 이모, 즉 자신의 엄마였다는 걸 진욱은 알고 있었다. 물론 엄마를 바라보는 영진의 경멸 어린 시선이 그를 반증하는 전부는 아니었다.

영진을 윽박지르며 몰아붙이는 엄마의 은밀한 목소리를 들었다. 식구들을 피해 혼자 있는 영진이 걱정돼서 진욱이 장난감을 챙겨 그의 방으로 가던 길이었다.

'네가 뭘 봤는지 모르겠지만, 그거 나 아니야. 다 네가 만들어 낸 환상이고 환청이라고. 난 그 자리에 없었어. 네 부모 죽음으로 몰아넣은 건 내가 아니야! 그러니까 그런 재수 없는 눈빛으로 날 보지 마. 네 눈 볼 때마다 소름 끼치니까. 언니가 목숨 바쳐 살려 냈는데 꿋꿋하고 독하게 잘 살아야 되는 거 아니니? 그래야 죽은 부모한테 덜 미안하지. 안 그래?'

언제나 다정다감한 엄마였다. 세상에 둘도 없을 착한 사람이라고 모두들 말했다. 그런 엄마의 입에서 나온 말이라는 게 믿기지 않았다. 진욱은 충격으로 더 이상 다가가지 못하고 문옆 벽에 몸을 붙인 채 덜덜 떨었었다. 너무 무섭고 미안해서.

엄마의 얼굴을 정면으로 마주하고 소름 끼치게 무서운 말을 직접 듣고 있는 영진의 마음이 어떨지 감히 상상조차 되지 않았다.

어린 진욱은 그저 두려워 그 상황을 벗어나고만 싶었다. 엄마와 영진을 마주할 자신이 없었다. 그래서 도망쳤다. 하지만 그날의 일은 진욱의 뇌리에 깊이 박혀들어 잊히지 않았다.

그때는 엄마가 왜 그렇게 무섭게 말을 하는지 알 수 없었다. 하지만 커 가면서 알게 되었다. 진실이 밝혀지는 게 두려워서라는 걸.

어쩌면 그 사건에 엄마가 개입되어 있을지도 몰랐다. 아니라고 하고 싶지만, 엄마를 바라보던 어린 영진의 눈빛엔 일말의 거짓도 없었다.

명확한 진실은 알 수 없었다. 그에 대해 그 누구도 입을 열지 않았으니까. 하지만 진욱은 늘 영진 앞에만 서면 죄인이 된 것만 같았다. 듣고도 외면한 죄는 생각보다 컸다.

"아, 낮술 생각난다."

진욱이 머리를 긁적이며 씁쓸한 미소를 머금었다.

투둑, 투둑.

밖으로 난 창에 빗방울이 부딪히는 소리가 들렸다.

"무슨 비가 이렇게 지조도 없이 와."

내리다 말다 두서없는 비를 보며 영진이 볼멘소리를 했다. 일식집 앞으로 나온 영진이 모른 척 하나의 허리를 감쌌던 팔을 자연스럽게 거둬들였다.

따스한 온기가 빠져나간 자리로 허한 바람이 불었다. 하나가 내색하지 않고 무심히 하늘을 올려다보았다. 그녀가 손바닥을 하늘을 향해 펼쳤다. 톡톡. 빗방울이 그녀의 손바닥 위로 떨어져 내렸다.

"차까지 뛸 수 있지?"

영진의 목소리와 함께 그녀의 머리와 몸 위로 뭔가가 덧씌워졌다. 하나를 감싼 것에서 익숙한 향기가 맡아졌다. 하나가 시선을 올렸다가 옆을 바라보았다. 영진의 외투가 자신의 몸을 감싸고 있었다.

"이게 뭐죠?"

하나의 물음에 그가 시치미를 떼고 빗속으로 발을 내디뎠다. 아직 빗방울이 굵지 않아 차까지 가는 동안 크게 젖을 일은 없었다. 그녀가 그의 외투를 걷어 내 품에 안고 영진의 뒤를 따랐다. 차 문을 열고 돌아보는 그의 품에 하나가 외투를 안겼다.

"과잉 친절은 사절입니다."

보호자 노릇을 할 의도였다면 사절이다. 여태 그래 왔듯이 하나는 내리는 비 정도는 거뜬히 맞아 줄 용의가 있었다. 비 따위가 뭐라고.

갑작스런 영진의 호의가 하나는 그리 달갑지 않았다. 적어도 걷어찬 사람에 대한 예의를 지키려면 한동안은 그녀를 무시해 주는 게 좋았다. 평소와 다름없이.

보조석에 올라 안전벨트를 매는 하나를 가만히 지켜보다 영진이 운전석에 올랐다. 그가 외투를 뒷좌석에 던져 놓으며 차의 시동을 걸었다.

"누가 보조석에 앉으래."

그가 건조하게 말하자 하나가 그를 돌아보았다. 안전벨트를 풀며 차 문으로 손을 뻗는 하나의 몸을 그가 그대로 좌석에 붙여 놓았다.

"내리란 말도 안 했어."

"운전하란 말로 들었는데요."

하나가 제 가슴 아래에 닿아 있는 영진의 손을 떼어 내며 시큰둥하게 말했다. 제 허벅지 위에 얌전히 올려진 손을 보다 시선을 옮겨 영진이 하나의 얼굴을 빤히 응시했다. 벨트를 잡으려 손을 뻗던 하나가 시선을 느끼고 그를 마주했다.

"왜요?"

무슨 일 있었냐는 말투다. 그녀가 지금 심통을 부리고 있다는 걸 영진도 알고 하나도 알고 있었다. 묘한 신경전이 이어졌다. 마치 눈싸움이라도 하듯 둘이 서로를 노려보았다. 자신들이 지금 왜 이러고 있는지도 모른 채 둘은 상대에게서 시선을 거두지 못했다.

"꼴통."

부스스. 영진이 빗방울이 맺힌 하나의 앞머리를 헝클어트리며 그녀의 앞으로 몸을 기울였다. 그가 안전벨트를 당겨 하나에게 직접 매어 주었다. 그 결에 그의 얼굴이 아주 가깝게 하나의 앞에 머물렀다. 물기가 묻어 있는 그의 머리카락이 반짝거렸다. 만지고 싶은 충동이 일었지만 하나는 애써 꾹 눌러 참았다.

싫다는데 굳이 매달리고 싶지 않았다. 그가 자신에게 다정한 것은 어디까지나 삼촌으로서, 팀장으로서 그녀를 보호하려는 목적으로 그런 것이다. 그 이상의 의미는 없다고, 하나는 그가 자신의 고백을 거듭 거절하면서부터 그렇게 결론짓고 마음을 다잡았다.

"저 아침에 갔었던 국밥집 앞에 좀 내려 주세요."

차를 출발시키는 영진에게 하나가 말했다.

"거긴 왜?"

 늦은 점심이 끝나고 시계가 2시를 넘어 3시를 향해 달려가고 있었다. 아직 근무가 끝난 것도 아닌데 하나가 국밥집에 내려 달라고 하니 영진이 의아해 물은 것이다.

"뭐 좀 알아볼 게 있어서요."

 명확하게 이유를 밝히지 않는 걸로 봐선 캐물어도 나올 게 없을 것 같았다. 영진이 묵묵히 운전해 그녀가 원한 위치에 차를 세웠다. 벨트를 풀고 차에서 내린 하나가 고개를 꾸뻑해 보였다.

"저 여기서 일 보다가 곧장 퇴근할게요."

 하나의 행동으로 봐선 개인적인 일은 아닌 듯했다. 범죄의 냄새가 짙게 풍겼다. 아직 명확하게 밝힐 때가 아니라 말은 할 수가 없고, 아마도 직감이 뭔가를 말해 주고 있는 모양이었다. 법의학자 이준이 그런 것처럼 비 오는 날이면 남다른 촉이 발동하는 걸지도 모른다고 생각하며 영진이 별말 없이 고개를 끄덕였다.

 차를 출발시킨 영진이 백미러를 통해 하나의 모습을 살폈다. 그녀도 멀어지는 영진을 가만히 지켜보고 있었다.

"혼자 괜찮으려나?"

 홀로 남은 하나의 모습이 어딘가 모르게 불안하고 위태로워 보였다.

어느 정도 하나의 시야에서 멀어졌다고 생각한 영진이 차를 멈췄다. 차에서 내린 그가 습관처럼 주머니를 뒤졌다. 하지만 만져지는 것은 아무것도 없었다. 외투를 바꿔 입어 그런 것은 아니었다.

"없으니까 좀 허전하네."

그가 빈손으로 괜스레 입술을 쓸었다. 다분히 역설적인 말이었다. 늘 그 허전함과 갑갑함 때문에 담배를 피워 물던 그였다. 그럼에도 지금 당장 입에 물 담배가 없다는 것에 영진은 허전함을 입에 담았다. 그것이 담배 때문인지, 아니면 하나 때문인지 알지 못한 채 그는 입술을 어루만지며 하나의 모습에서 시선을 떼지 않았다.

물끄러미 골목 안쪽을 바라보며 서 있던 하나가 자신이 서 있는 길 양쪽을 돌아보았다. 영진이 그녀가 자신을 발견하지 못하게 살짝 코너 뒤로 몸을 숨겼.

잠시 뒤 다시 돌아본 하나는 반대쪽으로 몸을 돌리고 한 발 한 발 천천히 움직이고 있었다.

후드득. 빗줄기가 거세지고 있었다. 영진이 서 있는 곳은 다행히 비가 들이치지 않았다. 하지만 하나의 몸은 비에 그대로 노출되고 있었다. 그녀는 몸 위로 떨어지는 비를 신경 쓰지 않는 듯 무심히 걸어갔다.

"우산이라도 쓰든가."

영진이 멀어지는 하나를 따라 비 내리는 거리로 발을 내디였다. 핀잔인 듯 걱정스럽게 말하던 것과 달리 정작 영진도 우산 없이 비를 고스란히 온몸으로 맞으며 하나의 뒤를 따랐다.

3시 5분.
 정확히 언제 사건이 일어날 것인지 시간을 알 수가 없었다. 기억나는 건 비가 내리기 시작했고, 그 비가 단시간에 굵어졌다는 것. 그리고 날이 어둑어둑했다는 것. 길을 거니는 사람들이 그렇게 많지 않았다는 것 정도였다.
 새벽쯤일까?
 인적이 드문 시간대라면 아주 늦은 밤이거나, 새벽녘쯤일 수 있었다. 하지만, 비라는 변수가 작용하면 시간대의 가늠은 조금 어려워진다. 비를 피해 사람들이 건물 안으로 들어가 거리가 한산할 수도 있었고, 사건이 일어난 그 순간만 사람이 없었을 수도 있었다.
 비는 오늘따라 변덕을 부려 댔다. 내리다가 말다가를 반복하며 거리를 적셔 그 위를 지나간 모든 자들의 흔적을 지워 내고 있었다. 그 거리를 자박자박 걸어가며 하나는 초조하고 불안한 마음을 다스렸다.
 '정말 오늘이 맞을까?'
 그녀를 가장 불안하게 만드는 건 바로 이거였다. 사건이 발생할 그날이 과연 오늘이 맞을지. 그렇다면 여기서 밤을 샐수도 있었다. 그렇게 해서라도 범행이 일어나지 않게 최선을 다할 것이다.

하나는 여자의 인상착의와 범인의 말투, 여자와의 신장 차이 등을 머릿속으로 계산했다. 가장 안타까운 건 범인을 볼 수 없다는 것이다. 그녀가 보는 건 오직 범인의 시야에 비친 장면들이다. 그러니 범인에 대해 알 수 있는 건 피 묻은 손이라든가, 죽은 피해자를 걷어차는 발 정도가 고작이었다.

'잡을 수 있겠지? 아니, 막을 수는 있을 거야. 그럴 거야.'

그녀의 목적은 범행을 막는 것이다. 죄 없는 피해자가 죽는 일이 발생하지 않도록. 가장 좋은 방법은 범행 직전에 놈을 검거하는 것인데, 그러기 위해서는 피해자를 위험에 빠트리게 만들 수도 있었다. 하지만 달리 방법이 없었다.

단순히 오늘 범행만 막는 게 다가 아니었다. 그대로 범인을 풀어 주게 되면 잠재적인 살인마가 거리를 활보하게 두는 거나 다름없었다.

거리가 한눈에 보이는 편의점 안으로 하나가 들어갔다. 옷에 묻은 물기를 대충 탈탈 털어 내고 안으로 들어선 하나가 온장고 안에서 따뜻한 캔 커피를 꺼내 계산대로 가져갔다.

"천 원이요."

바지 주머니에서 천 원을 꺼내 계산을 마친 하나가 캔을 따며 스탠드 테이블 앞으로 걸어갔다. 캔을 입으로 가져가 한모금 머금던 하나가 눈을 동그랗게 뜨고 유리벽 너머를 응시했다.

영진이 앞에 서서 그녀를 마주 바라보고 있었다.

"팀장님?"

그가 비에 젖은 머리카락을 손으로 탈탈 털었다. 그러곤 방향을 틀어 성큼성큼 편의점의 입구로 걸어갔다. 그를 따라 하나의 시선도 이동했다. 그가 문을 열고 안으로 들어섰다. 곧장 하나에게로 걸어온 영진이 그녀의 손에서 캔 커피를 빼내 자신의 입으로 가져갔다.

"비 오니까 춥네."

영진이 다시 건네는 캔 커피를 받아 들며 하나가 물었다.

"서에 안 들어가셨어요?"

"땡땡이치는 막내 감시해야지. 사고 치면 다 내 책임이니까."

"땡땡이는 아니죠. 보고도 했는데."

정면으로 고개를 돌려 유리벽 밖을 바라보며 하나가 시큰둥하게 말했다.

"아니긴, 당돌하게 대놓고 땡땡이를 치겠다고 말해 놓고는."

영진도 하나가 바라보는 거리로 시선을 두었.

그녀가 보고자 하는 게 뭔지 알 수는 없었다. 하지만 아무 목적 없이 거리를 살피고 편의점으로 들어온 것 같지는 않았다. 무슨 생각으로 혼자서 이러고 있는지는 알 수 없지만 그녀를 혼자 두는 것은 왠지 불안했다. 영진의 감이 그렇게 말하고 있었다.

"비가 또 그쳤네."

빗줄기가 잦아드는 거리를 보며 영진이 말했다.

하나가 고개를 끄덕이며 캔 커피를 들이켰다. 갑작스러운 영진의 등장으로 하나의 긴장이 고조되었다. 어떻게 하지? 지금 자신이 하려는 일에 대해 그에게 설명할 수는 없었다. 한다고 한들 믿지 못할 것이다.

어쩌다 우연히. 지금은 그 방법밖에 없었다.

4시 25분. 한 시간이 넘게 같은 곳을 보며 서 있었다. 하지만 영진은 그에 대해 아무런 말도 하지 않았다. 그저 묵묵히 하나의 곁을 지키고 있을 뿐이었다.

또다시 한 방울씩 떨어지는 비를 보며 하나가 크게 심호흡을 했다. 그런 하나를 보며 영진이 가만히 입술을 손끝으로 쓸었다. 그녀의 긴장감이 그에게까지 전이되고 있었다.

끼익. 편의점 문이 열리고 젊은 여자가 들어섰다. 여자는 빗방울이 떨어진 옷과 머리를 털며 짜증스럽게 혼잣말을 중얼거렸다.

"무슨 비가 하루 종일 오락가락이야."

여자의 가슴에는 명품 가방이 소중하게 안겨 있었다. 한껏 멋을 내고 명품 가방까지 들고 나온 걸로 봐선 오늘 중요한 약속이 있는 듯했다.

그 여자에게로 하나의 시선이 고정됐다. 따라 영진도 여자를 돌아보며 유심히 살폈다. 특별할 것 없는 이십 대 중반의 여자였다.

입구 쪽에 서 있던 여자의 몸을 툭 치며 남자 하나가 들어섰다. 여자가 인상을 찌푸리며 남자를 신경질적으로 쳐다봤다. 남자는 사과도 없이 여자를 그대로 스쳐 지나 음료가 있는 냉장고로 걸어갔다.

"별꼴을 다 보겠네, 정말. 사람을 쳤으면 사과를 해야지."

안 그래도 벼르고 별러 산 명품 가방이 비에 젖을 것 같아 신경이 곤두서 있던 참이었다. 가방을 감쌀 만한 것을 찾아 가까운 편의점에 들른 것인데, 몰골이 추레한 남자가 몸을 치고 지나가니 기분이 나빴던 모양이다.

더러운 오물이라도 묻은 듯 여자가 남자와 부딪쳤던 어깨를 호들갑스럽게 털어 댔다. 음료 냉장고 앞에 서 있던 남자는 문을 열 생각도 하지 않고 가만히 서 있었다. 그 남자를 하나가 아닌 척 편의점 천정에 설치된 미러를 통해 살폈다.

남자에게서 심상치 않은 기운을 느낀 듯 영진도 남자를 지켜보고 있었다.

남자가 냉장고 유리문을 통해 여자를 보고 있다는 것을 영진은 이미 알고 있었다. 남자의 주먹 쥔 손이 분노로 떨리고 있다는 것도.

보통의 우발적 범행은 무심히 지나칠 수도 있는 이런 사소한 일들로 인해 벌어지기도 한다. 그 만의 하나라는 경우를 생각하며 영진이 남자의 행동 하나하나를 눈여겨보고 있었다.

여자가 우비를 사서 가방을 돌돌 말아 감쌌다. 그러고는 다시 고이 품에 안고 비 내리는 거리로 나섰다. 우산을 펼쳐 들고 편의점 앞으로 지나가는 여자를 보며 하나가 미간을 좁혔다. 하나의 환상 속에 등장했던 여자가 확실했다. 하나가 작정하고 이렇게 지키고 서 있지 않았다면 얼마 뒤 잔혹하게 살해당할지도 모를 여자였다.

남자가 그냥 돌아섰다. 아무것도 사지 않고 편의점을 나서는 남자를 직원이 힐끔 쳐다보고는 이내 관심을 거뒀다.

하나가 급히 몸을 돌려 입구로 걸어갔다. 그 뒤를 영진이 따랐다. 긴장으로 하나의 입 안이 바짝 타들어 갔다. 남자의 뒤를 쫓는 하나의 발걸음에 초조함이 묻어났다.

'타이밍. 지금 중요한 건 타이밍이야. 절대 방심하면 안 돼.'

그녀가 숨을 깊게 들이쉬었다. 여기서 골목까지의 거리는 10미터가 채 되지 못했다.

여자는 발걸음을 재촉하며 걸어가고 있었고, 그런 여자를 따라가며 남자가 즐거운 듯 휘파람을 불었다.

자신을 멸시하고 혐오스러운 시선으로 봤다는 것에 분노한 사람으로는 보이지 않았다. 계획된 일은 아니었지만, 남자는 이런 일에 매우 익숙한 것 같았다. 앞뒤 분간 없이 분노에 눈이 먼 정신 이상자가 아니라 지금의 상황을 은근히 즐기는 듯했다.

거리는 평소와 달리 쥐 죽은 듯 고요했다. 종잡을 수 없는 날씨로 인해 거리를 오가는 사람들은 그다지 없었다. 언제 비가 쏟아질지 모르니 외출을 삼가는 걸지도 몰랐다.

남자가 가로수 아래 버려진 쓰레기 중 뭔가를 발견하고 집어 들었다. 언뜻 보기에 귀퉁이가 깨진 보도블록 같았다. 여자를 내려칠 둔기를 주운 게 분명했다.

하나의 발걸음이 빨라졌다. 골목 가까이로 여자가 다가가고 있었다. 그 여자와 남자의 거리는 고작 두어 발 정도였다. 성큼 다가서 팔을 뻗고 붙잡기 적당한 거리였다.

쏴아아. 비가 사나운 기세로 쏟아지기 시작했다.

남자가 여자를 낚아채 순식간에 골목 안으로 끌고 갔다. 팔로 여자의 머리를 압박해 휘감는 바람에 여자는 비명조차 지르지 못했다. 다급히 달려가는 하나를 앞지르며 영진이 골목으로 뛰어들었다.

"넌 뭐야!"

영진의 등장에 당황한 듯 놈이 여자를 향해 내려치려던 보도블록을 영진에게 던졌다. 놈이 영진에게 달려드는 통에 여자가 바닥에 그대로 내동댕이쳐졌다. 그제야 여자가 귀를 찢는 비명을 질러 댔다.

"꺄아악! 사, 살려 주세요!"

허공에 손을 허우적대며 여자가 도움을 요청했다. 다리에 힘이 풀려 일어나지 못하는 듯 여자가 바닥을 기어 필사적으로 골목을 벗어나려 했다. 여자를 향해 하나가 손을 내밀었다. 두려움 가득한 눈으로 내민 손과 그 손의 주인을 확인한 여자가 덥석 손을 붙잡았다.

"일어설 수 있으시겠어요?"

"…네."

파르르 떠는 여자를 부축해 일으키던 하나의 시선이 남자를 제압하는 영진에게로 돌아갔다. 미친놈에게는 매가 약이라지만, 형사가 폭력을 행사할 수는 없었다. 대신 영진은 재빨리 놈의 팔을 잡아 등으로 꺾으면서 바닥에 거칠게 때려 눕혔다.

놈의 입에서 헉 하는 소리가 터져 나왔다.

"으악! 놔! 이씨! 놓으라고!"

온몸으로 저항하며 놈이 눈을 희번덕거렸다. 하지만 영진은 꿈쩍도 하지 않고 차분하게 놈의 손목에 수갑을 채웠다. 거세게 쏟아지던 비가 때를 맞춰 잦아들었다.

"당신을 폭행 및 상해죄로 체포합니다. 묵비권을 행사할 수 있고, 모든 발언은 법정에서 불리하게 작용할 수 있으며, 변호사를 선임할 권리가 있습니다."

영진이 놈을 체포하는 동안 하나는 근처 지구대에 도움을 요청했다. 경찰차가 오고 범인과 여자를 따로 태워 보내며 서동경찰서에 인계하도록 지시했다.

현장이 정리되고 나자 영진이 젖은 머리를 털며 하나를 돌아봤다. 시선이 마주치자 하나가 어색하게 엄지를 척 들어 보였다.
"역시, 우리 팀장님 검거 솜씨는 끝내줍니다."
과한 칭찬에 영진이 미간을 살짝 찌푸렸다. 그러자 냉큼 손을 내리며 하나가 머리를 긁적였다.
"우리도 가지."
그가 차가 있는 곳을 턱으로 가리켰다. 고개를 끄덕이며 그의 앞으로 한 발 다가서던 하나의 눈이 커졌다. 그녀가 발을 옮기려는 영진의 팔을 덥석 붙잡았다. 영진이 돌아보자 그녀가 예고도 없이 그의 얼굴로 손을 뻗었다.
"다쳤어요?"
영진의 오른쪽 이마 부분에 상처가 나 있고 피가 조금 흘러내리고 있었다.
하나가 손끝으로 상처를 건드리자 영진의 눈썹이 꿈틀거렸다. 손끝에 피가 묻어나는 것은 아랑곳하지 않고 하나가 조금 더 가까이 다가서 유심히 상처를 살폈다.
바짝 다가선 하나의 얼굴이 영진의 얼굴 바로 아래에 위치했다. 그녀의 얼굴을 지그시 내려다보며 영진이 하나가 하는 대로 두었다. 젖은 머리카락을 상처에서 걷어 내고 피가 맺힌 부위를 살피다 미간을 찌푸린다.
"경찰 상해. 잡아넣기 좋은 구실이잖아."
걱정이 가득한 하나의 얼굴을 바라보며 영진이 말했다. 그녀가 상처에서 시선을 내려 그를 마주 보며 엄한 눈을 했다.

"일부러 맞았다는 거예요?"

"요령껏 살짝 비껴 맞았지."

"와아, 나 지금 잘했다고 칭찬해 줘야 하는 건가?"

하나가 불퉁하게 말하며 그를 흘겼다. 비껴 맞았다고는 하지만 보도블록이었다. 돌덩이에 이마가 찍혔는데 가볍게 볼 일은 아니었다. 속상한 듯 하나가 한숨을 깊게 내쉬며 다시 그의 상처를 살폈다.

"흉터 생기면 안 되는데."

상처 주변을 어루만지는 하나의 손을 그가 부드럽게 감싸 저지시켰다. 하나가 그의 눈을 바라보았다.

"잊었어? 우리 형사야."

그의 말에 하나가 그게 뭐? 하는 눈으로 불퉁한 표정을 지었다. 영진이 하는 말을 몰라 그런 게 아니었다. 그저 그가 자신 때문에 다친 것 같아서 속상하고 미안해 그런 것이다.

그런 하나의 마음을 알기에 영진이 엷게 웃으며 하나의 손을 잡은 손에 지그시 힘을 주었다.

나는 괜찮다고. 그러니까 그렇게 울 것 같은 표정은 지을 필요 없다고. 잡은 손길에 그가 마음을 담았다.

"형사가 상처 입는 걸 두려워하면 쓰나."

"잘난 얼굴 밉상 돼서 장가도 못 가고 노총각으로 죽을까 봐 걱정돼서 그러죠."

입을 삐죽이는 하나의 말에 영진의 미소가 조금 짙어졌다.

그가 하나의 손을 살포시 놓고 그녀의 머리를 부스스 헝클었다. 피에 젖은 머리카락이 손가락 사이에서 빗방울을 튕겨 댔다.

빗방울이 자신의 얼굴에도 튀자 하나가 지그시 눈을 감았다. 그 얼굴을 말없이 바라보다 영진이 그녀의 곁을 스쳐 지나갔다. 그러면서 지나는 투로 무신경하게 툭 내뱉었다.

"그럼 네가 책임지면 되겠네."

사르르 눈을 떠올린 하나의 볼이 붉게 물들어 갔다. 그냥 하는 말이라는 걸 알면서도 하나의 가슴이 미친 듯이 뛰어 대기 시작했다. 분명 비가 와서 체온이 내려갔을 텐데, 얼굴에서 화기가 느껴졌다. 하나가 두 손으로 얼굴을 쓸었다. 그러면서 머리도 세차게 흔들었다.

"오하나, 정신 차리자."

그녀가 눈을 부릅뜨고 한 손으로 왼쪽 가슴을 누르며 몸을 돌렸다. 저만치 걸어가고 있는 영진의 넓은 등을 바라보며 하나가 숨을 크게 들이쉬었다가 천천히 뱉어 냈다.

고백했다가 차인 지 채 하루도 되지 않았다. 그런 하나를 생각한다면 영진은 저런 말을 함부로 내뱉어서는 안 되었다.

"최영진, 이 무심한 인간아."

총상 입은 거나 진배없는 심장이 저런 말로 원상복구되는 건 아니었다.

덕지덕지 테이프 붙여 간신히 버티고 있는 심장이었다. 심폐소생술은 못 해 줄망정 더 무리가 가게 만들었다. 냉정해지자 생각하는 머리와 상관없이 심장은 쓸데없는 기대를 품고 뛰어 댔다. 미련하게 고집을 부린다. 어쩌면, 아주 조금쯤은 그가 자신을 여자로 봐 주고 있지 않을까 하는 얄팍한 기대를 품고서 말이다.

"하아, 저 앞에서 누드로 봉 춤을 춘다고 해도 꿈쩍도 않을 인간이야. 욕이나 안 하면 다행이게. 기대를 하지 마라. 괜히 너만 다친다."

툭툭. 위로라도 하듯 제 왼쪽 가슴을 두드리곤 하나가 성큼성큼 영진의 뒤를 쫓아 걸음을 재촉했다.

영진이 중간쯤 걷다가 하나가 따라오지 않는 것을 알아채곤 걸음을 멈추고 뒤를 돌아봤다. 달려오는 하나를 그가 기다려 주었다. 웬일로 그의 입가에 머물렀던 미소가 사라지지 않고 있었다.

"늦어, 꼴통."
"안 보여요? 나 지금 발에 모터 달고 달려온 건데?"

하나가 제자리에서 열심히 뛰며 너스레를 떨었다. 그를 보며 영진이 헛웃음을 터트렸다. 다시 걸음을 옮기는 영진과 보조를 맞추며 하나가 시선을 내려 제 발끝을 봤다. 그녀의 입술에 씁쓸한 미소가 머물렀다.

차 앞에 도착하자 영진이 자연스레 하나의 어깨에 손을 올렸다. 그러곤 그녀를 보조석 앞에 세워 두고 뒷문을 열어 그 안에서 담요 하나를 꺼내 들었다. 보조석을 열고 타려던 하나의 곁으로 그가 다시 다가와 뒤에서 담요로 그녀의 몸을 감쌌다.

"시트 젖어."

그녀의 몸을 제 쪽으로 돌려 앞을 잘 여며 주며 영진이 시크하게 말했다.

물끄러미 그의 얼굴을 바라보다 하나가 고개를 끄덕였다. 그가 그렇다면 그런 거겠지. 말없이 차에 오른 하나가 정면을 주시했다. 차를 돌아 운전석에 영진이 오를 때까지도 그녀는 미동조차 하지 않았다.

벨트를 매던 영진이 그녀를 돌아보곤 다시 벨트를 놓고 하나 쪽으로 몸을 기울였다. 그제야 하나가 몸을 움찔하며 그를 돌아봤다. 벨트를 매어 주려 앞을 가로질러 팔을 뻗는 영진의 얼굴로 그녀의 입술이 닿았다.

영진의 입술 끝을 스치고 볼에 안착한 하나의 입술이 달싹거리려다가 멈췄다. 물러설 곳이 없던 하나가 반대로 고개를 돌렸다. 그의 볼을 쓸며 지나간 하나의 입술이 불에 덴 듯 화끈거렸다.

잠시 동작을 멈췄던 영진이 아무 일도 없는 듯 벨트를 뽑아 매어 주곤 자신의 자리로 돌아갔다. 제 벨트를 매고 시동을 거는 사이 차 안에는 무거운 정적이 흘렀다. 어쩌다 보니 그를 빤히 바라보는 각도가 되어 버린 고개를 하나가 슬그머니 정면으로 돌려놓았다.

 차를 출발시키는 영진의 귓불이 붉게 물들어 있는 것을 하나는 보지 못했다. 그녀는 지금 아찔한 제 정신을 수습하기에도 벅찼다.

 지이잉.

 하나가 창문을 열었다. 차 안의 공기가 너무 덥고 갑갑해 미칠 지경이었다. 터져 나갈 듯한 얼굴을 식히려 하나가 창문 밖으로 얼굴을 내밀었다.

 "비 온 뒤라 그런지 바람이 시원하네요."

 딴청을 피우는 하나의 목소리가 어쩐지 살짝 떨리는 것 같았다. 차창으로 들어온 바람이 영진의 열기도 식혀 주었다. 비를 흠뻑 맞은 터라 추울 법도 한데 오히려 시원했다. 순식간에 몸을 데운 열기가 쉽사리 가라앉지 않아 그런 듯했다.

 그가 무심결에 입술을 쓸다가 멈칫했다. 곁눈으로 힐끔 하나를 살피던 영진이 그녀의 입술이 닿았던 입술 끝에 가만히 손끝을 두었다. 두근두근. 입술 끝에 심장이 달린 듯 거기에서 두근거리는 박동이 느껴졌다.

 "후우."

 영진이 내뱉은 낮은 한숨에 하나의 등이 흠칫 떨렸다. 그 한숨의 의미가 자신의 실수 때문인 것 같아서 가슴이 철렁해 그런 것이다.

 사고라고, 절대 고의는 아니었다고 말하고 싶었지만 차마 입이 떨어지지 않았다. 혹여, 그가 하나가 일부러 짓궂은 장난을 한 거라고 믿고 기막혀 한숨을 내뱉은 거라면. 정말 그래서 자신에게 실망이라도 한 거라면 가슴이 너무 아플 것 같았다.

하나는 담요를 머리 위로 깊숙이 둘러쓰고 차창에 머리를 기댔다. 머리가 얼얼해질 정도로 차갑게 식히고 나면 마음이 진정될지도 몰랐다.

"어? 팀장님 다치셨어요?"

사무실로 들어서는 영진의 이마를 보고 기철이 물었다. 기철을 지나쳐 자신의 자리로 가며 영진이 별일 아니라는 듯 손을 내저었다.

"지구대에서 사람 데려왔을 텐데."

"아, 취조실에 있습니다."

영진이 고개를 끄덕이며 자리에 앉으려다가 물이 뚝뚝 떨어지는 자신의 옷을 보곤 다시 돌아섰다.

"옷 좀 갈아입고 올 테니까, 조서 작성하고 있어."

"네. 다녀오십시오."

철문을 나서던 영진이 뒤늦게 들어서는 하나를 그냥 지나쳤다. 담요를 얌전히 접어 팔에 걸치고 있던 하나가 복도를 걸어가는 그를 말없이 바라보다 사무실 안으로 들어섰다.

"스톱."

몇 발 떼지 못하고 기철에게 저지당한 하나가 그를 멀뚱히 쳐다봤다.

"비 맞은 생쥐 꼴로 어딜 들어가려고."

"이렇게 큰 생쥐가 어디 있어요."

"사무실 물바다 만들지 말고 얼른 가서 옷 갈아입고 와."

"갈아입을 옷 없어요."

"뭐?"

자신의 앞을 가로막은 기철의 팔을 물리며 하나가 성큼성큼 자신의 자리로 걸어갔다.

"이미 물기가 가득하구만 뭘. 비 오면 다 그렇지."

드문드문 빗물로 얼룩진 바닥을 툭툭 발끝으로 차며 하나가 투덜거렸다.

"우리 막내, 조울증이 있구나. 날씨 따라 기분이 오락가락 하나 봐?"

종석이 농담을 하며 웃었지만, 평소와 달리 하나가 응수를 해 오지 않았다.

힐끔 돌아본 하나의 얼굴이 흙빛으로 물들어 있었다. 정말 그녀의 기분이 저조하게 바닥을 치고 있는 듯했다. 섣불리 건드리면 안 되겠구나 생각하며 종석이 슬그머니 그녀와 반대편으로 몸을 돌렸다.

"선배."

"어. 어?"

갑자기 자신을 부르는 하나의 목소리에 종석이 흠칫하며 고개만 돌려 그녀를 봤다. 자리에 앉지는 않고 서랍을 열어 뒤지고 있던 하나가 종석을 보지도 않고 물었다.

"혹시 구급상자 같은 거 있어요? 아니면 밴드 같은 거라도 괜찮고."

"어디 다쳤어?"

완전히 하나 쪽으로 몸을 돌린 종석이 그녀의 몸을 위에서 아래로 쭉 훑어 내렸다. 겉으로 보이는 상처는 없는 듯했다. 내상인가?

"있어요? 없어요?"

"구급상자는 저기 캐비닛에 있긴 한데."

종석의 말이 떨어지기 무섭게 하나가 캐비닛으로 걸어가 문을 열었다. 맨 아래 칸에 작은 구급상자가 놓여 있었다. 그것을 낚아채 자신의 책상으로 돌아온 하나가 뚜껑을 열고 안을 살폈다. 원하는 것이 들어 있는지 하나의 표정이 조금 유해졌다.

"어디 다친 건데."

걱정스럽게 물으며 다가오는 종석에게 손을 저어 보이곤 하나가 구급상자를 들고 그대로 철문을 향해 걸어갔다. 문밖으로 사라지는 하나를 종석이 멀뚱히 쳐다봤다. 그가 기철에게로 고개를 돌리곤 멍하니 물었다.

"내 말 형도 잘 안 들려요?"

"어, 안 들려."

건성으로 답하며 기철마저 사무실을 나가자, 종석이 눈을 게슴츠레하게 늘였다. 고개를 절레절레 흔들며 팔짱을 끼곤 종석이 혼잣말을 중얼거렸다.

"나만 빼고 죄다 이상해."

똑똑. 노크 소리와 동시에 문이 벌컥 열렸다. 영진이 단추를 풀어 내고 막 셔츠를 벗으려던 찰나였다. 남자 숙직실이었다. 들어오는 사람이 누구든 남자일 거라 생각한 영진은 거리낌 없이 셔츠를 벗었다.

"흠."

아직 물기가 남아 반짝거리는 영진의 헐벗은 상체를 본 하나가 얼른 몸을 돌리며 헛기침을 했다.

뭔가 이상함을 느낀 영진이 고개만 돌려 하나를 보곤 바지 버클로 향하던 손을 거뒀다. 그 대신 갈아입을 새 셔츠를 꺼내 물기를 닦아 내지 못한 상체에 걸쳤다.

"뭐야."

"이마요."

그가 단추를 채우며 몸을 돌렸다. 여전히 등을 보이고 있는 하나를 지그시 바라보며 그가 입을 열었다.

"이마가 왜."

"소독이라도 해야 할 것 같아서요."

"괜찮아."

그가 무심히 말하며 바지로 손을 내렸다.

"덧나면 내 탓 하려고요?"

"뭐, 그럴 수도 있고."

"그럴 줄 알았어. 그냥 지금 약 바르는 게……."

"그대로 있어."

돌아서려는 하나를 영진이 저지시켰다. 움찔하며 고개를 갸웃하면서도 하나는 영진의 말대로 가만히 등을 보인 채 서 있었다.

"바지 갈아입을 거야."

"아."

달리 할 말을 찾지 못하고 하나가 벌린 입을 꾹 다물었다.

귀로 버클을 푸는 소리와 지퍼를 내리는 소리, 비에 젖은 바지가 바닥에 무겁게 떨어져 내리는 소리가 들렸다. 그리고 이어 부스럭거리며 움직이는 작은 소음이 연이어 들려왔다. 그가 새 바지를 찾아 입는 모양이었다.

좁은 공간. 단둘만 있는 상황에서 영진의 움직임은 비교적 선명하게 하나의 귀에 들어왔다. 그 소리에 자꾸만 가슴이 바스락거리며 호흡이 가빠 왔다.

진정하자, 아무것도 아니다. 단지 옷을 갈아입는 것뿐이다. 그 짧은 순간 하나가 부질없이 뛰어 대는 자신의 심장을 단속했다.

"옷은."

"깜짝이야!"

그사이 옷을 벌써 다 갈아입은 듯 어느새 다가온 영진이 그녀를 훑어 내리며 말했다. 놀라 흠칫거리며 몸을 돌린 하나가 바로 뒤에 서 있던 영진에 또다시 놀라 저도 모르게 몸을 휘청거렸다. 뒤로 주춤 물러서는 하나의 등을 영진이 부드럽게 감쌌다.

"제 몸이나 잘 간수하든가."

핀잔 섞인 말을 하며 영진이 하나의 몸을 바로 세우고 한 발 뒤로 물러섰다. 그의 셔츠 팔 부분이 하나의 몸에 묻은 물기로 또다시 젖어 버렸다. 하나의 시선이 거기 닿아 찌푸려졌지만, 정작 영진은 신경 쓰지 않는 눈치였다.

"왜 아직도 젖은 옷 그대로야?"

영진이 하나의 옷을 손끝으로 집어 올리며 물었다.

"아, 갈아입을 옷이 없어서요."

"여벌 옷 가져다 놓은 거 없어?"

"네."

당당하게 말하는 하나를 보며 영진이 혀를 짧게 찼다. 그가 자신의 옷을 꺼냈던 서랍을 뒤적였다. 마땅히 입힐 만한 것이 보이지 않았다. 그가 입술을 손가락으로 쓸다가 티 하나를 꺼냈다. 언젠가 집에서 급하게 나오면서 입었던 티를 세탁해서 넣어 놓은 것이었다.

준비성이 철저한 것은 강력 1팀 중에서 영진뿐이었다. 그 이

외에 여벌 옷을 숙직실에 가져다 놓는 사람은 없었다. 비상으로 집에 들어가지 못할 때는 며칠을 같은 옷을 입거나, 집에서 가져다줘서 갈아입곤 했다.

"이거라도 입든가."

영진이 다가와 건네는 옷을 하나가 물끄러미 내려다보았다.

"왜, 싫어?"

옷을 다시 거둬 가려는 영진의 손을 하나가 덥석 붙잡았다.

"아니요. 입을게요."

"바지는."

"그건 제가 알아서 할게요."

"그래."

하나의 손에서 영진이 자신의 손을 빼냈다. 가만히 그를 올려다보던 하나가 그에게서 건네받은 티를 얌전히 온돌로 된 바닥에 내려놓았다. 그러곤 그 옆에 엉덩이를 살짝 걸치고 앉았다.

"여기 앉아 봐요."

그녀가 구급상자를 무릎 위에 올려놓고 뚜껑을 열며 영진에게 말했다.

"됐어."

고개를 저으며 돌아서려는 그의 다리를 하나가 붙잡고 늘어졌다. 단박에 그의 미간이 찌푸려졌지만 하나는 개의치 않았다.

"말 안 들으면 저도 여기서 확 옷 갈아입어요."

"넌 그걸 협박이라고."

기가 찬 듯 말하는 영진의 발을 놓고 하나가 점퍼를 벗었다. 티를 잡으려 내려가는 하나의 손을 영진이 덥석 붙잡으며 한숨을 내쉬었다. 그러곤 고분이 그녀의 옆에 앉았다.

"아우, 꼴통."

영진의 타박에도 하나는 기분이 좋은 듯 싱긋이 웃었다. 그녀가 소독약을 솜에 적셔 그것으로 영진의 상처를 닦아 냈다.

그녀가 치료하기 쉽게 영진이 상체를 살짝 낮췄다. 그에 하나의 얼굴 약간 아래에 영진의 얼굴이 머물렀다.

"후우."

그녀가 입바람으로 상처 부위를 말렸다.

살랑살랑 간질거리는 바람에 영진의 눈이 절로 감겼다가 떠졌다. 영진의 눈동자가 위로 향했다. 동그랗게 모아 내밀어진 하나의 입술이 그의 시야에 들어왔다.

연고를 꺼내려 고개를 숙이려던 하나가 영진의 시선을 느끼고 그를 바라보았다. 시선이 마주쳤음에도 영진은 눈길을 거두지 않았다. 먼저 시선을 피한 건 하나였다. 그녀가 덤덤하게 구급상자에서 연고를 꺼내 뚜껑을 열고 연고를 손끝에 묻혔다.

"보기보다 상처가 깊어요. 흉터 생기지 않을까 걱정이네."

말끝에 한숨이 묻어났다. 그 숨이 영진의 입술 위로 흩어졌다. 고개를 돌려 연고를 바르려던 하나가 잠시 멈칫거렸다가, 차분하게 연고가 묻은 손가락을 상처에 댔다. 조심조심 연고를 바르는 손에서 긴장이 느껴졌다.

연고를 다 바른 듯 손을 거둔 하나가 이번엔 밴드를 뜯었다. 그사이 그녀가 참았던 숨을 몰래 내쉬었다. 하나의 사소하고 작은 움직임 하나까지도 영진의 눈에 고스란히 담겼다.

"됐어요."

밴드를 붙이고 구급상자의 뚜껑을 닫으며 하나가 자리에서 벌떡 일어났다.

"그럼 전 이만."

후다닥 문으로 걸어가는 하나의 어깨를 영진이 덥석 붙잡았다. 흠칫 몸을 떨며 하나가 그대로 몸을 굳혔다. 그녀의 머리 위로 턱 하니 뭔가가 올려졌다.

"덜렁거리긴."

힐끔 눈동자를 올린 하나의 시선 끝에 영진의 티가 들어왔다.

"아, 옷."

얼른 머리에서 티를 잡아 내린 하나가 그에게 꾸벅 인사를 하고 돌아서 문손잡이를 잡아 돌렸다. 서둘러 숙직실을 빠져나가는 하나의 모습이 닫히는 문 너머로 사라졌다.

"하아."

영진이 짙은 한숨을 터트리며 이마를 문질렀다. 그가 문득 자신의 손바닥을 펼쳐 내려다보았다. 손바닥에 손톱자국이 나 있었다. 하나에게로 뻗어 가려는 손을 억지로 묶어 두느라 힘껏 주먹을 쥐어 그런 것이다.

"애쓴다, 최영진."

자조적인 말을 하며 영진이 고개를 설레설레 흔들었다. 오하나는 절대 최영진에게 여자가 될 수 없다고 스스로에게 최면을 걸어 대던 것이 자꾸만 무색해지고 있었다. 어쩌면 그 모두가 부질없는 짓일지도 몰랐다.

오래전 그녀의 보호자를 자처했을 때부터 이미 영진에게 하나는 특별한 존재였다.

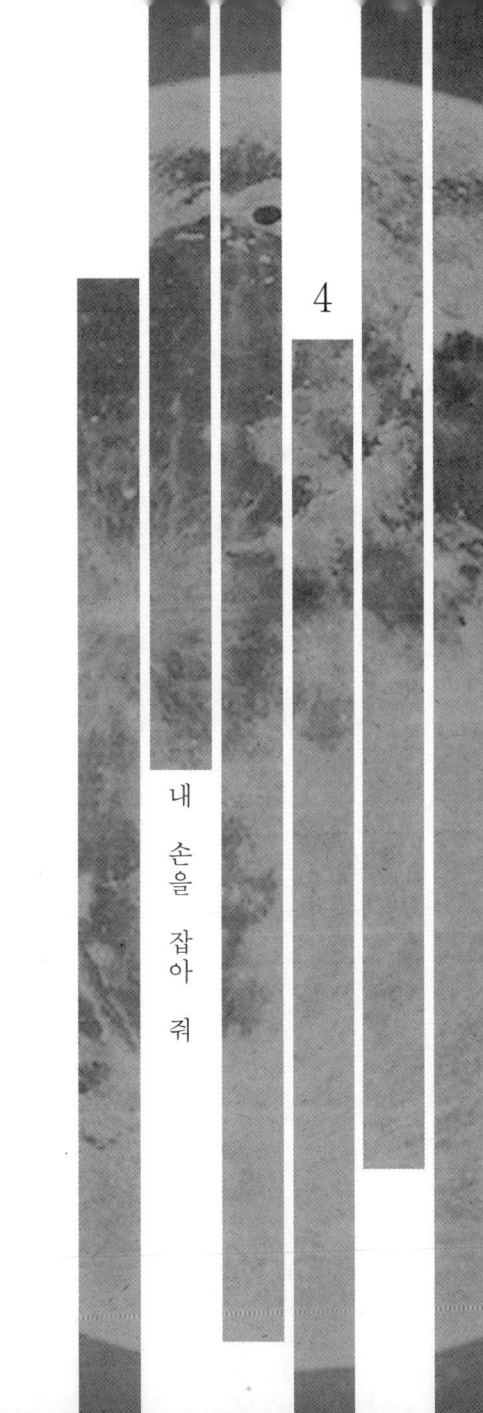

4

내 손을 잡아 줘

Finish

"우리 귀한 최 팀장의 면상에 저 잔악무도한 놈이 감히 스크래치를 냈단 말이지. 내가 그놈을 가만두지 않겠어. 나만 믿어, 최 팀장."

영진의 원수를 갚아 주겠다며 주먹까지 불끈 쥐어 보인 것치곤 진욱의 표정이 너무 밝았다.

영장을 청구하자마자 쏜살같이, 그것도 검사가 직접 들고 온 경우는 그리 흔치 않았다. 진욱이 없는 시간까지 만들어 굳이 찾아온 이유는 영진의 면상을 직접 보고 싶었던 게 확실했다.

씰룩씰룩 웃음을 참느라 부들거리는 그의 입술 끝과 벌렁거리는 콧구멍을 보면 틀림없었다.

"내 앞에서 그 면상 좀 치워 주면 좋겠는데."

영진이 인상을 구기며 차갑게 말했다. 진욱은 책상 위 책꽂이에 팔을 올려 턱을 괴고 영진의 얼굴을 뚫어져라 쳐다보고 있었다. 여차하면 네 면상을 휘갈겨 더 큰 스크래치를 만들어 줄 수도 있다는 뜻으로 영진이 주먹을 쥐어 들어 보였다.

"아직 안 가셨네요?"

마침 사무실로 들어서던 하나가 여태 영진의 자리에 붙어 있는 진욱을 보고 말했다. 진욱이 반색하며 하나의 곁으로 다가갔다.

순식간에 다가와 제 앞을 가로막는 진욱을 하나가 의아하게 바라보았다.

"왜요?"

"줄 거 있는데."

진욱이 싱긋이 웃으며 말했다.

"저한테요?"

검지로 자신을 가리키며 하나가 물었다. 고개를 끄덕이던 진욱이 그녀의 얼굴 앞으로 불쑥 제 얼굴을 기울였다. 반사적으로 하나가 얼굴을 뒤로 조금 물렸다. 진욱이 상체를 조금 더 기울여 그녀의 귀 가까이 입술을 댔다. 그러곤 나직하게 속삭였다.

"전에 부탁한 거 찾았어요."

"정말요?"

진욱의 말에 하나가 반색하며 그를 돌아봤다. 그가 기울였던 상체를 세우며 고개를 끄덕였다.

"오늘 밤 저와 단둘이서 제 집무실에 갈까요?"

"거기에 있는 거예요?"

"네. 단둘이 영화 관람을 하는 거라면 더 좋겠지만, 뭐 이것도 나름 스릴 있고 좋네요."

아쉬운 표정을 짓다가 금방 밝은 미소를 띠며 진욱이 말했다. 이번엔 하나가 한쪽 손으로 입 옆을 가리고 그의 귀 가까이에 속삭였다.

"외부 유출이 안 되는 거죠? 그래서 꼭 검사님 집무실에서만 봐야 하는 거 맞죠?"

"빙고."

진욱이 한쪽 눈을 찡긋거리며 손으로 오케이 사인을 해 보였다. 그에 하나가 힘차게 고개를 끄덕이며 흔쾌히 그의 초대에 응했다.

"8시쯤 갈 수 있을 것 같은데. 괜찮으시겠어요?"

"저야 당연히 오케이죠. 빚 탕감해 주신다는데 마다할 이유가 없죠."

"그럼 제가 시간 맞춰서 갈게요."

"보자. 지금이 6시 42분이니까. 한 시간 조금 넘게 기다리면 되겠네요."

"미리 감사해요."

"별말씀을."

둘이 살갑게 주고받는 말이 이상하게 영진의 신경을 거슬렀다. 인상을 한껏 구긴 채 앉아 있던 그가 벌떡 자리에서 일어났다. 그러곤 아직도 은밀한 눈빛을 주고받고 있는 둘 사이를 가로질렀다.

"한가하게 잡담할 시간이 어디 있어. 잡아야 할 흉악범들이 차고 넘치는데."

갑작스럽게 끼어든 영진을 피하느라 뒷걸음질을 치던 하나가 휘청거리자 재빨리 진욱이 그녀의 팔을 잡아 제 쪽으로 당겼다.

"괜찮아요?"

"네. 고마워요."

영진이 철문 앞에서 우뚝 멈춰 섰다. 그가 몸을 돌려 하나의 손목을 덥석 낚아챘다.

"일하란 말 못 들었어?"

손목을 잡은 채로 성큼성큼 앞서 걷는 영진에게 딸려 가며 하나가 뒤를 돌아보았다. 멍한 표정으로 둘을 바라보던 진욱이 곧 피식 웃으며 그녀에게 손을 흔들어 보였다.

"나중에 봐요, 하나 씨."

상큼한 진욱의 목소리에 영진이 혼잣말처럼 투덜거렸다.

"하나 씨 좋아하고 있네. 나중에 보긴 뭘 봐."

"뭐라고 하셨어요?"

하나가 고개를 내밀며 물었다. 그 얼굴을 가만히 내려다보던 영진이 냉정하게 시선을 외면하며 무작정 걷기 시작했다. 붙잡힌 손목이 아렸지만, 정작 힘껏 쥐고 있는 영진은 그를 잘 모르는 것 같았다.

경찰서 건물 밖으로 나선 그가 주머니를 뒤적거렸다. 그러나 찾는 것이 없는지 괜스레 입술을 쏠며 한숨을 내쉬었다.

"담배 사다 드려요?"

하나가 슬쩍 그의 눈치를 살피며 물었다. 옆을 돌아본 영진이 그녀를 빤히 쳐다보다 잡고 있던 손을 얼른 놓았다. 진욱과 다정한 모습이 보기 싫어 저도 모르게 억지로 끌고 나온 걸 뒤늦게 깨달았다.

"됐어."

아무 일도 없는 듯 시치미를 떼며 영진이 무뚝뚝하게 말했다.

손목이 욱신거려 등 뒤로 돌려 주무르며 하나가 고개를 끄덕였다. 그러다 문득 생각난 것이 있는 듯 영진을 올려다보며 물었다.

"그러고 보니, 요즘 팀장님 담배 피우시는 걸 못 본 거 같네요?"

"끊어 볼까 싶어서."

그가 하나의 시선을 회피하며 하늘을 응시했다. 어쩐지 조금 쑥스러운 것 같았다. 금연하는 게 뭐라고 괜히 머쓱한 기분이 들었다. 하나 앞이라서 그런 듯했다.

"진짜요?"

그의 예상대로 하나가 반색하며 눈을 반짝 빛냈다. 힐끔 바라본 하나의 얼굴에 영진의 기분도 은근히 좋아졌다.

"네가 만날 노래 불렀잖아. 담배 좀 끊으라고. 하도 시끄럽게 쫑알거려서……."

갑자기 그의 멱살을 하나가 붙잡았다. 그가 그것을 느낌과 동시에 영진의 면전으로 하나의 얼굴이 다가왔다. 그녀가 그의 멱살을 잡은 채 발을 돋운 것이다.

하나의 코끝이 그의 입술에 닿았다. 그녀가 코를 킁킁거리더니 환한 미소를 머금었다.

"와아, 진짜네. 담배 냄새 하나도 안 나요."

"흠."

그가 헛기침을 하며 멱살을 잡고 있는 그녀의 양손을 제 손으로 감쌌다.

"거짓말일까 봐?"

하나의 손을 거둬 내려던 영진이 멈칫거렸다. 그녀가 이번엔 고개를 조금 틀어 아슬아슬한 위치에서 더 깊게 숨을 들이켰다. 만면에 미소를 띤 하나가 작게 속살거렸다.

"이젠 달콤한 향기까지 나는 거 같은데요? 사탕으로 대체했나?"

영진은 단걸 그다지 좋아하지 않는다. 그래서 사탕 같은 건

먹을 생각을 아예 하지 않았다. 그러니 그의 입술에서 달콤한 향기가 날 리 없었다.

"아······."

아니라고 말하려고 했다. 그런데 그 순간 사람들이 우르르 입구 쪽으로 밀려나오는 걸 보고 영진이 본능적으로 하나를 당겼다. 문 앞에 서 있는 그녀를 사람들이 밀치고 지나갈 것 같아서였다.

그녀의 몸이 제 쪽으로 기울자 양손을 내려 하나를 보듬었다. 빙글 몸이 돌아가고 하나가 영진이 있던 자리에 서고, 영진이 사람들에게 등을 보이며 입구에서 조금 멀어졌다. 그리고 그 와중에 둘의 입술이 겹쳐졌다.

사태 파악이 덜된 듯 하나의 눈이 멍하니 깜빡거렸다. 한 무리의 사람들이 지나가고 주변이 조용해지자 하나가 놀란 듯 눈을 동그랗게 뜨고 입술을 떼어 냈다.

"절대 고의는 아니었습니다."

무죄를 외치듯 그녀가 두 손을 들어 보였다. 여전히 그녀의 등을 감싸고 있던 영진이 하나를 지그시 바라보다 팔을 풀었다. 그가 몸을 돌려 계단을 내려가며 부드럽게 말했다.

"네가 한 거 아니야."

멀뚱히 영진의 뒷모습을 보던 하나가 고개를 갸웃 기울였다. 그녀가 머리를 긁적이며 입술을 살짝 깨물었다.

"그럼 누가 했단 거야?"

자신이 아니면 영진밖에 없었다. 하지만 그가 무턱대고 하나의 입술에 입술을 댔을 리 없다.

불의의 사고. 번뜩 떠오른 말에 하나가 고개를 끄덕였다. 이건 그야말로 원치 않게 일어난 불의의 사고였다.

"키스도 아닌데 뭘."

잠깐 입술이 부딪친 것뿐이라고 상황을 정리한 하나가 영진의 뒤를 쫓아 계단을 뛰어 내려갔다.

"팀장님, 같이 가요."

곁으로 다가온 하나를 보지도 않고 영진이 말했다.

"하지 마."

밑도 끝도 없이 뭘 하지 말라는 건지. 하나가 의아한 표정으로 영진을 올려다봤다.

"뭘요?"

"뭐든."

"네?"

"혼자서 하려고 하지 마."

자신이 대체 뭘 혼자서 그렇게 해 댔기에 영진이 이런 말을 하는지 하나는 도통 알 수가 없었다. 볼을 긁적이며 곰곰이 생각하던 하나가 직설적으로 그에게 물었다.

"제가 혼자서 하면 안 되는 게 구체적으로 어떤 건지 말씀해 주시면 좋겠는데."

영진이 경찰서 정문 앞에서 우뚝 걸음을 멈추고 하나를 향해 돌아섰다. 그녀도 그의 입술을 주시하며 마주 섰다. 어떤 말을 할지 기다리는 하나를 지그시 내려다보다 영진이 작게 한숨을 내쉬었다.

"뭐든이라고 한 말 못 알아들었어?"

훈계하듯 말하는 영진을 가만히 올려다보던 하나의 미간이 찌푸려졌다. 알아먹게 말을 해야 쉽게 알아들을 것 아니냐는 불만이 그대로 얼굴에 드러났다.

"혼자 판단하고 혼자 행동하다가 다칠 수도 있다는 말이야. 네가 생각하는 게 뭐든 그게 위험한 일이라면 말을 하고 도움을 청해. 알았어?"

아까 골목에서의 살인미수 사건을 두고 하는 말이었다. 앞뒤 잘라먹고 말을 하니 알아듣질 못하지.

불퉁한 마음이 들긴 했지만 잠시였다. 어쨌건 그가 눈치를 채고 묵묵히 곁을 지켜 준 덕분에 놈을 쉽게 잡고 살인도 막을 수 있었다. 그것만으로도 하나는 영진이 무척 고마웠다.

"네. 알겠습니다."

순순히 그의 말에 답했지만, 다시 그런 일이 생기면 과연 그에게 말할 수 있을지는 의문이었다. 오늘은 우연찮게 그가 이상한 낌새를 눈치채고 알아서 곁에 있어 주었다. 하지만 그녀가 살인이 일어날지도 모른다며 환상 속에서 봤다고 말한다면 과연 그걸 믿어 줄지는 의문이었다. 영진에게 아직 완전히 자신의 비밀을 털어놓을 수는 없었다.

하나의 대답이 마음에 들었는지 영진이 고개를 끄덕이며 다시 몸을 틀어 걸음을 옮겼다. 그에 맞춰 하나도 발을 움직였다.

"아까 그건 뭐야?"

이건 또 무슨 뜬금없는 말일까? 또르르 하나의 눈동자가 굴러가 영진의 표정을 살폈다. 화가 난 건 아니고 그냥 묻는 말인 것 같았다. 그런데 뭐에 대해 묻는지는 여전히 알 수 없었다.

"아까 뭐요?"

"강 검사랑 만나기로 한 거."

이제야 영진의 말을 알아듣고 하나가 손뼉을 쳤다. 영진이 돌아보며 눈썹을 들썩였다. 지금이 박수칠 상황은 아니지 않느냐는 의미였다. 은근히 그의 시선을 외면하며 하나가 목을 긁적였다.

"그냥 전에 뭘 좀 부탁한 게 있어서요."

"무슨 부탁."

"사적인 거라 얘기하기가 좀 그런데."

하나가 깊이 파고들지 말라는 뜻으로 벽을 쳤다.

이번 대답은 마음에 들지 않는 듯 영진의 눈썹이 조금 더 갈지자로 휘어졌다. 진욱과 개인적으로 만나 할 얘기가 대체 뭘까?

그가 하나의 눈을 직시하며 한 발 앞으로 다가섰다. 그에 맞취 하나가 뒤로 한 발 물러섰다. 벌어진 거리보다 더 가깝게 다가선 영진에 하나가 꿀꺽 마른침을 삼켰다.

"근데 어디 가시는 거예요?"

대화를 다른 쪽으로 돌리며 하나가 물었다. 절대 순순히 답을 해 주지 않을 거라는 의지가 담긴 하나의 얼굴을 유심히 내려다보다가 영진이 짧게 혀를 차며 몸을 돌렸다.

"비밀이야."

"네?"

억지로 끌고 나올 때는 언제고 이번엔 비밀이라며 가는 곳도 알려 주지 않는다. 하나의 말에 단단히 골이 나서 복수 차원으로 저러는 게 분명했다. 그답지 않은 행동에 하나가 허 하고 입을 벌린 채 멈춰 섰다.

"뭐야. 삐친 거야?"

혼자 성큼성큼 걸어가는 그를 하나가 믿을 수 없다는 표정으로 바라보았다.

"픗."

웃음이 터져 나왔다. 냉철하기로 소문난 천하의 최영진도 삐칠 수 있다니. 어쩐지 그의 뒷모습이 평소와 달리 귀엽게 보였다.

"섹시하고 멋진 데다 귀엽기까지? 와아, 최영진, 당신 대체 어디까지 갈 거야? 이러다 푹 빠진 채로 못 헤어 나오면 나만 곤란하다고요, 이 양반아."

삐쳤다는 말 자체가 영진과는 어울리지 않지만, 어쨌든 그의 기분이 그다지 유쾌하지 않은 이유는 자신이 싫어하는 진욱과 하나가 같이 있을 거라는 것 때문인 듯했다. 남녀가 한 공간에서 늦은 밤 같이 있다는 게 불안한 게 아니라. 그 부분에선 약간 아쉽긴 했다.

"여자로 봐 주면 더없이 좋을 텐데 말이야. 그놈이랑 있는 거 불안해서 안 된다고 말해 주면 진짜 기분 업인데."

바랄 걸 바라자 하며 하나가 이내 마음을 접고 쪼르르 그의 곁으로 바짝 다가가 붙었다. 그래도 이번엔 영진이 먼저 가지 않고 하나와 보조를 맞춰 걸어 주었다.

영진이 간 곳은 사격장이었다.

방탄복과 장비를 착용하는 영진을 따라 하나도 복장을 갖추고 그의 옆 칸에 섰다. 38권총에 탄을 채우고 영진이 하나를 돌아봤다. 그를 신경 쓰고 있던 하나가 눈을 맞추며 싱긋이 웃었다. 물끄러미 그녀를 응시하던 영진이 하나의 앞으로 걸어가 그녀의 목에 걸고 있던 헤드셋을 잡았다.

"이기면 소원 하나 들어준다."

"진짜요?"

"내가 거짓말하는 거 봤어?"

마지막 말을 하곤 영진이 직접 그녀의 귀를 헤드셋으로 막았다.

"대신 내가 이기면 너도 소원 하나 들어줘야 해."

"네?"

잘 들리지 않는 듯 하나가 반문하며 헤드셋에 손을 댔다. 그녀의 손을 헤드셋에서 거둬 내며 영진이 손으로 과녁을 가리켰다. 하나가 과녁을 돌아보자 그가 하나의 손을 잡아 권총을 쥐여 주었다. 그러곤 자신의 자리로 돌아가 헤드셋을 쓰고 권총을 들어 자세를 잡았다.

탕!

그가 첫 발을 쏘자 하나도 집중해 과녁을 겨냥했다. 사격 실력이라면 하나도 같은 동기들 중에선 늘 1위를 차지할 정도로 월등했다. 하지만 백발백중의 영진을 이길 수 있을지는 미지수였다. 그가 실수라도 해 준다면 좋을 텐데.

탕! 탕!

연이어 발사한 총알이 과녁에 명중할 때마다 마음이 초조해졌다. 단순히 소원 하나 들어주겠다는 건데, 둘 다 지고는 못 사는 성격이라 더 그런 듯했다.

마지막은 하나가 먼저 쏘았다. 바짝 긴장해서 그런지 초점이 살짝 흔들렸고 중앙에서 벗어나 8점 부근에 맞았다.

한숨을 내쉬며 총을 내려 두고 그녀가 영진을 봤다. 그가 한 손으로 여유롭게 과녁을 겨냥하고 있었다. 그 순간 무슨 생각으로 그랬는지 하나가 위험하게 자신의 구역을 벗어나 영진의 사격대로 들어갔다.

그녀가 곁으로 다가온 걸 알면서도 영진은 전혀 흐트러진 모습을 보이지 않았다. 잠시 발사를 멈췄을 뿐 여전히 과녁을 겨냥한 자세를 유지하고 있었다.

좁은 공간에 거의 밀착되다시피 붙어 있는데도 너무 평온한 그의 모습이 왜 그리 심술이 나던지. 아무리 여자같이 느끼지 않는다지만 이런 무시는 하나로서도 약간 자존심이 상했다.

"해도 너무하네."

하나의 목소리가 시무룩했다. 헤드셋을 하고 있어서 그는 그녀의 말을 듣지 못했다. 그녀가 자신의 헤드셋을 벗어 테이블 위에 내려놓았다. 그가 힐끔 그것을 봤다. 귀를 막지 않으면 총소리에 먹먹해질 수도 있었다. 하나가 헤드셋을 벗어 자신이 볼 수 있게 내려놓은 것이 방해를 하려는 목적이라고 생각한 영진이 피식 웃으며 다시 과녁을 응시했다.

그가 총을 발사하려는 순간, 하나의 손이 뻗어 와 그의 볼을 감쌌다. 영진이 손을 멈칫했다. 이번엔 또 무슨 방해 공작을 하려나 하며 그가 돌아보는 순간, 하나의 입술이 영진의 입술에 닿았다.

그의 손이 움찔거렸다. 그녀가 영진의 입술에 닿은 입술을 조금 더 움직여 더 깊이 입술을 삼켰을 때 저도 모르게 그가 방아쇠를 당겼다.

탕!

마지막 총알은 완벽하게 과녁을 벗어났다. 그와 동시에 하나가 그에게서 입술을 떼고 과녁을 돌아봤다.

"휘유우."

그녀의 입술에서 낮은 휘파람 소리가 들렸다. 영진의 총알이 빗나간 것이 즐거운 듯 그녀의 눈이 반짝 빛났다. 하나의 입가에 맺힌 만족스런 미소를 내려다보는 영진의 눈빛이 모호한 빛을 띠고 있다는 건 전혀 눈치채지 못하고 있었다.

"아."

뒤늦게 자신의 반칙이 걸렸던지 그녀가 웃음기를 지우고 힐끔 그의 눈치를 살폈다.

"흠, 그게 꼭 이기고 싶어서 그런 건 아니고요."

거짓말이나 변명은 아니었다. 정말 자신과 밀착되어 있으면서도 흔들림 없는 그가 그 순간 너무 얄미워 저도 모르게 발끈해서 나온 충동적인 행동이었다. 어떻게 그런 과감한 행동을 할 수 있었는지에 대해선 아마도 사격장으로 오기 전 의도치 않게 입을 맞춘 일이 약간의 용기를 준 게 아닐까 생각했다.

가벼운 입맞춤에는 아무렇지 않게 행동하던 그가 과연 진한 키스에도 반응이 없을까 하는 궁금증도 있었다고 본다. 머리로 먼저 냉철하게 생각하고 행동을 해야 했는데, 또 충동적으로 먼저 일을 저지르고 말았다.

영진이 그녀를 직시한 채 총을 내리고 헤드셋을 벗었다. 그의 강렬한 눈빛에 하나의 말문이 턱 막혔다. 그제야 자신이 괜한 짓을 했구나 싶었다. 마른침을 꿀꺽 삼킨 하나가 그의 눈을 피해 고개를 아래로 내렸다. 그러곤 시간을 확인하려는 것처럼 손목시계를 봤다.

"아이쿠, 시간이 벌써 이렇게 됐네. 약속이 있어서 전 이만."

은근슬쩍 약속을 핑계 삼아 빠져나가려던 하나를 영진이 손을 뻗어 차단했다. 칸막이에 붙다시피 서 있던 하나의 얼굴 옆을 그가 손으로 짚었다. 눈동자를 굴려 퇴로를 차단한 그의 팔을 보곤 하나가 입술을 혀로 축였다.

'망했다.'

절망스런 표정을 지으며 고개를 살짝 숙인 하나의 얼굴 위로 그림자가 드리웠다. 힐끔 시선을 올린 하나의 눈동자에 코앞으로 다가온 영진의 얼굴이 보였다. 숨이 막힐 듯 무거운 적막에 불안함을 느낀 하나가 손끝에 닿은 바지를 만지작거렸다.

이 위기를 어찌 벗어날지 고심하며 이제야 열심히 머리를 굴려 대는 게 그녀의 얼굴에 고스란히 담겼다.

"늦었어."

왠지 머리 위에서 들려오는 그의 말이 사형선고처럼 들렸다. 슬그머니 고개를 들어 그를 올려다보았다. 그 순간 그의 얼굴이 더 가까이 다가왔다. 손가락 한 마디에 불과한 아슬아슬한 거리를 두고 영진의 입술이 멈췄다.

"음."

하나의 입술이 절로 꾹 다물어졌다. 놀람과 긴장으로 동그랗게 커진 하나의 눈을 영진이 짙게 응시했다. 멍하니 그를 보다가 하나가 눈을 깜빡거렸다. 지금 영진이 이러는 건 어쩌면 장난이거나, 혹은 자신의 발칙한 키스에 대한 엄한 호통일지도 모른다고 하나는 생각했다.

"잘못했습니다."

즉각 하나가 잘못을 인정하며 사과했다.

"뭘."

"그게……."

그가 다른 손으로 마저 그녀의 얼굴 옆 칸막이를 짚었다. 그의 양손 사이에 완벽하게 갇히고 말았다. 맞닿은 가슴이 묵직하게 눌리는 게 느껴졌다. 그가 무게를 실으며 조금 더 다가오려 했다. 위기를 감지한 하나가 빠르게 입을 놀렸다.

"멋대로 키스한 거요."

입술을 움직이면 닿을 거리에 그의 입술이 다가와 있었다. 그래서 하나가 입술을 달싹일 때마다 그의 입술과 살짝살짝 맞닿았다. 그 간질거리는 자극에 하나의 미간이 움찔거렸다. 말을 안 할 수도 없고 아주 죽을 맛이었다.

"상대 허락도 없이 입술을 마음대로 취하면."

그가 말을 하자 이번엔 하나의 입술에 자극이 주어졌다. 잠시 말을 멈춘 영진이 길게 숨을 내쉬었다. 그 숨이 그대로 하나의 입술을 통해 그녀의 입 안으로 스며들었다.

"그건 추행인가?"

이어진 그의 말에 하나가 미간을 꿈틀거렸다. 자신의 키스를 영진이 그렇게 느낀 건가 하는 생각에 마음이 아릿했다. 흔들리는 그녀의 눈동자를 지그시 바라보며 영진이 다시 말을 이었다.

"아니면, 받아들이는 사람의 마음에 따라서 다른 건가?"

무슨 뜻일까? 의미를 알 수 없어 하나의 눈동자가 어지럽게 흔들렸다.

자신의 눈을 불안하게 바라보는 하나를 가만히 응시하다 영진이 시선을 내려 그녀의 입술을 내려다보았다. 그의 시선이 머문 자리가 화끈거렸다. 긴장한 하나가 바지를 꽉 움켜쥐었다. 숨이 점점 가빠지는 걸 느꼈지만, 그와 너무 가까워 제대로 숨을 쉴 수가 없었다. 이러다 호흡곤란으로 쓰러지는 건 아닐까 하는 순간, 그가 눈썹을 휘며 입술을 달싹였다.

"또 까불면 정말 혼난다."

그가 조금 물러나며 간격을 벌리자 그제야 하나가 밭은 숨을 흘려 냈다.

"대답."

"네. 명심하겠습니다."

군기가 제대로 든 것처럼 하나가 답했다. 그가 손을 거두자 하나가 쏜살같이 옆으로 걸어 부스에서 빠져나왔다. 방탄복을 벗어 제자리에 넣기 무섭게 하나가 영진에게 꾸벅 인사를 했다.

"그럼 전 약속이 있어서 먼저 가 볼게요."

영진이 등을 돌린 채 답 없이 권총에 총알을 채워 넣었다.

잠시 머뭇거리던 하나가 그가 헤드셋을 쓰는 것을 보곤 문을 열고 사격장을 나섰다.

흐트러짐 없이 완벽한 자세로 과녁을 겨냥한 영진의 눈이 예리하게 빛났다.

탕!

한 발을 정확히 과녁의 중심을 향해 쏜 영진이 총을 내려놓고 한숨을 푹 내쉬었다. 그가 잘근 아랫입술을 깨물었다. 자신의 입술을 덮쳤던 하나의 입술을 다시 취하고 싶었다. 그런 영진의 마음을 모르는 하나는 그가 화를 내고 있는 거라고 생각했다.

"망할."

좋아한다 수없이 고백하는 하나의 마음을 모른 척 벽을 치며 외면했던 건 영진이었다. 그래야만 한다고 생각했다. 자신은 죽은 오 경감을 대신해 하나를 지켜 줘야 하는 보호자라 여겼다. 엄한 마음을 품으면 안 된다고 그 자신이 벽을 세웠다.

왜, 안 되는 건데.

그가 스스로에게 자문했다. 돌아올 답은 이미 그도 알고 있었다. 모든 건 본인 스스로가 자초한 것이라는 걸.

하나가 자꾸만 여자로 느껴질 때마다 그 벽을 더 견고하게 세우고 확인한 것 또한 영진이었다. 고작 입맞춤 한 번에 마음이 서걱거리고, 키스에 심장이 미칠 것처럼 뛰어 대면서.

하나에 대한 걱정과 관심이 전부 보호자로서의 감정은 아니라는 걸 그도 어느 정도는 감지하고 있었다.

자신이 모르는 일로 진욱과 늦은 밤 만난다는 게 솔직히 무척 신경 쓰였다. 가지 말라고 말리고 싶었다. 그런데 그러지 못했다.

무슨 이유로, 무슨 자격으로 그런 말을 할 수 있을까.

술김에 한 고백도 아닌 맨 정신으로 자신을 똑바로 바라보며 용기를 내 고백한 하나를 단칼에 거절한 주제에 어떻게 그럴 수 있을까. 하나를 보면 문을 나서는 그녀를 붙잡을 것 같아서 영진은 일부러 그녀를 외면했다.

영진이 테이블을 두 손으로 내려치며 고개를 떨궜다. 좁혀진 미간 사이로 짙은 고뇌가 담겼다. 마음의 벽이 자꾸만 무너지려 하고 있었다.

아니, 이미 무너지고 있는지도 몰랐다.

하나가 검찰청 주차장에 도착했을 때는 8시를 5분 정도 남겨 둔 시간이었다.

보통의 회사원이라면 퇴근을 하고도 남았을 시간이었지만, 검찰청의 불은 아직 환하게 밝혀져 있었다. 밤낮을 가리지 않고 일을 하는 건 검찰이나 경찰이나 마찬가지였다.

검찰청의 로비로 들어선 하나가 익숙하게 엘리베이터가 있는 곳으로 걸어갔다. 업무상 전담 검찰인 진욱의 집무실에 간

혹 출입을 한 터라 어딘지는 잘 알고 있었다.

버튼을 누르고 기다리고 있던 하나의 옆에 누군가 나란히 섰다. 엘리베이터를 타려는 사람이라 여기고 하나는 그다지 신경을 쓰지 않았다.

"휴우, 정확한 타이밍에 복귀했네."

낮익은 목소리에 하나가 옆을 돌아봤다.

진욱이었다. 그가 싱긋이 웃으며 하나에게 손 인사를 건넸다.

"검사님, 저 마중 나오신 건… 아니죠?"

"설마요."

"그러실 줄 알았어요."

아닌 줄 알고 물어본 말이었지만 그렇다고 대뜸 저렇게 답할 줄은 몰랐다. 하나가 어색하게 웃으며 고개를 돌려 엘리베이터를 응시했다. 진욱이 하나의 어깨를 장난스럽게 툭 쳤다. 의아해 돌아보는 하나에게 진욱이 유쾌하게 말했다.

"마음으로는 정말 마중을 나가고 싶었죠. 갑자기 고검장님이 호출해서 아쉽게도 못 했지만."

"아, 그렇구나."

어떻게 장단은 맞춰 줘야 할 것 같아서 하나가 고개를 주억거렸다.

엘리베이터 문이 열렸다. 진욱이 고갯짓으로 하나에게 먼저 타라고 했다. 하나가 얼른 올라타자 진욱이 따라 엘리베이터로 들어섰다.

3층 버튼을 누른 진욱이 하나의 옆에 나란히 섰다.

"그래도 늦지 않게 오려고 무진 애를 썼다는 건 알아주셨으면 하는데."

"그건 인정."

약속 시간에 딱 맞춰서 온 건 정말 장하다고 하나가 엄지를 척 들어 보였다. 그 엄지를 보다 하나의 얼굴을 응시하며 진욱이 섭섭하다는 투로 물었다.

"그것만?"

"아니요. 그것도라고 말하려던 건데 말이 이상하게 나갔네요."

기분이 상하지 않게 하나가 돌려 말하자 진욱이 냉큼 말꼬리를 물었다.

"그리고 또 뭐요?"

"네?"

뭘 또 말하라는 건지. 진욱이 하는 말의 의미를 못 알아채고 하나가 조심히 되물었다.

진욱이 오늘 하나를 위해 준비해 준 것은 조금 억지에 가까운 것이었다. 솔직히 밥 한 끼 같이 먹는 것에 내건 조건치고는 좀 과한 부탁이었다. 그래서 하나는 될 수 있으면 그 부탁을 들어준 진욱에게 잘해 주고 싶었다.

"나 또 뭐 잘했냐고요. 그것도라면서요."

"…아, 제가 그랬죠."

한 박자 늦게 답하며 하나가 머리를 굴렸다. 또 진욱을 칭찬할 만한 게 뭐가 있나 생각하는 중이었다.

허구한 날 영진을 찾아와 그를 귀찮게 해서 사실 하나는 진욱에 대해 그리 좋은 이미지를 가지고 있진 않았다.

지금 곰곰이 생각해 보니, 영진에 관한 걸 빼면 나름 괜찮은 것 같기도 했다. 굳이 들어주지 않아도 될 하나의 부탁을 잊지 않고 들어준 것도 그렇고, 일처리도 능수능란했다. 진욱은 검사 중에서도 출중한 실력을 인정받는 유능한 검사였다.

"제 부탁 들어주셔서 감사해요."

진심으로 하나가 그에게 감사의 마음을 전했다. 반은 장난으로 한 말이었는데 하나가 진지하게 나오자 이번엔 진욱이 살짝 머쓱해졌다. 그가 이마를 긁적였다. 엎드려 절 받기를 한 것처럼 괜히 낯이 간지러웠다.

"이거 좀 민망한데요?"

"전 진심이에요."

"일부러 감사 인사 들으려고 꺼낸 말은 아니었는데."

머쓱해하는 진욱의 얼굴을 보니 웃음이 났다. 늘 장난기 다분한 그의 모습만 보다가 이렇게 쑥스러워하는 걸 보니 뭔가 색달랐다. 눈이 마주치자 잘근 아랫입술을 깨물던 진욱도 엷은 미소를 머금었다.

"그냥 받아 둬요. 언제 또 감사 인사 받을지 모르니까. 제가 그런 거에 좀 인색하거든요."

"그럼, 그럴까요?"

장단을 맞춰 진욱이 넙죽 허공에 떠도는 감사 인사를 받아 주머니에 챙겨 넣는 시늉을 했다. 그를 지켜보던 하나가 풋 하고 웃음을 터트리자, 진욱도 평소처럼 능청스런 얼굴로 돌아왔다.

"내릴까요?"

어느새 도착해 열린 문을 가리키며 진욱이 말했다. 하나가 흔쾌히 응하며 엘리베이터 밖으로 발을 내디뎠다. 나란히 복도로 나선 진욱이 집무실에 가까워지자 먼저 성큼 걸어가 문을 열었다.

"이런 에스코트에 익숙하지 않아서 조금 어색한데요."

진욱이 열어 준 문으로 들어서며 하나가 어깨를 으쓱했다. 문을 닫고 들어서며 진욱이 장난스럽게 말했다.

"숙녀분에게 당연한 거죠. 영진이가 안 해 줘요? 그놈 안 되겠네. 제가 따끔하게 훈계하고 가르치겠습니다. 저만 믿으세요."

"좀 과하신 것 같은데."

자제를 바라며 하나가 익살스럽게 말했다. 진욱도 반은 장난이었던 터라 가볍게 받았다.

"그랬나요?"

"네."

강력계에서 여자 남자 따지는 건 우스운 일이었다. 하는 일 자체가 험했다. 흉악범들을 상대하는 일을 하면서 여자라는 이유로 몸을 사리거나 배려해 주기를 바라서는 안 된다. 게다가, 하나의 성격이 그리 여성스럽지도 못했다.

그래서 팀원들도 그녀를 막내로만 대하지 여자로 보지는 않았다. 그에 대해서는 영진도 마찬가지였다. 대신 팀원이자 막내에 대한 보호는 확실했다.

"생각하다 보니 좀 서글프네."

"네?"

"아니에요."

"그럼 우리 이제 본론으로 들어가 볼까요?"

진욱이 책상으로 걸어가 잠겨 있는 맨 위 서랍을 열쇠로 열었다. 그 안에서 서류철 하나를 꺼내 든 진욱이 하나에게 다가와 그것을 건넸다. 하나가 아까와 다른 살짝 긴장한 표정으로 그것을 받아 들었다.

"소파에 앉아서 천천히 보세요."

"감사합니다."

소파에 앉는 동안에도 하나의 시선은 줄곧 서류철에 닿아 있었다. 그녀가 손의 떨림을 덜어 내려 서류철을 테이블 위에 올려 두고 두 손을 바지에 문질렀다. 긴장으로 손바닥에 땀이 맺히는 것 같았다.

하나가 조심스럽게 서류철로 손을 뻗었다. 그녀가 가만히 서류철 앞에 붙은 사건 파일명을 더듬었다. 손끝이 다시 떨려 왔다.

[장현동 오창수 살인 사건]

미제 사건으로 남겨진 하나 아빠 오창수 경감의 사건 파일이었다.

살인에 대한 공소시효가 있던 때에 일어난 사건. 그 공소시효가 미처 다 지나지 않았음에도 사건에 대한 기록이 사라져 버렸다.

그 어디에서도 파일을 찾을 수가 없어 혹시나 하는 마음으로 진욱에게 부탁한 것이었다. 마당발이라고 소문난 그라면 구할 수도 있지 않을까 하는 생각에서였다.

기대 이상으로 그가 빨리 서류를 찾아 주었다. 하나가 기억하는 그날의 일들과 미처 알지 못했던 것들이 파일에는 기록되어 있을지도 몰랐다.

아직 범인이 잡히지 않았다. 놈을 잡기 위해선 조금 더 많은 정보가 필요했다.

그리고 왜 공소시효도 지나지 않은 사건의 파일이 경찰청 자료에선 감쪽같이 사라져 버렸는지도 알고 싶었다.

하나가 크게 심호흡을 하곤 서류철을 넘겼다. 그날의 참혹한 사진들이 파일에 담겨져 있었다. 그녀의 눈동자가 흔들렸다.

냉철하게 객관적인 형사의 눈으로 사건을 보려고 했다. 쉽지 않을 거라는 건 예상했지만 생각보다 크게 마음이 동요되어 버렸다.

"차 한 잔 마시면서 천천히, 천천히 봐요."

진욱이 그녀의 손에 따스한 차가 담긴 머그잔을 건네며 부드럽게 미소를 지어 보였다. 그녀가 보고 있는 사건 파일이 어떤 것인지 진욱도 잘 알고 있었다. 동정의 눈빛은 배제한 진욱의 얼굴에 하나가 엷은 미소를 지으며 고개를 끄덕였다.

"네. 감사합니다."

"그럼, 편하게 보세요."

그가 자리를 비켜 주며 책상으로 돌아가 조용히 다른 서류를 펼쳐 들었다. 겸사겸사 자신의 일을 하는 것처럼 보이려는 의도였다. 그래야 하나의 마음이 조금 더 편할 테니까.

진욱의 배려 속에서 하나는 다시 마음을 추스르고 서류로 시선을 내렸다.

범인은 오 경감이 이른 퇴근을 하고 집으로 돌아올 것을 알고 미리 집 안으로 숨어들었다. 오 경감이 뭔가 이상한 낌새를 채기 전 그의 후두부를 둔기로 내려쳤고, 이어 주춤하며 균형을 잃은 오 경감의 복부를 칼로 찔러 쓰러트렸다.

그 이후, 하나가 전화를 걸기까지 35분의 시간 동안 놈은 대체 무슨 이야기를 했을까? 그때까지만 해도 오 경감은 살아 있었다. 휴대폰으로 들려오는 그의 신음 소리를 분명히 들었고,

사망 추정 시간 또한 하나가 집에 도착하기 5분에서 10분 전쯤이었다.

간발의 차이였다. 조금만 빨리 도착했다면 어쩌면 아빠를 살릴 수 있지 않았을까.

두고두고 후회되는 일이었다. 하나의 가슴에 응어리진 채 남아 있는 아픔이었다.

"하아."

정적을 뚫고 들려온 하나의 깊은 한숨 소리에 진욱이 그녀의 안색을 살폈다. 눈을 질끈 감았다가 뜬 하나가 다시 서류에 집중하는 것을 보곤 진욱이 시선을 거뒀다.

'범인에 대한 단서가 하나도 없어.'

잔혹한 살해 현장에 남겨진 건 오 경감의 피가 전부였다. 그 피를 밟고 집을 나갔을 범인의 족적은 남아 있지 않았다. 오 경감이 흘린 피가 그마저도 덮어 버렸기 때문이었다. 놈이 남긴 건 하나의 입 안으로 떨어진 놈의 피가 다였다.

하지만 그때는 그것을 생각할 겨를이 없었다. 역겹고 끔찍해 얼른 다 지워 내고 싶다는 생각밖에 없었다. 이미 입에 들어온 피는 대부분 삼킨 뒤였다. 그 당시에 아빠의 죽음 앞에서 그녀가 할 수 있는 건 오열과 기절을 반복하는 것밖에 없었다.

"바보 멍청이."

하나가 자신의 무지함을 탓하며 머리를 두 손으로 두드렸다.

어떻게든 놈을 잡고 말겠다고 다짐했지만 증거도 놈에 대한 정보도 부족했다. 갑갑함에 가슴이 터질 것만 같았다. 하나가 자리에서 벌떡 일어났다.

"저 잠깐 화장실 좀."

보지 않아도 진욱이 자신을 걱정스러운 눈길로 바라보고 있다는 걸 알 수 있었다. 진욱의 대답을 기다리지 않고 하나가 그의 집무실을 나섰다.

복도로 나와도 막힌 숨통이 트이지 않았다. 하나는 외부와 연결된 발코니를 찾아 걸음을 옮겼다.

빠른 걸음으로 복도 끝까지 걸어가 발코니의 문을 열었다. 차가운 밤공기가 물씬 몰려와 그녀의 얼굴과 몸을 식혀 주었다. 발코니의 끝 난간에 기대 하나가 한껏 공기를 들이켰다. 폐부 깊숙이 공기가 들어차자 조금쯤은 숨통이 트이는 것 같았다.

"하아."

심호흡을 하며 마음을 추스르는 그녀를 발코니 한쪽 어둠이 내려앉은 공간에서 누군가 지켜보고 있었다. 그 은밀한 시선을 하나는 알아채지 못했다. 어둠 속에서 눈을 빛내던 존재가 천천히 걸음을 옮겼다. 출입문의 손잡이를 잡아 열고 발코니를 빠져나간 후에야 하나가 고개를 돌렸다.

문이 작게 흔들리고 있는 걸 보며 하나가 고개를 갸웃했다. 아무런 인기척을 느끼지 못한 터라 누군가 문을 열고 나갔다고는 생각지 못했다. 바람이 문을 건드렸나 보다 하고 생각할 뿐이었다.

"더 늦기 전에 들어가야지."

자신만 생각할 게 아니었다. 기밀 서류를 찾아 보여 준 것도 그렇고, 여태 자신 때문에 퇴근도 못 하고 기다려 준 진욱을 생각해서라도 얼른 들어가 일을 마무리 지어야 했다.

마음을 다스린 하나가 몸을 돌렸다. 발코니의 찬바람이 작게나마 도움이 되었다. 이마저도 없었으면 견디지 못하고 울음을 터트렸을지도 몰랐다.

진욱의 집무실로 들어온 하나가 테이블 위 머그잔을 보곤 소파에 앉아 그것을 들고 들이켰다. 차의 이름은 알 수 없었지만, 진욱의 말처럼 마음이 평온하게 가라앉았다.

"잘 봤어요."

평소와 다름없는 말투로 돌아온 하나가 서류철을 들고 책상 앞에 서 있었다.

진욱이 웃으며 서류철을 받아 들었다.

"도움은 좀 됐어요?"

"네. 덕분에. 조금 더 깊고 신중하게 생각할 필요성도 느꼈고요."

"다행이네요."

진욱이 서류철을 서랍에 넣고 열쇠로 잠갔다. 서류는 내일 원래 있던 곳으로 돌려놓아야 했다.

"그럼 같이 퇴근해 볼까요?"

"네."

자리에서 일어난 진욱이 문으로 걸어갔다. 함께 걸어간 하나가 그보다 앞서 문손잡이를 잡았다. 그 위로 진욱의 손이 더해졌다가 금방 걷어졌다.

"이번엔 제가 열어 드릴게요. 도움 주신 거에 대한 감사의 뜻으로요."

"안 그래도 되는데."

"은근히 좋아하시는 거 다 보이거든요."

하나가 열어 준 문을 통해 나오면서 진욱이 한쪽 눈을 찡긋거렸다.

예전엔 진욱이 그러는 게 많이 오글거렸는데, 지금은 그의 윙크가 장난스럽게 느껴져 괜찮았다. 피식 웃으며 하나가 문을 닫고 그와 보조를 맞춰 나란히 복도를 걸어갔다.

1층 로비로 엘리베이터를 타고 내려온 하나와 진욱은 집무실에서의 무거움을 덜어 내려는 듯 애써 밝은 표정으로 잡다한 이야기를 주고받았다.

로비를 가로질러 출입문 쪽으로 걸어가는 그들의 맞은편에서 남자 셋이 다가오고 있었다.

"강 검사 지금 퇴근해?"

인사를 건네 오는 남자를 향해 진욱이 고개를 숙여 보였다.

"네. 선배님은 퇴근 안 하십니까?"

"난 일이 좀 남아서."

"특검 사건 맡으셔서 많이 바쁘시겠습니다."

"뭐, 그렇지. 그런데 이 아가씨는 애인?"

남자가 하나를 돌아보며 묻자 진욱과 하나가 동시에 손을 내저었다.

"아니요."

"아닙니다."

극구 부인하는 둘을 보며 남자가 작게 웃음을 터트렸다.

"하아."

그에 둘도 서로를 마주 보며 풋 하고 웃었다. 아니면 아니지 뭘 그렇게 손까지 내저으며 강하게 부인한 건지. 생각하고 보니 웃겼다. 어지간히 애인이라는 오해는 받기 싫었던 모양이다.

"그럼 나 좀 소개시켜 줄 수 있나? 완전 내 스타일인데."

남자의 말에 진욱이 머뭇거리며 뒷머리를 긁적였다. 농담인지 진담인지, 예의상 하는 말인지 구분이 가지 않아서였다.

"안녕하세요. 서동경찰서 강력 1팀 오하나 경장입니다."

진욱이 곤란해하는 것 같아 하나가 먼저 나서 인사를 했다.

"반갑습니다. 김경준이라고 합니다."

만면에 미소를 띤 경준이 하나에게 손을 내밀며 악수를 청했다. 그 손을 맞잡으며 하나도 미소를 지어 보였다. 그때였다. 때마침 옆을 지나던 누군가가 하나의 몸을 스치고 지나고 경준의 일행들도 그들의 악수에 동참했다.

"저는 최철호라고 합니다."

"저는 이준열입니다."

손과 손이 겹쳐진 그 짧은 순간 하나의 머릿속으로 영상 하나가 떠올랐다. 그녀의 미간이 움찔거렸지만, 이내 아무렇지 않게 미소를 띠며 그들의 유쾌한 인사에 동참했다.

요란스런 인사가 끝나고 경준과 일행이 지나가자 억지 미소에 경련이 일던 입술을 하나가 내려놓았다.

"하나 씨가 너무 미인이라 그래요."

굳은 듯 서 있는 하나에게 진욱이 슬쩍 귀띔을 했다. 하나가 멍하니 돌아보자 그가 정말이라고 입모양으로 말했다. 여태 들어 본 적 없는 금시초문인 말이었지만, 그것에 신경 쓸 정신이 하나에겐 없었다. 그녀가 습관처럼 엷은 미소를 머금었다.

누군가에게 나는 괜찮다는 의미로 미소를 지어 보이는 일은 하나에겐 어려운 게 아니었다. 아빠가 그렇게 죽고 나서 놈을 잡겠다는 일념으로 이를 악물고 현실로 되돌아온 이후, 줄곧 그래 왔다. 그렇게 자신에게도 최면을 걸어왔다.

괜찮다. 괜찮다. 나는 아무렇지 않다고.

집까지 태워 주겠다는 진욱의 호의를 거절하고 들를 데가 있다는 핑계를 대고 하나가 혼자 거리로 나섰다.

짙은 어둠이 내려앉은 거리를 걷고 걸어 밤바람에 온몸을 맡긴 채 하나가 집으로 향했다.

머릿속이 복잡했다. 그리고 두려움에 몸이 서늘해졌다.

'누구야?'

로비에서 마주친 사람들 중 하나가 틀림없었다. 자신을 치고 지나간 사람의 얼굴은 보지 못했다. 손을 겹쳐 장난스럽게 악수를 했던 세 사람은 오늘 처음 만난 사람들이었다. 진욱보다 선배라는 것만 알지 다른 건 전혀 알지 못했다.

그 둘 중 하나일 것이다. 찰나의 순간 하나의 머릿속에 들어와 끔찍한 악몽을 남긴 놈이.

어떻게 집까지 온 것인지 알 수 없었다. 문득 정신을 차려 보니 오피스텔 앞이었다.

후드득. 쏴아아.

예고도 없이 또 비가 내렸다. 장마철도 아닌데 시도 때도 없이 막무가내로 비가 온다. 우산도 챙기지 못했는데 어쩌라고 이러는지.

내리는 비를 고스란히 맞으며 하나가 멍하니 오피스텔 건물을 바라보았다. 온몸으로 스산한 한기가 느껴졌다. 아까 검찰청 로비에서의 영상이 또다시 생생하게 재생되며 그녀의 속눈썹이 파르르 떨렸다. 불끈 쥐어진 손등에 핏줄이 도드라졌다. 그 손마저 떨려 왔다.

"오랜만이야?"

오래된 테이프처럼 노이즈를 발생시키는 목소리가 들리고 가죽 장갑을 낀 손이 하나를 향해 다가왔다. 의아해 쳐다보는 그녀의 눈동자가 놀람으로 커지고 이어 순식간에 목에 실금이 생긴다. 놈이 날카로운 흉기로 그녀의 목을 가른 것이다.

"쿨럭."

입과 목의 잘린 부위로 피가 흘러내렸다. 놈을 향해 두려움과 분노를 내비치던 하나의 눈에서 서서히 생기가 사라지고 있었다.

짧은 순간 하나의 머릿속에 빠르게 스쳐 지나간 영상이었다.

부들부들 떨리는 손이 목을 감쌌다. 환상 속에서 흉기가 가로질렀던 부위를 하나가 손바닥으로 덮었다. 손바닥 안으로 차가움과 뜨거움이 공존했다.

자신이 잔인하게 죽임을 당하는 장면을 살인마의 시선으로 본다는 건 끔찍한 일이었다. 그 영상이 뇌리에 깊숙이 박혀 자꾸만 재생된다는 게 너무 소름 끼치게 힘들었다.

그녀가 로비에서 접촉한 사람들 중 누군가가 생각한 살인 계획이 그녀의 머릿속에 그대로 재생된 것이다.

하나는 본능적으로 알아차렸다. 바로 그놈이라는 걸. 놈도 단박에 그녀를 알아본 게 틀림없었다. 그러니 그녀와 접촉한 순간에 그런 생각을 한 게 아닐까.

오 경감을 죽인 살인마.

놈이 그 로비에 있었다. 자신을 치고 지나간 사람인지 검사 셋 중 하나인지는 알 수 없었지만, 그중에 범인이 있다는 건 확실했다.

셋은 검사였고, 얼굴을 마주 보고 인사를 나누며 악수까지 했었다. 매우 밝은 얼굴로.

그렇다면, 얼굴도 보지 못한 단 한 사람. 자신을 치고 지나갔던 사람이 범인일까?

처음엔 몸이 굳어서, 다음엔 손이 세 사람에게 잡힌 채여서, 마지막으로… 겁이 나서… 뒤를 돌아보지 못했다.

굳은 듯 서서 비를 온몸으로 맞고 서 있는 하나를 마침 근처 편의점을 다녀오던 영진이 발견했다. 일정 거리를 두고 멈춰 선 영진이 꼼짝도 않는 하나를 물끄러미 바라보며 미간을 찌푸렸다.

그가 성큼성큼 하나의 뒤로 다가섰다.

"비 맞고 다니는 게 새로 생긴 취민가?"

쓰고 있던 우산을 하나의 머리 위로 드리우며 그가 불퉁하게 물었다.

갑자기 들린 목소리에 하나가 흠칫 몸을 떨었다. 시비를 걸 생각도 장난을 칠 의도도 없었다. 요 며칠 비만 오면 맞고 다니기에 그냥 물어본 것이었다.

그런데 하나의 반응이 좀 묘했다. 평소 같으면 입을 불퉁거리거나, 새초롬하게 눈을 흘기며 반격을 가했을 텐데, 전혀 그런 기색이 없었다.

"오하나?"

그가 고개를 살포시 숙이며 하나의 얼굴을 살폈다.

하나가 천천히 영진에게로 고개를 돌렸다. 비를 맞아 그런 것인지, 아니면 몸이 안 좋은 것인지 그녀의 혈색이 파리했다.

영진이 미간을 좁히며 그녀의 얼굴로 손을 뻗었다. 이마를 짚어 보려 그런 것이다.

"…최, 영진."

버릇없이 하나가 또 그의 이름을 불렀다. 그런데 작게 달싹이는 입술에서 흘러나온 목소리가 무척 떨리고 있었다.

영진의 미간에 새긴 주름이 더 짙어졌다.

"뭐야. 너 왜 그래."

그의 말이 채 끝나기도 전에 그를 향해 반쯤 몸을 돌리던 하나가 사르르 눈을 감았다. 그녀의 몸이 힘없이 무너지려 했다.

영진이 재빨리 하나의 몸을 받아 안았다. 까무러치듯 정신을 잃고 품에 안긴 하나를 영진이 놀란 눈으로 내려다보았.

영진의 눈동자가 혼란스럽게 흔들렸다.

오 경감이 살인을 당했던 그때 이후, 하나가 실신한 것은 처음이었다. 대체 왜, 진욱의 집무실에서 무슨 일이 있었기에.

"강진욱 이 자식! 대체 무슨 짓을 한 거야."

뿌드득. 영진이 이를 갈았다.

하나를 안고 오피스텔로 들어선 영진은 그녀의 집이 아닌 자신의 집으로 향했다. 상태를 살피고 간호하기에는 익숙한 자신의 집이 나을 것 같아서였다.

하나를 자신의 침실로 데려가 침대 위에 조심히 내려놓았다.

하나의 젖은 머리와 옷을 내려다보던 영진이 잘근 아랫입술을 깨물었다. 그가 머뭇거리다가 하나의 재킷으로 손을 뻗었다. 젖은 옷을 그대로 입혀 둘 수가 없었다. 재킷을 벗기기 위해 그녀를 살포시 안아 올렸다.

툭. 벗겨 낸 재킷이 묵직하게 바닥에 떨어졌다. 그가 멈춤 없이 티 아래를 잡아 위로 밀어 올렸다.

양팔을 하나씩 빼고 목과 얼굴을 통과시켰다. 아무런 반응도 없이 그가 하는 대로 몸을 축 늘인 채 눈을 감고 있는 하나의 모습에 영진이 또다시 입술을 깨물었다.

"하아."

짙은 한숨을 내쉰 영진이 하나를 침대에 눕혔다. 그리고 바지 버클로 손을 내렸다. 그저 단순히 젖은 옷을 벗기는 것뿐이라고 몇 번이고 되뇌었지만, 뛰는 심장을 다스리기에는 역부족이었다. 애써 평정심을 유지하려 노력하며 그가 하나의 바지 버클을 풀고 지퍼를 내렸다.

비에 젖은 청바지는 쉽게 벗겨지지 않았다. 한참을 하나의 다리를 잡고 조심히 벗겨 내느라 고심했다. 그녀가 추울까 얼른 이불을 끌어다 목까지 덮어 주고 젖은 옷들을 들고 영진이 침실을 나섰다. 세탁실에 옷을 두고 욕실로 들어선 그가 서랍을 열어 수건을 꺼냈다. 그러곤 드레스룸에서 하나가 입을 만한 옷을 찾아 뒤적거렸다. 그의 손길이 급한 마음을 담고 부산스럽게 움직였다.

침실로 돌아온 영진은 침대 위에 조심히 걸터앉아 이불을 살짝 들추고 하나의 몸을 수건으로 닦아 냈다. 얼굴과 목, 쇄골로 이어진 손길이 곧 그녀의 가슴과 배를 닦아 냈다.

차마 속옷은 손을 댈 수 없어 그대로 두었다. 대신 마른 수건으로 조금이라도 물기를 덜어 내려 애썼다. 속옷이 체온을 떨어트리지는 않을 거라 여기며 그 위에 자신이 가지고 온 면 소재의 셔츠를 덧입혔다.

하나하나 단추를 채우는 영진의 손길에 걱정과 정성이 묻어났다. 이불로 그녀의 몸을 감싼 영진이 이마를 짚었다. 열기가 느껴졌다.

"하아, 오하나 넌 네 몸을 너무 혹사시켜. 무슨 강철덩어린 줄 알지."

나무라는 투의 말을 하면서도 이마 위로 헝클어진 머리카락을 정리하는 손길은 무척 부드러웠다.

"약을 좀 먹여야겠는데."

걱정스럽게 하나를 바라보던 영진이 자리에서 일어나 거실로 나섰다.

비상약을 넣어 둔 서랍장을 열어 그 안에서 해열제를 찾았다. 미열이지만 언제 더 심해질지 모르니 미리 해열제를 조금 먹이는 게 좋을 것 같았다.

주방에서 쟁반에 물과 약을 올려 침실로 가져갔다. 사이드 테이블 위에 쟁반을 두고 그녀의 곁에 앉았다. 그가 입술을 내려 하나의 귀에 대고 속삭이며 어깨를 가볍게 톡톡 두드렸다.

"하나야, 잠깐 일어나 볼래? 약만 먹고 다시 자자. 응?"

그의 부름에 하나가 미약한 반응을 보이며 속눈썹을 움직였지만 눈을 떠올리진 못했다. 더 자극을 줘서 깨울까 하는 생각을 잠시 했지만, 그런다고 일어날 것 같진 않았다. 무리해서 깨우는 것보단 다른 방법을 찾아보는 게 좋을 것 같았다.

상체를 세운 영진의 시선이 쟁반 위에 닿았다. 다행히 해열제는 물약으로 된 것이었다. 물은 입 안이 텁텁할 것 같아 준비했다.

가만히 그것들을 응시하던 영진이 결심을 굳힌 듯 몸을 움직였다.

그가 해열제를 집어 들어 뚜껑을 돌렸다. 뚜껑을 제거한 해열제를 그가 제 입 안에 머금었다. 그러곤 하나의 등으로 팔을 넣어 부드럽게 그녀를 안아 올렸다.

그녀의 감긴 눈을 지그시 바라보던 영진이 시선을 옮겼다. 붉은 하나의 입술을 내려다보던 영진이 천천히 고개를 숙였다.

하나의 입술 위에 영진이 제 입술을 맞췄다. 다물린 입술 사이를 혀로 벌리고 그가 조금씩 머금고 있던 해열제를 흘려보냈다. 조금 더 안으로 밀어 넣은 혀로 그가 하나의 혀를 자극하자 움찔하며 반응을 보인다.

하나가 본능적으로 입 안으로 들어온 것을 혀를 움직이며 삼켰다. 혀를 거두고 입술을 뗀 영진이 그윽한 눈길로 그녀를 바라보았다. 하나의 입술이 반짝거렸다. 그가 다시 물 잔과 약병을 교체했다.

잔을 입술로 가져가 기울였다. 처음은 약맛을 없애기 위해 삼키고 두 번째 머금은 물은 그대로 담아낸 채 하나에게 다가갔다. 입술을 겹치고 물을 흘려보냈다. 그녀가 물을 삼킬 때까지 영진은 입술을 거두지 않았다.

꿀꺽. 미약하게 물을 삼키는 하나의 입술을 부드럽게 취해 영진이 물의 잔해를 지웠다. 아쉬운 듯 천천히 입술을 거두는 그의 시선이 낮게 내려떠졌다. 제대로 정신을 추스를 수도 없는 상태로 누워 있는 하나의 모습에 가슴이 아릿했다.

비가 아닌 식은땀이 맺혀 있는 그녀의 이마를 영진이 정성스럽게 수건으로 닦아 냈다. 강인한 척 혼자서도 씩씩한 척 굴지만, 정작 아픔으로 무너져 내린 가슴을 하나가 혼자 부여안고 힘들어한다는 걸 영진은 잘 알고 있었다.

그리고 그녀에게 필요한 건 자신을 애 취급하며 보살펴 줄 보호자가 아니라, 마음을 나누고 함께 사랑으로 빈 가슴을 채울 사람이라는 것도 알았다. 그가 하나의 손을 부드럽게 감싸 쥐었다.

"나 이제 안 될 것 같다."

하나의 창백해진 여린 볼을 다른 손으로 어루만지며 그가 다정한 목소리로 속삭였다.

"네 보호자 그만해야 될 것 같다."

삼촌도 팀장도 아닌, 오하나가 당돌하게 불러 대는 그 최영진이 되어야겠다.

'내가 좀 좋아하면 안 되나? 최영진?'

여고생 주제에 어른을 참 잘도 놀린다고 생각했었다. 그때는 그녀의 사랑이 이렇게 오래 지속되리라곤 전혀 생각지 못했다. 그 시절에 흔히 있는 어른에 대한 동경 정도로만 여겼다. 대학생이 되고 성인이 되면 보는 눈이 달라지겠지 하고 여겼었다. 그런데 아니었다. 하나의 사랑은 늘 한결같았다.

"안 돼."

그가 혼잣말을 중얼거렸다. 단호하게 잘라 내는 말 뒤에 그가 답지 않게 달콤하게 속삭였다.

"좋아하는 걸론 이제 안 돼. 이젠 내가 너 사랑할 거니까."

마음의 움직임은 이미 오래전부터 알고 있었다. 자신이 언젠가부터 그녀를 조카도 동생도 팀의 막내도 아닌, 여자로 보고 있음을. 단지 마음에 채워 둔 빗장을 열고 단단하게 세운 벽을 허무는 걸 주저하고 있었을 뿐이다.

그 밑바탕에는 하나에게 자신이 부족한 사람이란 생각이 깔려 있었다. 영진은 부모를 잃은 아픔을 치유해 줄 모든 것을 갖춘 남자가 그녀의 곁을 지켜 주기를 바랐다. 하나처럼 오롯이 혼자가 되어 버린 자신 같은 사람이 아니라, 따뜻한 마음을 가진 부모님이 계신 그런 사람이라야 한다고 생각했었다.

"부족한 사랑 내가 다 채워 줄게."

부모님의 몫까지 전부 담아서 오하나를 끝까지 사랑해 줄게. 절대 너 혼자 두지 않을게.

악몽을 꾸는지 고통으로 일그러지는 하나의 미간을 영진이 부드럽게 어루만졌다. 괜찮다고 네 곁에는 내가 있다고 마음을 담아 그녀를 달랬다.

그의 마음이 전해진 것인지, 하나의 표정이 한결 좋아졌다. 미열이 가라앉고 하나의 숨소리가 편안해지자 그제야 영진의 입가에 안도의 미소가 떠올랐다.

얼마나 시간이 흐른 걸까?

무겁게 짓누르던 눈꺼풀의 무게가 조금 가벼워진 것을 느끼며 하나가 눈을 떴다. 가물거리는 시선이 점차 또렷해지면서 하나는 뭔가 이상함을 느꼈다. 그녀의 눈동자가 어지럽게 사방을 훑었다.

"어라."

낯선 듯 익숙한 곳이 영진의 집이고 그의 침실이라는 걸 하나는 금방 알아챘다. 침대도 영진의 것이었다. 베개며 이불에서 그의 체취가 느껴지는 것 같았다. 그녀가 그의 매 생일마다 선물했던 스킨로션의 향이었다.

'내가 왜 여기 누워 있지?'

곰곰이 어제의 행적을 떠올리던 하나의 머릿속에 오피스텔 앞에서 마주쳤던 영진의 모습이 떠올랐다. 그의 앞에서 정신을 잃고 까무러쳤던 것에서 기억이 끊겼다. 그 뒤는 충분히 유추 가능했다. 아마도 쓰러진 하나를 영진이 자신의 집으로 데려온 것이 분명했다.

"또 민폐를 끼쳤네."

한숨이 새어 나왔다. 그에게 짐이 되지 않으려고 그렇게 노력을 했는데, 자신 때문에 이마에 상처까지 나게 만들고 이제는 그의 침대까지 뺏어 버렸다.

하나가 팔을 들어 이마를 찰싹 때렸다. 그러다 다른 손을 뭔가가 묵직하게 누르고 있는 것을 느끼고 고개를 돌려 바라보았다.

"아."

하나의 손을 덮고 있는 건 영진의 손이었다. 영진이 그녀의 손을 감싸듯 잡고 있었다.

잡힌 손과 침대에 상체를 기대고 바닥에 앉아 잠든 영진의 얼굴을 하나가 번갈아 바라보았다. 그리고 알았다. 최영진이 밤새 자신을 간호하고 옆에서 그대로 잠들었다는 걸. 걱정스러운 마음에 자신의 손까지 잡아 주었다는 것도.

하나의 가슴이 뭉클하면서 아릿해졌다. 영진에게 자신은 여전히 어디까지나 보살피고 신경을 써야 할 가족 같은 존재라는 생각 때문이었다. 자신의 사수였던 오 경감의 딸 오하나. 홀로 남겨진 하나에 대한 책임감으로 영진은 줄곧 그녀의 곁을 지켜 왔다. 지금도 아마 그 마음에 변화는 없을 거라는 생각에 하나의 가슴이 묵직하게 아려 왔다.

"그래도……."

하나가 혼잣말을 중얼거리며 영진에게 잡힌 손을 뒤집었다. 그의 손을 지그시 맞잡으며 하나가 낮게 속삭였다.

"이 손 끝까지 놓지 않았으면 좋겠다."

조금은 서글픈 미소가 그녀의 입가에 머물렀다.

5

넌 그대로 있어, 이번엔 내가 갈게

Finish

 새벽녘 겨우 잠들었던 영진이 인기척에 잠에서 깼다. 그가 눈꺼풀을 들어 올리며 고개를 하나 쪽으로 돌렸다. 그녀가 자신을 바라보고 있었다. 제 손을 잡고 있는 하나의 손길이 느껴졌다. 그는 그 손을 보는 대신 다른 팔을 세워 그 위에 턱을 괴고 가만히 하나의 얼굴을 응시했다.

 둘의 시선이 허공에서 얽혔다. 바라보는 시선에 담긴 의미가 다름을 오고 가는 시선 속에서 느낄 수 있었다.

 촉이라는 게 유난히 발달한 그들이었다. 그 속에서 배제되어 있던 연애 세포라는 것이 포함되면서 조금 더 상대를 바라보는 시선에 섬세함이 담겼다.

 "고마워요."

한참이 지난 후에 하나가 먼저 입을 열었다. 그녀가 히죽 웃어 보이며 슬그머니 손을 빼려고 했다. 둘 다 깼는데도 계속 잡고 있으면 안 될 것 같아서였다. 손의 힘을 풀고 자신의 손바닥을 스쳐 빠져나가는 하나의 손을 영진이 보지도 않고 다시 붙잡았다.

더 힘껏 붙잡는 손길에 하나가 눈을 크게 떴다.

"왜요?"

왜 다시 손을 잡는 거냐고 묻는 하나의 말에 영진이 덤덤히 답했다.

"잡고 싶어서."

"네?"

"왜, 안 돼?"

"아니요. 그건 아닌데."

손을 놓기 싫은 건 하나도 마찬가지였다. 그녀 입장에서는 환영할 일이었다. 하지만 평소와 다른 영진의 직설적 멘트에 살짝 당황한 건 사실이었다.

하나가 영진의 눈치를 살피며 그를 빤히 응시했다.

혹여나 어제 자신이 무슨 실수를 한 건 아닌지 은근히 걱정스러웠다. 그래서 지금 영진이 벌을 주려 일부러 이러는 건 아닌지. 이런 식으로 사람의 마음을 들뜨게 했다가, 냉정하게 돌아서서 또 순식간에 기분을 바닥으로 떨어지게 만들 거라고 하나는 예상했다.

지그시 잡은 손과 그윽하게 바라보는 영진의 눈길에도 하나의 표정은 어두워졌다. 그가 분위기를 바꾸려는 듯 부드럽게 말했다.

"어제 미열이 조금 나던데."

"아, 비를 좀 맞아서 그런가 봐요."

자신이 정신을 잃고 쓰러진 이유에 대해 물을까 봐 하나가 먼저 선수를 쳤다.

"며칠 비 맞고 다녔더니 맛이 갔나 봐. 그렇게 까무러칠 줄 누가 알았나? 나 어떻게 옮겼어요? 안 무거웠나?"

평소처럼 너스레를 떨며 화제를 전환하려는 하나를 직시하며 그가 몸을 일으켜 침대 위에 걸터앉았다.

그를 따라 하나의 시선이 움직였다. 가까이 성큼 다가앉은 영진을 하나가 멍하니 올려다보았다.

"흠."

누워 있는 자신을 내려다보는 영진의 시선이 묘해서 그대로 있을 수가 없었다. 하나가 주춤거리다 일어나 앉으려고 상체를 세우려 했다. 그가 조금 뒤로 물러나 줘야 앉기가 편한데 영진은 전혀 그럴 마음이 없는 듯했다.

"저기 조금만 뒤로 가면 안 될까요?"

"응. 안 돼."

"예?"

이건 또 무슨 반응이지?

단호하게 자신의 말을 거절하는 영진을 하나가 멀뚱히 쳐다 봤다. 그럼 계속 누워 있기만 하란 뜻인가? 영진의 의도를 알 수 없어 하나가 눈동자만 굴려 댔다. 일어나지도 못하고 그렇다고 다시 눕자니 그것도 이상했다.

"어제 내가 약 먹인 거 기억나?"

기억날 리 없었다. 비몽사몽 정신을 잃고 있었는데 어떻게 그걸 알까. 하나가 어중간한 자세로 고개를 저었다.

"아니요."

"혼자 삼키기 힘들 것 같아서 도와줬는데."

"그랬어요? 감사해요."

단순히 입 안에 약병을 대고 흘려 넣어 줬나 보다 하고 생각했다. 그런데 어쩐지 자신을 바라보는 영진의 눈빛이 영 이상했다. 그의 시선이 야릇해지나 싶더니 하나의 입술을 집요하게 응시했다. 그녀가 저도 모르게 제 입술로 손을 올렸다.

"저 기분이 좀 이상해요."

하나가 솔직하게 털어놨다.

오늘따라 이상한 영진의 행동이나 말이 계속 그녀를 혼란스럽게 만들고 있었다. 어서 이런 기분에서 벗어나고 싶었다. 추리는 범인을 잡는 데 쓰는 것만으로도 족했다.

그가 말없이 눈썹을 들썩였다. 할 말이 있으면 해 보라는 뜻이었다.

"팀장님이 손잡고 안 놓는 것도 그렇고 이렇게 가까이 자발적으로 다가와서 저 일어나지 못하게 하는 것도 그렇고. 말투도 뭔가 좀 달라서 불안하기도 하고 좋기도 하고. 아무튼 뭔가 혼란스러워요."

당신 때문에.

"난 잘해 주려는 건데."

"그러니까요. 왜 갑자기 잘해 주는 건데. 그러지 마요. 사람 마음만 싱숭생숭해지니까."

괜스레 마음이 불퉁해졌다. 자꾸만 기대를 품게 되는 게 싫었다. 이어질 실망이 예상되기에 그래서 힘들 걸 알기에 그만하고 싶었다.

"싫어."

그의 대답에 단박에 하나의 미간이 찌푸려졌다. 이 남자는 정말 여자를 환장하게 만드는 재주가 있다. 그래서 싫으면 어쩌겠다는 건데.

불만 가득한 하나의 얼굴을 보며 그는 오히려 입술 끝을 사르르 말아 올렸다.

오랜만에 보는 미소였다. 처음 하나가 보고 반했던 매력 넘치는 그 미소를 지금 영진이 하나 앞에서 지어 보이고 있었다.

"미치겠다, 정말."

"왜?"

"왜긴요. 확 덮치고 싶으니까 그렇지."

될 대로 되라 싶었다. 짝사랑이 어디 하루 이틀인가? 고백도 두 번이나 대놓고 했다가 차였다. 그래서 이젠 영진을 향한 사랑을 접으려고 했었다. 아무래도 그 결심을 철회해야 할 것 같았다. 그가 틈을 보이며 다가오자 심장이 자존심도 버리고 주책없이 떨려 왔다.

'이래서 무슨 포기를 한다는 건지.'

10년 가까이 해 온 짝사랑이었다. 그게 포기가 될 것 같았으면 벌써 접었을 것이다. 세월이 지나도 마음이 옅어지기는커녕 점점 더 그가 좋아졌.

구제 불능. 하나는 자신의 바보 같은 사랑에 구제 불능이라는 결론을 내렸다.

"넌 그냥 있어."

그의 말에 하나의 미간이 꿈틀거렸다. 또 거절을 하려는가 보다. 그래 봐야 소용없다고 하나가 속으로 구시렁거렸다.

울 것 같은 얼굴로 시선을 내린 하나를 영진이 사랑스러운 눈길로 바라보았다. 그 시선을 하나는 보지 못했다.

"이번엔 내가 갈 테니까."

"가긴 어딜 가요?"

이젠 아예 자신에게서 멀리 떨어지려나 보다 생각한 하나가 발끈해 그를 쏘아보았다. 말투가 다소 사납게 나온 건 어쩔 수 없었다. 그만큼 그의 대답에 화가 났다는 뜻이니까.

"너한테."

"그러니까 나한테 왜… 네?"

눈에 주었던 힘이 풀리고 하나가 말똥거리는 시선으로 그를 보며 멍하니 물었다.

그런 하나의 볼을 영진이 한 손으로 부드럽게 감쌌다. 그가 상체를 하나에게로 조금 더 가까이 기울였다.

어중간한 자세로 있던 하나가 저도 모르게 몸을 뒤로 물렸다. 그 거리만큼 그가 다가왔다.

"나 방금 뭘 잘못 들은 거 같은데."

"다시 말해 줄게."

그의 입술이 하나의 입술과 맞닿을 거리까지 다가와 멈췄다.

숨을 급하게 들이쉰 하나가 눈을 동그랗게 뜨고 그를 올려다보았다. 내뱉는 것도 잊을 만큼 그녀는 지금 아주 많이 긴장하고 있었다.

"내가 어제 약을 어떻게 먹였냐 하면 말이야."

한껏 기대했던 영진의 입술에서 전혀 예상치 못한 말이 흘러나왔다. 하나의 눈썹이 의아함을 담고 휘었다. 그 말을 지금 왜 하는 건지 모르겠다는 의미였다.

"이렇게 먹였어."

그 말을 끝으로 영진이 하나의 입술을 덮쳤다.

키스를 할 거라곤 전혀 생각지 못했던 하나의 눈이 더 커졌다. 그리고 이어 입술 사이를 가르며 들어오는 그의 혀에 움찔하며 눈을 깜빡거렸다.

하지만 이내 입술을 벌리고 그의 혀를 받아들였다.

밀려들어 온 혀가 자신의 혀를 찾아 휘감고 빨아 대는 것을 느끼며 하나가 잡히지 않은 팔을 뻗어 그의 목을 휘감았다. 그가 전날 자신에게 약을 입으로 먹였다는 걸 깨닫고는 더 깊이 그의 입술을 받아들였다.

영진이 자신에게 말하고자 하는 게 단순히 약을 먹인 방법이 아니라는 걸 하나는 농도를 더해 짙어지는 키스로 알 수 있었다.

너는 그대로 있으라고, 자신이 이번에 다가오겠다는 말의 의미도 명확하게 알 것 같았다.

영진이 드디어 자신에게 마음을 열었다는 걸. 오하나를 최영진이 여자로 보기 시작했다는 걸.

'브라보!'

하나가 속으로 축하의 폭죽을 터트렸다. 오랜 짝사랑의 결실이 이제 맺어지려는 것 같았다. 영진이 어떤 심경의 변화로 자신의 사랑을 받아들였는지는 알 수 없지만 하나는 지금 이 순간이 너무 황홀하고 행복했다.

이게 꿈이 아니기를.

어제 내내 하나를 괴롭히던 악몽의 그림자가 영진으로 인해 잠시나마 잊히고 있었다.

영진의 무게에 하나의 몸이 침대 위로 내려앉았다. 바스락거리는 이불의 작은 소음마저도 심장을 들썩이게 했다. 그의 침대에서 사랑을 확인하는 키스를 한다는 건 하나에겐 정말 환상적인 일이었다.

'최영진, 당신 나한테 낚인 거야. 이제 정말 아무 데도 못 가. 금방 내 출구 없는 매력에 빠져 버릴 테니까. 최영진밖에 모르는 오하나의 무한 사랑에 취해 정신을 못 차릴걸. 단단히 각오하고 걸어와. 나 여기서 당신만 기다릴 테니까.'

하나의 마음의 소리를 들은 것인지 그가 뜨거운 숨결과 함께 농도 짙은 키스를 퍼부었다. 정신을 차릴 수 없을 만큼 아찔한 키스였다.

"어제 아팠다더니 괜찮아?"

영진과 함께 사무실로 들어서는 하나를 향해 기철이 물었다. 보디빌더처럼 하나가 건강미 넘치는 포즈를 장난스럽게 취해 보이며 자신은 건재하다고 어필했다.

"보시다시피."

"자만하지 말고, 한 살이라도 젊을 때 건강 챙겨. 나중에 훅 간다."

때마침 들어서던 종석이 하나의 목을 와락 끌어안고 헤드록을 걸며 장난스럽게 말했다. 하나의 자리로 그 자세로 끌고 가려는 듯 기철의 옆을 지나며 종석이 다 들리는 목소리로 쫑알거렸다.

"안 그럼 저 양반처럼 골골거린다."

"뭐?"

 기철이 눈을 희번덕거리며 책상 위에 놓아둔 서류철을 집어 들었다. 종석의 버릇없음을 응징하려 기철이 서류철을 들어 올린 순간, 그보다 앞서 어느새 성큼성큼 다가선 영진이 종석의 뒤통수를 내리쳤다.

 퍽. 경쾌한 소리와 함께 종석의 머리가 앞으로 쏠렸다. 그 틈에 영진이 종석의 팔에서 하나의 목을 빼냈다.

"괜찮아?"

 갑작스런 영진의 뒤통수 가격에 멍해진 종석이 정신을 차릴 사이도 없이 영진이 하나를 자신을 향해 돌려세우고 다정하게 물었다.

 서류철을 들어 올린 채로 멈춘 기철이 의아해 그런 영진과 눈을 동그랗게 뜨고 있는 하나를 번갈아 보았다. 이게 대체 무슨 장면인가 싶었다.

 뒤늦게 뒷머리를 잡고 천천히 고개를 돌린 종석이 억울한 표정을 지은 채 영진을 보았다. 이게 무슨 마른하늘에 날벼락인가 싶었다.

 늘 있던 일이었다. 팀원들끼리 형제처럼 격 없이 지내는 사이라 막내를 정말 막냇동생처럼 여기며 이런 식의 장난도 종종 쳤었다.

"팀장님."

 자신이 왜 맞은 것인지 영문을 알 수 없어 종석이 영진을 불렀다. 뭔가 분명 이유가 있을 거라고 생각하며 그를 보았다.

영진보다 앞서 하나가 서둘러 입을 열었다.

"제가 어제 너무 아파서 걱정이 돼서 그런가 봐요."

"나 세게 안 잡았는데."

"그러게요. 오늘따라 팀장님이 좀 과잉 보호를 하시네요. 하하하."

영진의 마음을 확인하긴 했지만 아직 팀원들에게 알릴 단계는 아니라고 생각했다. 하나야 워낙 아닌 척 티를 내고 있었던지라 영진을 좋아하고 있다는 걸 팀원들이 다 알고 있었지만, 그는 아니었다. 철벽 최영진이라는 소문이 날 만큼 하나는 물론 다른 여자들에게도 무관심으로 일관하는 그였다.

그런 사람이 갑자기 하나에게 마음을 주기로 했다는 게 알려지면 이상한 소문이 나돌 수도 있었다. 그래서 미리 그런 카더라 통신을 단속하려는 의도로 하나가 선의의 거짓말을 한 것이었다.

그 변명이 영진은 썩 마음에 들지 않는 눈치였다. 찌푸려지는 그의 미간을 보며 하나가 어색하게 웃었다. 갑작스런 영진의 이런 배려가 하나는 물론 팀원들 모두 당황스러웠다. 정작 본인도 저도 모르게 나온 행동이었던 듯 종석의 머리를 치고는 조금 움찔하는 게 보였다.

원래 영진은 차분하고 냉철한 사람인 데다가 점잖았다. 팀원의 몸에 손을 댄 것도 이번이 처음이었다.

종석이 하나의 목을 휘감자마자 절로 몸이 움직였다. 정신을 차려 보니 종석의 머리를 후려치고 하나를 붙잡고 있었다.

사과를 하기에는 늦었다 싶었는데 하나가 영진 대신 핑계를 댄 것이다. 오늘따라 과잉 보호를 하는 게 아니라 그동안 너무 무심했었다.

"다치면 곤란하니까. 서로 조심하자고."

그렇게만 말하고 영진이 자신의 자리로 돌아갔다. 수긍을 해야 하는데 여태 아무렇지 않다가 갑자기 저러니 종석으로서는 쉽게 받아들여지지가 않았다.

"얼마나 아팠기에 팀장님이 저러시냐? 너 어제 민폐 제대로 끼쳤나 보다?"

화살이 자리에 앉는 하나에게로 돌아갔다.

"엄청 그랬던 거 같긴 해요."

"그러니까 비 좀 작작 맞고 다녀."

"우리가 또 언제 그런 거 따졌다고. 인생 모토가 비가 오나 눈이 오나 범인 검거 아니에요?"

"하긴 형사가 된 것부터가 몸 챙기는 거하곤 거리가 먼 거지."

이야기를 나누다 보니 어느 정도 기분은 풀렸다. 평소와 다름없는 분위기로 돌아온 팀원들은 다시 화기애애하게 대화를 했다. 그 모습을 보며 영진이 낮은 한숨을 내쉬었다.

여태까지 잘 참아 오다가 한번 봇물이 터지니 주체를 할 수가 없다. 하나에게만 쏠리는 시선도 그랬고, 은근히 그녀와 접촉하는 남자라는 생물들이 죄다 거슬렸다.

이럴 걸 왜 그렇게 참아 왔는지. 영진은 자신이 참 한심스럽게 생각됐다.

"저 검찰청에 잠시 다녀올게요."

자리에서 일어난 하나가 영진의 눈치를 보며 말했다.

"거긴 왜."

"검찰청에 경찰이 가는 게 이상한 건 아니지 않나?"

날카롭게 파고드는 영진의 시선을 은근슬쩍 피하며 하나가 능청스럽게 말했다.

"이유 없이 너무 자주 드나드는 건 이상하지."

"에이, 이유야 무궁무진하죠. 범죄 예방이라든가, 검사와의 돈독함 유지라든가."

"무슨 유지?"

이건 아닌가 보다. 나름의 이유를 찾아 늘어놓다 보니 나온 말이었다. 그 검사가 하필이면 강진욱이라는 게 문제였다. 강력 1팀의 전담 검사 강진욱을 팀장 최영진이 엄청 싫어한다는 게 제일 큰 문제지만.

"어제 우연히 다른 검사분들이랑 인사 나눴거든요. 그분들이랑도 친해 놓으면 좋지 않을까요. 나중을 위해서?"

"전혀."

이것도 안 먹힌다. 전 같으면 전혀 신경 쓰지 않았을 일이었다. 그러든지라고 간단하게 답했을 텐데, 아침의 고백 이후 하나를 바라보는 영진의 눈빛이 완전히 바뀌었다. 단속도 더 철저해졌고.

"아, 사랑받는 게 무조건 다 좋은 건 아니구나."

"뭐?"

"아니에요."

거리가 좀 있었음에도 불구하고 하나에게 촉각을 세우고 있어서 그런지 영진은 제법 그녀의 말을 잘 알아들었다. 손을 흔들어 대던 하나가 사뭇 진지한 표정으로 그를 바라보며 말했다.

"그런데 저 정말 검찰청에 볼일이 있어서 가 봐야 합니다, 팀장님."

하나를 바라보는 영진의 눈빛이 예리해졌다. 마치 눈 속을 파고들어 그녀의 속마음을 꿰뚫어 보기라도 하려는 것 같았다.

그가 시선을 거두자 바짝 긴장했던 하나가 편한 숨을 내쉬며 표정을 풀었다. 하지만 다음 순간 그녀는 당황한 표정을 지을 수밖에 없었다.

"그럼 같이 가지."

"네?"

"나도 검찰청에 볼일이 생겼거든."

"무슨 볼일이요?"

의심 가득한 하나의 시선을 그대로 받아 내며 영진이 시니컬하게 말했다.

"검사랑 돈독한 우정 좀 쌓아 보려고."

자리를 벗어나 자신에게 다가오는 영진을 보며 하나가 허하고 입을 벌렸다. 하나가 했던 말로 영진이 그녀를 한 방 먹였다. 그런 이유로 너도 간다는데 나라고 못 갈 것 있냐는 뜻이 그의 얼굴에 고스란히 드러났다. 영진이 그녀의 곁을 지나치며 한쪽 입매를 끌어 올렸다. 그 미소가 얄미워 하나가 불퉁하게 입을 내밀었다.

저만치 앞서 가던 영진이 돌아보지도 않고 손가락을 까닥거렸다. 어서 튀어 오란 뜻이었다.

"이러면 곤란한데."

혼잣말을 중얼거리며 하나가 터벅터벅 그의 뒤를 따랐다.

《

부도난 공장이 떠나간 자리. 폐공장의 안쪽에서 인기척이 들렸다. 사람들의 출입이 끊긴 지 오래된 곳이라 누가 찾아올 일이 거의 없었다. 하지만 건물 안에는 분명 사람이 있었.

공장 안 깊숙한 공간에 비닐로 휘장이 쳐져 있었다. 사면을 가린 휘장의 바닥에도 비닐이 깔려 있었다. 비닐에는 군데군데 검은 얼룩들이 있었다. 뭔가가 튀면서 만들어 낸 얼룩이었다.

"읍! 읍!"

그 가운데 누군가 의자에 결박당한 채 앉아 있었다. 입까지 틀어 막혀 제대로 말을 할 수도 없었다. 삼십 대 후반으로 보이는 남자의 눈이 공포로 물들어 있었다. 사방을 어지럽게 훑는 남자의 눈동자는 불안하게 흔들리고 있었다.

남자의 시선이 누군가를 찾아내 멈췄다. 급박해진 심정으로 남자가 막힌 입을 통해 뭔가를 열심히 토로했다.

"으읍! 읍!"

하지만 나오는 소리는 단어가 되지 못하고 허무하게 허공으로 흩어졌다. 온몸으로 몸부림치듯 강렬하게 등을 보이고 선 자를 향해 어필을 했지만, 돌아오는 건 차가운 실소였다.

호리호리한 체격에 단정한 머리를 한 사내는 검은 우비를 걸치고 있었다. 비도 오지 않는 화창한 날씨에 우비라니 뭔가 어울리지 않았다. 사내에게 우비는 비를 막기 위한 것이 아니었다. 제게 튀는 뭔가가 옷을 더럽히지 않게 하기 위해 대비해 입은 것이다.

사내의 앞에는 나무로 만든 선반이 있었다. 선반의 우측에는 목공용 절단기가 있었다. 그리고 좌측에는 온갖 도구들이 즐비하게 놓여 있었다. 톱이며 망치, 펜치 같은 공구들이 대부분이었다.

물건을 고르듯 그 앞에서 유심히 생각에 잠겨 있던 사내가 집어 든 것은 타카 건이었다. 타카 건을 들고 돌아선 사내의 입가에 사악한 미소가 자리했다.

의자에 묶여 있던 남자가 자신에게로 다가오는 사내를 향해 강하게 도리질을 쳤다. 사력을 다해 도망치려 몸부림을 쳤지만 소용없었다. 바닥에 고정된 듯 의자는 꼼짝도 하지 않았다.

남자의 동공이 확장되며 그 속에 사내와 사내의 손에 들린 타카 건이 들어왔다.

공포로 물든 남자의 얼굴을 감흥 없이 내려다보며 사내가 그 앞에 멈춰 섰다. 사내의 고개가 한쪽으로 기울었다.

"쯧쯧쯧."

가볍게 혀를 찬 사내가 상체를 숙여 남자의 얼굴 앞에 불쑥 제 얼굴을 드리웠다. 부릅떠진 남자의 눈이 두려움과 공포로 거의 패닉 상태가 되어 가고 있었다. 사내가 들고 있던 타카 건의 방아쇠를 장난치듯 눌렀다.

슝! 탁!

특정하게 뭘 겨냥해 쏜 것이 아니었다. 그래서 튀어 나간 못은 비닐을 뚫고 어딘가의 벽에 박혔다.

"이런, 놀라셨어요? 죄송해서 어쩌나, 제가 아직 겨냥하는 게 서툴러서."

사과를 하는 사내의 표정이 무척 즐거워 보였다. 사내가 이번엔 타카 건을 남자의 허벅지 위에 올려놓았다. 부르르 남자의 몸이 떨렸다.

"왜 떨어요? 제가 뭘 어쨌다고. 아직 아무것도 안 했잖아요."

씨익 끌어 올린 입술이 마치 악마 같았다. 달래듯 속삭이는 사내의 목소리도 소름 끼치게 음침했다.

남자의 동공에 비친 사내의 눈이 시리게 빛났다. 남자가 고통에 몸을 파르르 떨어 대는데도 사내는 오히려 미소를 지었다. 광기를 담아낸 사내의 눈이 더 빛나는 듯하더니, 타카 건의 위치가 바뀌는 게 느껴졌다. 남자가 몸부림을 치며 벌벌 떨었다. 그런 남자의 얼굴을 코앞에서 마주 보며 사내가 나직하게 속삭였다.

"쉬잇. 엄살이 너무 심한 거 아닌가? 조금만 참아 봐요. 벌써 이러면 곤란해. 난 아직 시작도 안 했는데 이럼 재미없잖아."

자리에서 일어난 사내가 돌아서는가 싶더니 타카 건을 남자의 한쪽 눈에 겨냥했다. 눈앞에서 어른거리는 타카 건을 남자가 두려움 가득한 시선으로 바라보았다. 비릿하게 치켜 올라가던 사내의 입술이 다시 제자리로 돌아오는 것이 남자의 눈동자에 고스란히 담겼다.

슝! 슉!

공포로 물든 남자의 귀로 타카 건의 소리가 들렸다. 경직된 듯 몸을 굳혔던 남자가 다음 순간 축 늘어졌다. 아무래도 극도의 공포심에 심장에 무리가 와서 기절을 한 것 같았다. 무미건조한 얼굴로 남자를 내려다보던 사내가 몸을 돌려 터벅터벅 다시 나무 선반 앞으로 걸어갔다.

타카 건을 내려놓은 사내가 이번에는 해머를 집어 들었다. 해머의 나무 손잡이를 만지작거리며 사내가 혼잣소리를 중얼거렸다.
"덕분에 오랜만에 봐서 무척 반갑긴 했어요."
　사내의 머릿속에 하나의 모습이 떠올랐다. 오 경감의 집에서 봤을 때와 그리 달라진 게 없는 얼굴이라 알아보는 게 쉬웠다. 아니, 단박에 알아챘다. 오하나가 그때 자신이 살려 둔 그 계집이라는 걸.
"다 없애라고 했는데, 왜 그런 걸 남겨 둬서 일을 어렵게 만드는지 모르겠단 말이지."
　오 경감에 대한 미제 사건 파일을 다 없애 버리도록 지시했었다. 그런데 남자가 사내를 속이고 몰래 파일 하나를 만들어 간직하고 있었고, 그것을 찾고 있던 강진욱 검사에게 건넸다. 특별히 강진욱 검사가 그 사건에 관심이 있는 건 아닌 듯했다. 그 파일을 보고 싶어 했던 건 오하나였다.
"당신 때문에 내가 좀 피곤해질 것 같거든."
　사내가 해머를 든 채로 돌아섰다. 섬뜩한 사내의 시선이 남자에게 닿았다. 해머를 질질 끌며 사내가 남자에게 다가갔다.
"그러니까, 당신이 책임을 져야지. 안 그래?"
　해머가 허공으로 떠올랐다. 남자에게서 튄 피가 사내가 입고 있던 비옷은 물론 비닐이 깔린 사방을 물들였다.
"약속은 지키라고 있는 겁니다. 아시겠습니까?"

퍽!

비명 한 번 제대로 지르지 못한 남자는 끔찍하게 죽음을 맞이했다. 한바탕 거칠게 해머를 휘두르던 사내가 동작을 멈췄다.

"하아, 하아."

거친 숨을 토해 내며 시리게 차가운 시선으로 남자를 내려다보던 사내가 툭 해머를 바닥에 던졌다.

우두둑, 우두둑.

사내가 목을 이리저리 움직이자 뼈 소리가 났다. 조금 화가 누그러진 듯 사내의 표정이 부드러워졌다. 그가 애석한 얼굴로 측은하게 죽은 남자를 응시했다.

"그러게 말 좀 잘 듣지 그랬어요. 잘 알면서 왜 그랬을까? 뭘 하려고 그걸 그대로 두셨나? 협박이라도 해서 돈 더 받아 내고 싶었나? 쯧쯧, 어리석긴. 한 번 받은 걸로 만족했어야지. 괜히 욕심을 부려서. 명만 재촉했잖아요. 바보같이."

그렇게 말하는 사내의 입술 끝에 비릿한 미소가 걸렸다. 뱀처럼 요사스러운 혀가 밀려나와 입술을 훑고 지나갔다. 사내가 손끝으로 나른하게 입술을 쓸었다. 음흉하게 빛나던 사내의 머릿속으로 또다시 하나의 모습이 떠올랐다.

"그냥 얌전히 살지 그랬어. 그럼 아무 일 없었을 텐데. 응? 하나야."

사내가 나직하게 하나의 이름을 불렀다. 끝을 말아 올리는 사내의 입매에 음산한 기운이 드리웠다.

9년 전, 자신의 범행 사실에 대해 중요한 단서를 찾아낸 오 경감이 수사 범위를 좁혀 오자, 위험을 감지한 사내가 오 경감을 죽였다.

자신의 아버지를 죽인 끔찍한 살인마를 마주하고도 전혀 두려움에 떨지 않던 하나의 당돌한 눈빛이 마음에 들어 그녀를 죽이지 않았다.

시간이 없기도 했고, 어떻게 크는지 보고 싶기도 했다. 살인 사건의 희생양이 된 아버지를 가슴에 품고 과연 제대로 살아갈 수 있는지가 궁금했었던 거 같다. 이미 마음속에선 꿋꿋이 견뎌 내 언젠가 자신을 찾아오리라는 예감을 했었는지 모른다.

그리고 언제가 될지 모를 그때를 기다리며 한껏 기대를 하고 있었던 건지도 모를 일이었다.

"이거 좀 흥분되는데? 네가 과연 나를 찾을 수 있을지. 어떻게 찾아올지 무척 궁금해."

처참하게 죽은 시체를 앞에 두고 사내는 하나를 떠올리며 묘한 흥분을 느꼈다. 얼굴에 튄 피를 손으로 쓸어내리며 사내가 웃었다. 비닐 사이로 언뜻언뜻 보이는 그 몰골이 괴기스러웠다.

《

같은 목적지를 향해 가는 길. 심심하면 하나에게 맡겼던 운전을 이번엔 영진이 했다.

전담 검사인 강진욱이 아닌 다른 사람을 만나야 하는 하나로서는 영진과 함께 가야 한다는 게 신경 쓰이고 부담스러웠다. 왜 그들을 만나는지 영진이 물어보진 않을지. 그럼 뭐라고 둘러대야 할지 고민스러웠다.

딱히 이렇다고 명확하게 설명할 말이 없었다. 누군가가 하나를 죽이는 상상을 했고 그것이 하나의 머릿속에 떠올랐다는 걸 어떻게 설명할 수 있을까. 말한다 한들 믿기는 할는지. 하나조차도 자신에게 그런 일이 일어나지 않았다면 정신 나간 소리라고 생각했을 것이다.

"하아."

저도 모르게 하나의 입에서 짙은 한숨이 흘러나왔다.

"왜."

"네?"

차를 주차장에 세우며 영진이 묻자 하나가 흠칫하며 눈을 크게 떴다. 딴생각을 하느라 그의 말을 제대로 못 알아들었다.

빤히 쳐다보는 하나를 마주 응시하며 영진이 옅은 미소를 띠었다.

"언제든 할 말 있으면 해. 혼자 끙끙거리지 말고."

"…아, 네."

그가 손을 뻗어 하나의 머리를 부스스 헝클었다. 머리 새집 만들지 말라며 툴툴거렸을 하나가 눈을 멀뚱거리며 그를 멍하니 바라보았다. 이상하게 장난스런 그의 손길이 다정하게 느껴졌다.

영진이 운전석에서 내리는 걸 보며 하나도 보조석 문을 열었다. 그러면서 영진의 손이 닿았던 머리를 살짝 만져 보았다. 남겨진 여운에 손바닥이 간질거렸다.

비교적 속마음을 잘 숨기는 편이라고 생각했는데, 영진에게는 그게 무의미한 일인 것 같았다. 철없던 시절부터 하나의 모습을 봐 왔던 영진이었다. 그녀가 심경의 변화를 겪으며 성장해 나가는 모습을 옆에서 쭉 지켜봤었던 것도 그였다. 그런 그를 속인다는 건 어쩌면 불가능한 일일 수도 있었다.

'그러니 그날도 가지 않고 편의점으로 따라왔던 거겠지.'

일전의 살인미수 사건을 떠올리며 하나가 자조적인 미소를 지었다가 차에서 내리며 말끔히 지워 냈다. 언제부턴가 하나는 습관처럼 다른 사람 앞에 서면 표정과 마음을 숨기려 거짓 표정을 짓곤 했다.

배시시 웃으며 자신을 향해 다가오는 하나를 영진이 편안한 미소로 맞이했다. 그가 나란히 하나와 보조를 맞추며 검찰청으로 오르는 계단을 밟았다. 언제나 하나가 그에게 보조를 맞추던 것과는 상대적인 변화였다.

"그래서 이제 어디로 갈 건데?"

검찰청 로비로 들어서며 영진이 물었다. 걸음을 멈춘 하나가 잠시 망설이다 그를 올려다봤다.

그가 차분한 시선으로 하나를 내려다보고 있었다. 언제든 마음의 준비가 되면 그땐 솔직하게 말해 달라는 뜻이 담긴 영진의 눈을 바라보며 하나가 잘근 아랫입술을 깨물었다.

'믿어 줄까?'

영진은 항상 그녀에게 왜 그런 건지 이유를 묻지 않았다. 의외의 곳에서 혼자 어떤 꿍꿍이를 가진 듯 행동하는 그녀의 곁을 말없이 지켜 줄 뿐. 그러다 일이 발생하면 그녀보다 먼저 나서서 해결하려 했다. 하나가 다치는 일이 없도록 위험을 무릅쓰고 범인을 향해 몸을 날렸다.

그러고 보면 어떻게 그런 일이 발생할 것을 알고 있었는지 그는 단 한 번도 하나에게 묻지 않았다. 분명히 의심스럽고 이상했을 텐데 말이다.

'날 믿고 있어.'

그리고 영진은 기다리고 있었다. 언젠가는 하나가 모든 것을 자신에게 털어놓을 거라 생각하면서.

"누구 좀 만나 보려고요."

하지만 마음과 달리 하나는 쉽게 자신의 일을 털어놓지 못했다. 영진이 말없이 고개를 끄덕여 보였다. 그를 두고 먼저 자리를 뜨기가 그래서 하나가 주춤거리다 영진에게 말을 걸었다.

"팀장님은요?"

"난……."

만날 검사가 있다며 나선 길이었지만, 그가 딱히 검사와 친분이 있는 것도 아니었고 진욱이 검사라 검찰청에 오는 걸 그리 좋아하지도 않았다. 그러니 영진이 여기서 솔직히 할 일은 없었다.

말끝을 흘리는 영진을 보며 하나는 괜히 물었다는 생각을 했다. 돌아서기가 더 껄끄러워졌다. 어쩌지? 하며 머뭇거리는 하나의 눈에 회전문을 통과해 들어오는 진욱이 들어왔.

"이런."

제발 진욱이 모른 척 지나쳐 주기를 바라며 하나가 영진에게로 막 손을 뻗을 때였다. 그를 데리고 진욱의 눈길이 닿지 않는 곳으로 가려던 하나의 계획이 수포로 돌아갔다.

"요호, 이게 누구?"

하나의 바람을 깔끔히 무너트리며 진욱이 과한 반가움이 묻어나는 목소리로 알은체를 하며 다가왔다. 곧 영진의 얼굴이 짜증으로 일그러지겠구나 생각하며 하나가 그의 안색을 살폈다.

"보면 몰라?"

단조롭게 말하며 곁으로 다가선 진욱을 돌아보는 영진의 표정이 생각 외로 그리 어둡지 않았다. 의아해하며 바라보고 있던 하나에게로 시선을 옮기며 영진이 진욱의 뒷덜미를 덥석 붙잡았다. 그에 진욱과 하나의 눈이 동시에 커졌다.

"난 이놈이랑 볼일 있으니까, 너도 네 볼일 보고 와."

"네?"

"어?"

영진의 말에 또 둘이 동시에 놀란 듯 반문했다. 정작 영진은 아무렇지 않은 듯 진욱의 뒷덜미를 끌고 먼저 걸음을 옮겼다.

"일 끝나면 전화하고."

성큼성큼 걸어가는 영진과 정말이냐 물으며 끌려가면서도 좋아 웃는 진욱을 하나가 번갈아 쳐다보았다.

경찰이 검사의 뒷덜미를 잡고 그것도 검찰청에서 끌고 가는데 그게 그렇게 좋을까. 자신 같으면 얼굴 팔려서 당장 놓으라고 했을 거라 생각하며 하나가 고개를 절레절레 흔들었다.

"할 말이 과연 있긴 한 걸까?"

한 공간에 진욱과 같이 있는 것조차 싫어하던 영진이었다. 그가 조금 전에 한 말은 그래서 조금의 진정성도 느껴지지 않았다.

"구박이나 당하지 않으면 다행인데."

좋아하던 진욱의 얼굴을 떠올리며 하나가 쩝 하고 입맛을 다셨다. 참 안타까운 일이었다. 자신도 경험해 봤지만 혼자 하는 일편단심은 사람의 마음을 힘들게 한다. 조울증 환자처럼 상대의 행동과 말투에 따라 기분이 오르락내리락하니까.

"의도치 않게 오늘 또 신세를 지네요. 죄송합니다, 강 검사님."

진욱의 건투를 빌며 하나가 안내 데스크 쪽으로 걸어갔다. 검찰청 내부 안내판 앞에 선 하나의 눈이 빠르게 움직였다. 어제 만났던 검사들의 이름을 떠올리며 하나는 그들의 집무실을 확인했다. 진욱과 같은 3층에 그들의 집무실이 있었다.

김경준, 최철호, 이준열.

검사라는 신분도 그렇고 그들은 겉으로 보기에는 엘리트다운 면모를 풍기는 제법 젠틀한 사람들이었다. 살인자가 그들 가운데 있다고 단정 지을 순 없지만 배제하기도 어려웠다.

살인자는 언제 어디서 어떤 모습으로 살고 있을지 알 수 없는 존재들이었다. 보통의 사람들처럼 그 속에 섞여 평범하게 지내다가 순식간에 돌변해 범죄를 저지르곤 한다. 다시 말해 놈들은 특정할 수 없는 존재들이었다.

의심이 가면 일단은 조사를 해 보는 게 우선이었다. 그 누구를 막론하고 평등하게 적용시켜야 한다. 그것에 예외란 건 있을 수 없었다.

그리고 또 한 사람. 직접적으로 보지 못했던 하나의 팔을 치고 지나간 사람에 대해서도 알아봐야 했다. 그녀가 보안과가 있는 곳을 찾아 안내판을 훑었다.

5층. 확인과 동시에 하나가 엘리베이터로 걸어갔다. 엘리베이터를 기다리는 사람들 사이에 섞여 서 있던 그녀의 곁으로 누군가 다가왔다.

"또 보네요?"

바로 등 뒤에서 갑작스럽게 들린 목소리에 하나가 흠칫하며 뒤를 돌아보았다. 깊은 생각에 빠져 있던 터라 하나가 느닷없는 자극에 저도 모르게 놀라 버렸다.

"김경준 검사님?"

"기억력이 좋으시네요. 어제 딱 한 번 봤는데 이름까지 기억해 주시고. 이거 영광입니다."

경준이 반색하며 웃음을 지어 보였다.

"직업병이라고 해 두죠. 검사님도 비슷하지 않으신가요? 아닌가? 검사님들 경우엔 머리가 좋으셔서 기억력이 남다른 건가?"

"두 개 다이고 싶은 건 제 욕심일까요?"

"아니요. 두 개 다일 수도 있죠. 워낙 특출하시니까."

하나가 엄지까지 들어 보이며 그를 추켜세웠다. 먼저 정체불명의 남자를 알아볼 생각이었지만, 우연히 경준을 만났으니 겸사겸사 대화를 나누며 그에 대해서도 알아보려는 것이다. 웃으며 대화를 나누고 있지만, 하나의 촉은 예리하게 경준의 면면을 살피고 있었다.

"그 과찬 엘리베이터에 올라서 더 들어 볼까요?"

때마침 도착해 열리는 엘리베이터 문을 가리키며 경준이 말했다.

"그럴까요?"

하나가 마주 웃어 보이며 엘리베이터에 올랐다. 사람들 사이에 섞여 둘이 같이 엘리베이터에 올랐다. 3층은 이미 다른 사람이 눌러 놓아 따로 누를 필요가 없었다.

"강 검사 집무실에 가는 길이신가요?"

경준이 계기판을 보며 묻자 하나가 고개를 저었다.

"아니요. 전 5층에."

그녀가 답하며 버튼을 향해 손을 뻗었다. 그보다 앞서 경준이 5층 버튼을 눌렀다.

"감사합니다."

"별말씀을."

하나의 인사에 경준이 편한 미소를 지어 보였다.

"그런데 5층 보안과엔 무슨 일로?"

의외라는 듯 경준이 물었다. 순간 하나의 머리가 빠르게 돌아갔다. 그녀가 의미심장한 미소를 지어 보이며 그를 빤히 쳐다봤다. 경준이 그 눈빛을 마주하며 고개를 갸웃했다. 뭔가 자신에게 바라는 게 있는 눈빛이었다.

"혹시 시간 좀 있으세요? 검사님?"

싱긋이 웃으며 묻는 하나의 말에 경준의 눈썹이 작게 들썩였다.

"찾으시는 게 어제 10시에서 10시 20분 사이 로비 CCTV 영상이죠?"

보안과장이 직접 영상 관리 테이블에 앉아 당일 영상을 검색하며 물었다.

"네. 맞습니다."

보안과장의 물음에 답한 건 경준이었다.

"여기 있습니다. 편하게 보시고 더 필요한 거 있으시면 말씀하세요."

"감사합니다."

보안과장이 자리를 비켜 주자 경준이 옆에 선 하나에게 고개를 끄덕여 보였다. 하나가 얼른 자리에 앉아 영상을 돌려보았다. 그 뒤에서 경준도 같이 영상을 살폈다.

10시 15분 27초 프레임에서 회전문을 들어서는 경준 일행과 그 뒤를 따라오는 남자의 모습이 보였다. 하나가 정지 버튼을 누르고 남자에게 초점을 맞춰 화면을 확대했다. 경준이 하나가 앉은 의자의 등받이를 잡고 상체를 기울였다. 그러곤 눈을 가늘게 빛내며 유심히 남자를 확인했다.

"찾는 사람이 저 친굽니까?"

"아는 사람이에요?"

하나가 그를 돌아보며 묻자 경준이 고개를 작게 끄덕였다.

"이태경이라고 이번에 장채환 검사 시보로 온 사람입니다."

"아, 그래요?"

"그런데 저 친구는 무슨 일로?"

전혀 알지 못하는 사람을, 그것도 어제 잠깐 어깨가 부딪친 게 전부인 사람을 찾기 위해서 보안과까지 온 이유가 궁금한 모양이었다. 이걸 또 어떻게 설명해야 할지. 하나가 잠시 이마를 긁적이다가 히죽 웃어 보였다.

"설마, 어깨 부딪친 걸로 잡아가려는 건 아니죠?"

"에이, 설마요. 제가 또 그렇게 속 좁은 인간은 아니거든요."

"흐음, 그러니까 더 궁금하네?"

고개를 갸웃하며 경준이 미간을 장난스럽게 좁혔다. 경준이 그녀의 얼굴 가까이 제 얼굴을 드리우며 묘한 뉘앙스로 자문하듯 물었다.

"왜 찾은 걸까?"

하나가 그에게서 고개를 돌렸다. 화면을 끄고 하나가 자리에서 일어나자 경준이 상체를 세우고 뒤로 조금 물러섰다. 경준 앞으로 다가선 하나가 가볍게 어깨를 으쓱했다. 그러곤 별거 아니라는 듯 입을 열었다.

"이것도 일종의 직업병 같은 건데요. 어제 세 분 말고도 누구랑 접촉했던 것 같은데 도통 기억이 안 나서요. 꼭 확인을 해야 속이 시원할 것 같아서. 제가 좀 별종이라서 그래요. 오죽하면 팀장님이 저보고 꼴통이라고 하겠어요."

능청스럽게 말하는 하나의 대답이 어딘가 석연찮았다. 하지만 거기에 내포되어 있는 뜻은 충분히 유추 가능했다. 더 이상 묻지 말라는 의미로 하는 말이다. 당신이 신경 쓸 일이 아니라는 의미가 담겨 있기도 했다.

가만히 하나를 바라보던 경준이 수긍의 의미로 웃음을 지어 보였다.

"저랑 비슷하시네요. 저도 궁금한 게 있으면 못 참는 성격이거든요. 방금 쓸데없이 남의 일에 궁금해서 물은 것처럼."

"역시 그러시구나. 어쩐지 동질감이 느껴지더라니."

하나의 능청스런 말에 경준이 동의하며 고개를 끄덕였다. 둘이 주고받는 눈빛에 모호함이 담겼지만 둘 다 그에 대해 언급하지 않았다. 굳이 상대가 말하려 하지 않고 알 필요 없는 일을 캐물을 이유는 없었다.

"그럼 이제 나가도 되나?"

경준이 입구 쪽을 보며 말했다. 보안과장이 밖에서 다른 직원들과 이야기를 나누고 있었다. 오래 그를 밖에 세워 둘 수는 없었다.

"네."

하나의 대답에 경준이 문으로 걸음을 옮겼다. 그가 먼저 문을 열고 나서며 보안과장에게 다시 한번 고맙다는 인사를 했다. 경준의 뒤를 따라 나온 하나도 보안과장을 향해 눈인사를 건넸다.

보안실을 나온 하나가 복도를 걸으며 경준에게 고마움을 표했다.

"검사님 덕분에 쉽게 확인했어요. 감사합니다."

"고마우면 다음에 밥 한 번 사세요."

"당연하죠."

농담처럼 꺼낸 경준의 말에 하나가 흔쾌히 응했다. 엘리베이터 앞에 나란히 서서 기다리다 하나가 문득 생각난 듯 물었다.

"그런데 검사님은 원래 그렇게 친절하신 거예요?"

경준이 무슨 뜻이냐는 표정으로 하나를 응시했다.

"저랑 어제 처음 보셨는데 너무 친절하게 부탁을 들어주셔서요. 원래 성격이 그러신 건가 싶어서요."

생각해 보면 쉽지 않은 일이었다. 바쁜 걸로 치면 검사들도 형사 못지않았다. 우연한 조우였고 그는 집무실로 향하던 길이었다. 하나의 갑작스런 부탁을 그는 아무 거리낌 없이 들어주고 동행까지 해 주었다. 권위 의식이 상대적으로 높은 검사가 그러기는 쉽지 않았다.

그런데 경준은 단 한 번 인사를 나눈 게 전부인 그녀를 친근하게 대하며 도움을 마다치 않았다. 그것에 대해 하나가 한 말이었다.

"흐음, 하나 씨가 친근하게 느껴져서라고 하면 대답이 되려나?"

"네?"

의외의 말이었다. 뭘 얼마나 봤다고 친근감을 느끼나 하는 생각을 하나가 살짝 했다.

"동생 같아서요."

"동생이요?"

난데없이 갑자기 무슨 동생 타령이실까? 하는 생각을 하다가 경준에게도 호기심 덩어리 동생이 있는 건가 보다 하며 하나가 뒤늦게 고개를 끄덕였다. 그런 하나를 경준이 의미심장한 시선으로 바라보았다.

 엘리베이터가 도착하자 하나와 경준이 올랐다. 경준이 3층을 누르고 하나를 봤다. 몇 층으로 가냐 묻는 것이었다. 하나가 경준이 누른 버튼 가리켰다.

"저도 3층이요."

"이번 목적지는 강 검사 집무실인가요?"

"네."

"동행해 드려요?"

 경준이 장난스럽게 물었다. 그에 하나가 쿡 하고 웃으며 손을 내저었다.

"아유, 괜찮습니다. 바쁘신 검사님께 자꾸 민폐를 끼칠 수야 있나요."

"민폐까진 아니고 약간 번거롭긴 했죠?"

"정말이요?"

"물론, 농담이죠."

"그러실 줄 알았어요."

 능수능란하게 장난을 받아 내는 하나의 능청에 경준이 피식하고 웃었다.

 엘리베이터가 3층에 도착하고 문이 열렸다. 경준이 고갯짓으로 밖을 가리키며 열림 버튼을 눌렀다. 하나가 먼저 내리고 경준이 뒤를 따랐다. 앞서 걷는 하나를 바라보는 경준의 눈빛이 짙어졌다.

"저기, 영진아?"

진욱이 침묵을 이기지 못하고 영진을 조심스럽게 불렀다. 자신의 뒷덜미를 잡고 집무실로 끌고 온 이후, 영진은 내내 입을 닫고 있었다. 그것도 테이블을 사이에 두고 소파에 마주 앉은 채로 말이다.

기분이 꼭 취조실에 앉아 있는 것 같았다. 침묵으로 일관하며 범인의 심리를 자극하는 형사 앞에 앉아 있는 기분이랄까? 뭔가를 자백해야 할 것 같은 압박감을 느끼며 진욱이 간질거리는 입을 열었다.

영진이 내려뗬던 시선만 살짝 들어 진욱을 응시했다. 그가 내뿜는 카리스마에 진욱이 꿀꺽 마른침을 삼키며 입술 끝을 말아 올렸다.

"나한테 할 말 없어?"

여전히 침묵으로 일관하며 영진이 진욱을 직시했다. 진욱이 목 뒤를 긁적이며 고개를 이리저리 기울였다. 자발적으로 검찰청에 와서 자신의 뒷덜미를 잡고 호기롭게 끌고 온 건 영진이었다. 하나 앞에선 분명 자신과 할 말이 있다고 해 놓고 둘이 남게 되자 입을 꾹 다물어 버렸다.

대체 뭘 하고 싶었던 걸까?

"관심 꺼."

긴 침묵 끝에 드디어 입을 연 영진이 시니컬하게 말했다. 그럼에도 불구하며 진욱은 영진이 말을 했다는 것에 감격해하며 환하게 웃었다.

"에이, 우리가 또 혈연으로 맺혀진 사인데 그럴 수야 있나. 약간의 관심은 가지고 살아야 되는 거 아닐까?"

타이르듯 부드럽게 말하는 진욱의 면상을 차갑게 응시하며 영진이 입을 열었다.

"하나한테서 관심 *끄*라고."

"어?"

뭐지? 이 생뚱맞은 전개는?

마치 제 여자에게 관심을 가지고 접근하는 이성에 대해서 경고를 하는 듯한 느낌을 받으며 진욱이 씨익 입가를 늘였.

야릇한 미소를 머금은 진욱의 얼굴을 영진이 못마땅하게 쳐다보며 미간을 찌푸렸다.

"하나한테 눈길도 주지 마. 다정한 척 느끼하게 말도 걸지 말고. 특히, 그 음흉한 눈웃음이랑 토할 것 같은 미소 집어치워."

지극히 영진의 주관적인 눈으로 본 진욱의 이미지였다.

"뭐야. 내가 그렇게 재수 없게 보였어?"

"어."

"네가 잘못 본 거야. 난 정말 순수하게 호의를 보인 거라고. 가족처럼 따스하게 한 번 봤고, 친근하게 말을 걸었고, 부드러운 시선으로 본 것뿐이야. 그리고 미소. 그건 정말 네가 오해한 거야. 내 미소는 온화하고 매력적인……."

억울함을 벗어 내고자 진욱이 영진의 말을 하나하나 짚어 가며 설명을 했다.

"닥쳐."

"읍스."

영진의 서늘한 말에 진욱이 놀람을 표하며 입에 지퍼를 채우는 시늉을 했다. 물론 입술을 최대한 양옆으로 끌어 올리며 웃는 건 잊지 않았다.

'이것 보라고, 내 미소가 얼마나 매력적인지.'

하지만 그 매력적인 미소는 영진에게 먹혀들지 않았다. 더 싸늘하게 식어 가는 영진의 눈빛을 보며 진욱이 입꼬리를 내리고 슬그머니 고개를 돌렸다.

"자식. 눈빛 한번 살벌하네. 시베리아 벌판에 온 줄 착각하겠다."

적막강산이 따로 없는 집무실 안. 쥐 죽은 듯 침묵을 유지하고 있는 사람들이 또 있었다. 사무관과 여직원이 각자의 책상에 앉아 있었다. 영진과 진욱이 함께 들어올 때 인사를 건넨 것 말고는 단 한 번도 입을 열지 않았다. 분위기가 그랬다. 냉랭한 기운이 감도는지라 섣불리 입을 열거나, 움직이기가 조심스러웠다.

"어제 뭐 했어?"

입을 닫으라고 할 때는 언제고 영진이 대뜸 물었다. 진욱이 힐끔 영진을 쳐다보며 제 입을 손으로 툭툭 가리켰다. 닥치고 어떻게 말을 하냐는 뜻이었다. 그에 영진이 인상을 찌푸리며 짧게 혀를 찼다.

"땡이라고 해야 하냐?"

기막혀 내뱉은 영진의 말에 진욱이 슬쩍 손을 내밀었다. 그 손을 시리게 내려다보며 영진이 헛웃음을 터트렸다. 그가 마지못해 손등을 찰싹 때리자 아픈 듯 얼른 손을 거두며 진욱이 씨익 웃었다.

"언제 철들래?"

"철들면 무거워."

해맑게 답하는 진욱을 영진이 이번엔 묘하게 바라보았다. 진욱이 한 말은 영진의 핀잔에 늘 한결같이 답하던 하나의 것과 닮아 있었다.

영진의 색다른 반응에 진욱의 얼굴에 화색이 돌았다. 드디어 자신에게 세웠던 날카로운 가시가 조금 무뎌진 건가 싶었다.

맑은 얼굴의 진욱을 보며 영진이 입술을 달싹였다.

"재수 없어."

"아, 또 왜!"

"넌 그냥 다 재수 없어."

"너 딱 그래 봐. 내가 어제 일 말해 줄 것 같아? 절대 안 해 줘."

단단히 삐친 투로 말하는 진욱을 영진이 사납게 쏘아보며 주먹을 뻗었다. 그에 진욱이 팔로 얼굴을 가리며 다급하게 말했다.

"야, 야, 그래도 여기 검찰청인데 폭력은 좀 그렇지 않냐?"

맞을 거라 생각했던 진욱이 뭔가 잠잠함을 알아채고 슬그머니 팔 사이로 영진을 살폈다. 영진의 손이 자신의 얼굴 가까이 멈춰 있었다. 엄지와 검지 사이에 약간의 간격을 만들어 딱 둘만 펼친 채로. 멀뚱히 그것을 쳐다보고 있는 진욱에게 영진이 진지하게 말했다.

"딱 이 정도만 빼고."

진욱의 눈썹이 휘었다. 손톱만큼의 재수 있음을 듣고 기뻐해야 할지 더 울화를 터뜨려야 할지 난감했다. 그나마 그만큼이라도 나아진 이미지에 대해 감격을 해 주는 게 맞겠지? 개선의 여지가 있다는 의미니까. 안 그래?

"뭐 그렇다면 나도 딱 그만큼의 정보만 줘 볼…까 싶었지만, 내가 또 워낙 마음이 넓어서 말이야. 좀 더 줄게. 아니, 전부. 우린 이종사촌이니까."

적당히 딜을 해 보려다가 영진의 눈빛이 살벌해지는 걸 보고 진욱이 당장에 꼬리를 내렸다. 그리고 하나가 어제 본 사건 파일은 영진과도 관련이 있었다. 하나의 아빠인 오 경감은 영진의 사수이기도 했으니까.

"이리."

진욱이 테이블 위로 상체를 기울이며 영진에게 손짓을 했다. 가까이 다가오란 뜻이었다. 단박에 얼굴을 찌푸리긴 했지만 영진이 별말 없이 다가왔다. 그에 진욱이 흡족한 미소를 머금었다.

"그게 뭐냐 하면 말이야."

영진의 귀 가까이 다가가 진욱이 은밀하게 속삭이기 시작했다.

"전, 그럼."

진욱의 집무실 앞에서 하나가 뒤따라오던 경준에게 고개를 숙여 보였다. 경준이 마주 고개를 숙이며 미소를 띠었다. 그를 일별하고 노크를 하려고 손을 들어 올리던 하나가 잊은 것이 있는 듯 그를 돌아보며 말했다.

"아, 언제든 맛난 거 드시고 싶을 때 연락 주세요."

"정말요?"

"네. 신세진 것도 있고, 제가 꼭 한 끼 정도는 대접할게요."

"알았어요. 킵 해 둘게요."

"네."

경준을 향해 미소를 지어 보이곤 하나가 고개를 돌려 노크를 했다.

"네."

안에서 대답이 들려오자 하나가 문을 열고 안으로 들어갔다. 그녀가 들어간 진욱의 집무실을 물끄러미 바라보다 경준이 자신의 집무실을 향해 걸음을 옮겼다.

"하나 씨, 볼일은 다 보셨……."

반갑게 인사를 건네는 진욱을 가리며 영진이 자리에서 일어나 하나에게로 돌아섰다.

"갈까?"

그가 부드럽게 미소를 띠며 말했다.

"네, 팀장님."

소파를 벗어난 영진이 하나에게 다가가 그녀의 어깨에 자연스럽게 팔을 올렸다. 하나가 놀란 눈으로 그를 올려다보았다. 그런 하나를 향해 영진이 눈웃음을 더했다. 하나의 눈이 더 커졌고 그런 모습을 뒤에서 지켜보던 진욱이 상체를 벌떡 일으켰다.

진욱의 미간이 좁아졌다. 자신에게 하지 말라던 눈웃음을 믿을 수 없게도 천하의 냉혈남 최영진이 하고 있었다. 순간, 진욱은 저게 미친 건 아닌가 하는 생각을 했었다. 그 정도로 영진의 눈웃음은 충격적이었다. 바로 옆에서 보는 하나도 진욱과 별다르지 않는 표정인 걸 보면 그녀도 같은 생각인 듯했다.

"일은 잘 봤고?"

문으로 걸어가며 영진이 다정하게 물었다. 번쩍 정신을 차리며 하나가 짧게 고개를 끄덕였다.
"네."
"그래. 그럼 밥이나 먹으러 갈까?"
"밥이요?"
"응. 단둘이."
혹여 진욱이 눈치 없이 끼어들까 영진이 둘이라는 말에 힘을 실었다. 하나가 시간을 확인하는 게 보였다. 그러고 보니 어느새 점심때가 가까워지긴 했다. 문득 진욱의 존재가 생각났는지 하나가 뒤를 돌아보려 했다. 그러자 영진이 그녀의 얼굴을 한 손으로 감싸 제게 고정시키며 다정하게 말했다.
"나만 봐."
그에 진욱이 경악으로 쩍 벌어지는 입을 손으로 막았다. 안 그러면 크게 소리라도 지를 것 같았다. 굳은 표정으로 영진에게 이끌려 집무실을 나서는 하나를 보며 진욱은 놀라움을 금치 못했다. 대체 무슨 조화를 부리면 영진이 저렇게 되나 몹시 궁금했다.

문을 연 영진이 잠시 뒤를 돌아보며 사무관과 여직원에게 묵례를 했다. 얼떨결에 따라 고개를 숙인 둘도 멍한 표정을 짓고 있었다.

별다른 인사도 없이 투명인간 취급을 받으며 철저하게 외면당한 건 진욱 하나뿐이었다. 그럼에도 불구하고 손을 거둔 진욱의 입은 실룩거리며 웃고 있었다. 그가 내내 하고 싶었던 말을 툭 내뱉었다.

"최영진 완전히 미쳤네."

씨익, 의미심장한 미소를 지으며 진욱이 닫힌 문을 야릇하게 응시했다.

"사랑에 미쳐 버렸어. 크크크."

뭐가 그리 우스운지 배꼽이 빠져라 크크거리며 진욱이 털썩 소파 등받이에 몸을 기댔다. 그가 눈물까지 맺힌 눈을 손으로 쓸어 내며 급기야는 흐느낌을 섞어 냈다. 너무 웃겨서 눈물까지 날 지경이었다.

"하아, 그나저나 이거 묏자리부터 알아봐야 하나? 선산에 영진이 자리가 있던가?"

그가 휴대폰을 꺼내 들며 혼잣소리를 중얼거렸다.

"사람이 갑자기 변하면 죽는다던데, 큰일이네."

실성한 사람처럼 웃는지 우는지 모르게 흐느낌에 가까운 웃음을 흘리는 진욱을 사무관과 여직원이 이상하게 쳐다봤다. 그러다 이내 시선을 거두고 고개를 깊이 숙여 서류를 뒤적거렸다. 이럴 땐 그저 모른 척 일에 집중하는 게 좋다는 걸 경험으로 알고 있었다.

"최영진, 푸하하하!"

그 후로도 오랫동안 진욱의 집무실에선 알 수 없는 묘한 웃음소리가 들려왔다.

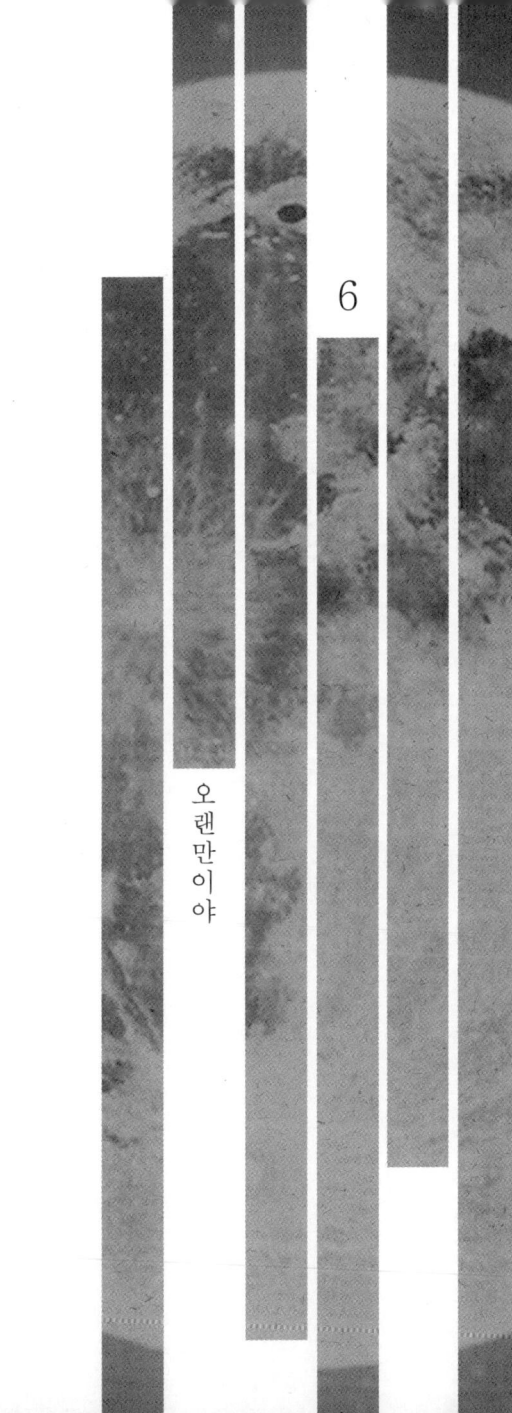

6

오랜만이야

Finish

 이태경. 하나의 머릿속을 가득 채운 이름이었다. 그가 범인이라는 확신은 없었다. 확인을 위해선 이태경과 신체적인 접촉을 하는 수밖에 없었다. 지금으로선 그가 가장 먼저 확인을 해야 할 대상이었다.

 인사를 나눈 다른 사람들은 어떻게든 마주칠 수 있었고 언제든 확인이 가능했다. 이태경이라는 사람만 하나와 접점이 없었.

 우연을 가장해서 몸을 부딪쳐 보는 게 나을지, 정식으로 인사를 하며 악수를 통해 확인을 하는 게 좋을지, 더 나은 방법을 모색하느라 하나의 머릿속이 분주하게 움직였다.

 "무슨 생각을 그렇게 골똘히 해?"

영진이 젖은 머리를 수건으로 털며 하나의 곁으로 다가왔다.

하나가 무심히 그를 돌아보다 침을 꿀꺽 삼켰다. 늘 반듯한 모습만 보다가 편안하게 흐트러진 영진을 보니 느낌이 색달랐다.

샤워를 하고 나온 남자가 얼마나 섹시한지 눈으로 확인한 하나의 심장이 들썩거렸다. 금방 자신이 얼마나 심각했던가는 까맣게 잊어버렸다. 그만큼 지금 영진의 모습은 무척 유혹적이었다.

"흐음."

답 없이 자신을 뚫어져라 쳐다보고 있는 하나의 얼굴을 지그시 바라보던 영진이 그녀가 앉아 있는 소파의 등받이 위에 손을 올리고 상체를 기울였다. 영진의 얼굴이 불쑥 다가오자 하나가 움찔하며 뒤로 살짝 몸을 물렸다.

영진의 입가에 미소가 번졌다. 사랑한다고 무작정 들이대던 당돌함은 어디로 가고 하나가 그녀답지 않게 부끄러워하고 있었다. 그 모습이 또 영진에겐 무척 귀엽고 사랑스러워 보였다.

영진이 손을 뻗어 하나의 뒷머리를 감쌌다. 그가 더 이상 그녀가 물러나지 못하게 만들었다.

"빠, 빨리 씻었네요."

왜 말이 더듬어져 나올까? 자신의 의도와 달리 떨리는 목소리에 하나가 얼굴을 붉혔다.

 자꾸만 그녀의 시선이 영진의 쇄골과 티 안쪽 언뜻 보이는 단단한 가슴에 머물렀다. 본능이 그렇게 반응하고 있었다. 하나도 어쩔 수 없는 일이었다. 아무리 시선을 다른 곳으로 돌리려 해도 눈이 고정이라도 된 듯 움직이지 않았다.

"더 보여 줘?"

영진이 하나를 지그시 응시하며 달콤하게 속삭였다. 그제야 하나의 눈동자가 움직였다. 그녀가 동그랗게 눈을 뜨고 그의 눈을 마주했다.

"뭘요?"

"네가 보고 싶은 거."

"그······."

그게 뭐냐고 시치미를 떼려던 하나의 말이 멈췄다.

영진이 검지로 넥카라 부분을 잡아 아래로 끌어 내렸다. 그 모습이 어찌나 섹시하고 뇌쇄적이던지 말문이 턱 막혔다.

티 밖으로 드러난 자신의 몸에서 시선을 떼지 못하는 하나를 보며 영진이 살짝 입술을 깨물었다. 실제로는 그녀를 깨물고 싶었다. 끓어오르는 욕구를 억누르느라 영진이 제 입술을 깨문 것이다.

하나가 손을 뻗어 영진의 목울대를 손끝으로 만지작거렸다. 그에 이번엔 영진이 긴장해 마른침을 삼켰다. 그가 열기를 품은 시선을 내려 하나의 얼굴을 뚫어져라 응시했다. 그녀의 뒷머리를 파고든 영진의 손가락이 움찔거렸다.

그녀의 손길이 점점 아래로 내려와 조심스럽게 영진의 쇄골을 어루만졌다.

영진의 뜨거운 시선이 하나의 행동 하나하나를 담아냈다. 그가 다른 손을 내밀어 하나의 턱을 들어 올려 저를 보게 했다. 그녀가 시선을 맞추자 영진이 매혹적인 미소를 머금었다.

"나 지금 죽을 것 같은데."

그의 말에 하나의 눈이 커졌다.

"왜요?"

"너 때문에."

이어진 영진의 말에 하나가 놀라 입을 벌렸다. 그 입술 위로 제 입술을 겹치며 영진이 속삭였다.

"심장 떨려 죽을 거 같아."

그의 말에 하나의 눈이 사르르 녹아내렸다. 그녀가 손을 뻗어 그의 목을 휘감았다. 마주한 눈빛에 사랑이 가득했다. 여태 어떻게 참아 왔는지 신기할 정도로 영진은 자신의 마음을 솔직하게 하나에게 말해 주었고, 하나 역시 그런 영진의 저돌적인 면을 좋아했다.

물론 처음엔 당황스럽긴 했다. 안 그러던 사람이 갑자기 변하니까 적응이 되지 않아서였다. 하지만 곧 그런 영진의 변화가 반가웠다. 그리고 기뻤다. 외사랑이 아닌 온전한 사랑을 할 수 있어서. 그의 사랑이 진심이라는 걸 알았기에 행복했다.

"그럼 안 되는데. 내가 심폐소생술을 좀 할 줄 아는데. 어떻게, 좀 해 드려요?"

맞닿은 입술을 달싹이며 하나가 장난스럽게 눈을 찡긋거렸다. 달콤하게 물드는 영진의 눈을 보며 그녀가 그의 입술을 머금었다.

더 깊게 더 짙게. 그녀의 키스에 답하듯 영진이 소파의 등받이를 넘어가 하나의 몸 위에 자리했다.

그녀의 몸이 천천히 소파 위로 눕혀졌다. 얼굴과 목을 어루만지던 영진의 손이 그녀의 옷 속으로 스며들었다. 영진이 옷을 밀어 올리자 하나가 잠시 키스를 멈추고 그를 도와 얼굴을 빼냈다. 하나의 몸을 벗어난 윗옷이 영진의 손에 의해 바닥으로 떨어져 내렸다.

"으음."

다시 그의 입술을 찾아 취하며 하나가 그의 티 안으로 손을 밀어 넣었다. 단단한 복근이 그녀의 손에 닿았다. 그 복근을 타고 오른 하나의 손이 가슴의 돌기를 자극했다. 손가락 사이에 돌기를 넣고 가슴을 어루만지다 엄지와 검지로 장난스럽게 만지작거렸다.

"흐음."

나른한 숨결이 영진의 입술 사이를 비집고 흘러나왔다. 그 틈을 타고 그의 입술 안으로 침범하는 발칙한 하나의 혀를 그가 오히려 제 혀로 휘감아 가두었다. 부드럽게 타고 오르다 뿌리가 뽑힐 듯 강렬하게 빨아들였다.

가슴을 자극하던 하나의 손이 그의 쇄골을 야릇하게 쓸었다. 영진이 뜨거운 숨결을 토해 내며 잠시 틈을 만들어 제 손으로 티를 벗겨 등 뒤로 던져 버렸다. 그의 손이 바지의 버클로 내려가자 하나의 손이 그를 쫓았다.

버클이 하나의 손에 먼저 풀려 나가고 지퍼가 영진의 손에 의해 아래로 내려갔다. 영진이 바지를 벗기 위해 상체를 세우자 하나도 서둘러 자신의 바지를 벗었다.

둘의 몸이 약속이나 한 듯 다시 겹쳐졌다. 떨어져 있던 잠시의 시간에 대한 보상이라도 받으려는 듯 둘은 더 뜨겁게 서로를 탐했다.

거리낌이나 망설임 없이 둘은 솔직하고 대범하게 서로를 원하는 만큼 취했고, 상대가 바라는 대로 자신을 내어 주었다.

아름다운 나신으로 자신을 바라보고 있는 하나를 사랑스러운 눈으로 내려다보며 영진이 감미롭게 속삭였다.

"기다려 줘서 고맙다, 오하나."

그의 젖은 머리카락을 만지작거리며 하나가 사르르 입술을 말아 올렸다.

"내 마음 받아 줘서 고마워, 최영진."

당돌한 하나의 말에 영진이 피식 웃었다. 그가 하나를 그윽한 눈으로 바라보며 입술을 겹쳤다.

"구제 불능 꼴통."

"쿡."

입술 사이로 흘러든 영진의 말에 하나가 웃음을 터트렸다. 그가 그녀의 입술을 취하며 달콤한 고백을 전했다.

"사랑해."

"응. 나도."

곧장 들려주는 하나의 러브 메시지에 영진의 입술에 흡족한 미소가 번졌다.

사랑은 타이밍이다. 때를 놓치면 영영 사라져 버릴지도 모른다. 확신을 할 수 없어 망설인다면 그 사랑은 기다리다 지쳐 죽어 버릴 것이다. 그때 피눈물을 흘리며 후회한들 무슨 소용이 있을까.

없으면 도저히 안 될 것 같다면, 자신의 시야에서 벗어나면 불안하다면, 그건 이미 사랑이 시작되었다는 증거다.

더 늦지 않게 자신의 마음에 솔직해지기를. 그리하여, 자신을 사랑해 준 상대에게 상처 주지 않기를. 뜨겁게 사랑할 순간이 더 많아질 수 있도록.

부디, 사랑 앞에 진실해지기를.

그럼 그 사랑은 열정적으로 답할 것이다. 더 강렬하게 자신을 드러내며.

《

톡, 톡, 톡.

비닐 위로 핏방울이 떨어져 내렸다. 사방이 비닐 휘장으로 둘러싸인 공간에 누군가가 있었다. 쇠로 만든 의자에 묶인 채로 남자는 피를 흘리고 있었다.

"으으, 윽……."

쇠로 바닥을 긁는 듯한 거친 소리가 남자의 입 밖으로 새어 나왔다. 그럴 때마다 벌어진 입술 사이로 검붉은 피가 함께 떨어졌다. 남자의 얼굴은 원래의 모습을 알아보지 못할 정도로 퉁퉁 부어 있었다. 맞아서 그런 듯했다.

끊길 듯 가느다란 숨을 힘겹게 토해 내던 남자가 두려움에 떨리는 눈동자로 뭔가를 보고 있었다. 남자 이외에 또 다른 사내가 그곳에 있었다. 남자를 바라보고 선 사내의 손에서 뭔가가 휘잉, 휘잉 소리를 내며 돌아가고 있었다.

"입을 함부로 나불거리면 안 되잖아요."

노이즈를 발생시키며 들리는 사내의 목소리에 남자가 힘겹게 극극거리는 소리를 냈다. 그런 게 아니라고 부정하는 듯했다.

탁. 사내의 손에서 돌아가던 것이 멈췄다. 손에 잡힌 물건을 사내가 내려다보았다. 펜치였다. 피가 덕지덕지 묻은. 살점으로 보이는 것도 언뜻 보이는 것 같았다. 대체 저걸로 뭘 한 걸까?

사내가 남자를 향해 더 가까이 다가갔다. 남자의 입이 두려움에 파르르 떨렸다. 남자는 다음에 벌어질 일이 무엇인지 미리 알고 있는 듯했다.

사내가 말했다.

"아, 하세요."

부드러운 목소리였다. 하지만 덜덜 떨리는 남자의 입은 쉽게 벌어지지 않았다. 아니, 자의로 벌릴 수 있는 상태가 아닌 듯 보였다.

턱. 사내의 손이 남자의 턱을 붙잡았다. 그러곤 억지로 남자의 입을 벌리고 그 안으로 펜치를 집어넣었다. 뭔가를 잡은 듯 펜치가 다물어졌다. 그리고 다음 순간 남자의 몸부림과 함께 펜치에 뭔가가 집힌 채 입 밖으로 빠져나왔다.

펜치가 이리저리 움직였다. 펜치가 물고 있는 건 이빨과 잇몸의 살점이었다. 클로즈업된 펜치 뒤로 사지를 부르르 떨다 축 늘어지는 남자의 모습이 보였다.

툭. 펜치가 벌어지며 이빨을 놓았다. 떨어지는 이빨의 종착지는 피가 난무하는 바닥에 깔린 비닐 위였다. 이미 그 자리엔 다른 이빨들이 자리하고 있었다. 더해진 이빨이 금방 피로 물들었다.

자박자박. 사내가 남자에게서 등을 돌리고 멀어졌다. 사내의 시선에 여러 가지 공구들이 놓인 선반이 들어왔다. 펜치를 그 사이에 내려놓고 사내가 천천히 손끝으로 다른 공구들을 쓸었다. 그러다 엔진 톱과 사포 샌딩기 사이에서 멈췄다.

마치 아이가 어느 것을 고를까 고민하는 것처럼 사내의 손이 둘 사이를 즐겁게 오갔다. 사내가 택한 건 사포 샌딩기였다. 사내가 그것을 들고 남자에게로 돌아갔다.

"이게 조금 더 깔끔할 것 같은데. 어때요? 이승훈 원장님? 당신 눈에도 그렇게 보여요?"

 대답을 바란 게 아닌 듯 꺼져 가는 숨을 힘겹게 내쉬고 있는 남자의 다리 사이로 사내의 시선이 내려갔다. 다음 순간, 사포 샌딩기가 남자의 중심을 향해 내려쳐졌다.

 팍!

"허억!"

 거친 숨을 몰아쉬며 하나가 번쩍 눈을 떴다. 그녀의 눈동자가 불안하게 흔들렸다. 허공을 헤매던 시선이 조금씩 안정을 찾아가며 제 모습을 찾았다.

"왜 그래. 괜찮아?"

 걱정스러운 영진의 목소리가 들려오자 하나가 반사적으로 고개를 돌렸다. 그리고 그의 품을 파고들어 가슴에 얼굴을 묻었다. 하나의 머리를 영진이 조심스럽게 감싸며 그녀의 등을 부드럽게 쓰다듬었다.

"악몽이라도 꾼 거야?"

 그가 하나의 머리에 입술을 내려 입맞춤을 하며 나직하게 물었다. 하나에게서 조금이나마 불안과 두려움을 거둬 내고 싶었다.

 어쩌면 악몽을 꾸지 않는 게 이상한 건지도 몰랐다. 자신의 부친이 눈앞에서 살인마에게 잔인하게 죽은 것을 봤는데 멀쩡할 리 없었다.

애써 괜찮은 척할 뿐, 하나는 여전히 힘들게 혼자만의 사투를 벌이고 있었는지 모른다. 그런 생각이 들자 미안한 마음이 깊어졌다. 그동안 하나를 혼자 두었던 것이 영진의 마음을 아프게 했다.

하나는 영진의 품에서 그의 심장 소리를 들으며 마음을 차분하게 다스렸다.

이런 경우는 처음이었다. 여태껏 범인이 잡히기 전까지 보았던 장면은 범인과 마주쳤던 순간에 본 영상이 전부였다. 그런데 이번엔 달랐다.

'놈이 살인을 멈추지 않고 있는 거야.'

그녀와 부딪힌 이후에 하나를 죽이는 상상을 짧게 한 건 단지 그 순간일 뿐이었다. 그다음 놈은 다른 살인 계획을 세우고 있었다. 진짜 앞으로 죽일 사람들에 대해서.

'입을 함부로 놀린 죄.'

놈은 분명히 그렇게 말했다. 그리고 처음으로 죽이는 상대의 이름을 말했다. 이승훈 원장이라고. 대체 둘은 어떤 관계일까? 왜 이승훈이라는 자를 죽이려는 걸까? 무슨 말을 어떻게 했기에.

'아직 이승훈이라는 사람이 죽은 건 아니야. 이건 단지 살인을 저지르기 위해 놈이 만들어 낸 시뮬레이션 같은 거니까.'

마음이 안정되면서 차분하게 생각도 정리되기 시작했다. 다행인 것은 놈은 아직 하나가 이런 능력이 있다는 걸 모른다는 것이다.

이렇게 된 이상 하루라도 빨리 범인을 찾아내야 했다. 살인을 막고 이승훈이라는 남자를 구해 내기 위해선 그 방법밖에 없었다.

'넷 중 누가 이승훈이라는 사람과의 접점이 있는지도 알아봐야 해.'

하나가 점점 안정을 되찾아 가는 동안 영진은 그녀를 따스하게 보듬어 주었다. 자신이 지금 할 수 있는 일은 그것밖에 없었다. 하나가 말을 해 주지 않는 이상은 그녀가 어떤 생각을 하고 어떤 악몽을 꿔서 괴로워하는지 알 수 없었다.

"언제든지 무슨 일이든지 하고 싶은 말이 있으면 해."

머리 위에서 잔잔하게 들려오는 영진의 말에 하나가 고개를 들어 그를 바라보았다. 영진이 부드러운 시선으로 그녀를 마주 보았다. 그녀의 눈동자가 흔들렸다.

혼자서 놈을 잡는 게 버거울 수도 있었다. 놈을 마주하면 어떤 일이 벌어질지 하나도 장담할 수 없었다. 차분하게 냉정함을 유지할 수 있을지도 의문이었다. 혹시나 흥분해서 일을 그르치지는 않을지.

걱정과 불안이 공존하는 하나의 눈을 내려다보며 영진이 다정하게 하나의 머리를 쓰다듬었다. 괜찮다고, 힘든 일이 있으면 내게 말하라고, 내가 너에게 힘이 되어 주겠다고 그가 눈으로 말했다.

"나 할 말 있어요."

하나가 결심을 굳힌 듯 입을 열었다.

그도 놈을 미치게 잡고 싶을 거란 생각이 들었다. 영진 또한 오 경감의 죽음에 적잖이 충격을 받았었다. 자신의 사수가 잔인하게 죽임을 당했는데 범인을 잡을 수 없다는 건 견딜 수 없는 고통이었을 것이다.

놈을 잡을 수 있는 기회가 하나에게 찾아왔다. 혼자가 아닌 둘이서 함께라면 충분히 놈을 잡을 수 있을 것이다.

"차 한잔 마실래?"

긴장으로 굳은 하나의 몸과 얼굴을 보며 영진이 말했다. 그가 침대 밖으로 나가 하나가 입을 옷을 찾아 돌아왔다. 그가 손수 하나의 옷을 입혀 주었다. 영진도 옷을 갖춰 입고 있었다. 그가 내민 손을 하나가 맞잡았다. 둘이 함께 침실을 나섰다.

"여기 앉아 있어."

하나를 소파에 앉히고 영진이 홀로 주방으로 향했다. 그가 잔을 꺼내고 차를 타는 모습을 하나가 소파 너머로 지켜보았다. 쟁반 위에 머그잔 두 개를 올려 소파로 다가온 영진이 하나 앞에 머그잔을 내려놓았다.

모락모락 연기가 피어오르는 머그잔이 참 따스해 보였다.

옆에 앉는 영진에게 하나가 몸을 기댔다. 그가 테이블 위에 자신의 잔을 내려놓고 하나의 허리를 감싸 안았다.

"편해지면 말해."

서두를 필요 없다고 영진이 말해 주었다. 하나가 고개를 끄덕이며 머그잔을 들어 손에 쥐었다. 따스한 온기가 손바닥을 타고 온몸으로 퍼져 나갔다. 가만히 잔 속을 바라보던 하나가 차분하게 입을 열었다.

하나는 솔직하게 자신에게 일어난 모든 일을 털어놓기로 했다. 그걸 어떻게 받아들일지는 영진의 몫이었다.

"아빠가 돌아가신 날."

비교적 덤덤히 하나가 입을 열었다.

"놈과 만났던 거 알죠."

"응."

"그날 내 입 안에 놈이 피를 흘려 넣었어요."

그건 몰랐던 사실이다. 영진이 놀란 내색을 하지 않으려 애쓰며 하나를 바라보았다. 여전히 잔 속에 시선을 떨어트린 채 그녀가 말을 이었다.

"나도 정신이 없었고, 그 당시에는 너무 역겨워서 본능적으로 구역질을 하고 삼킨 것을 토해 내려고만 했던 거 같아요. 그런데 아빠의 장례가 끝나고 한참 뒤에 나한테 이상한 일이 생겼어요."

하나가 잠시 말을 멈추고 숨을 크게 들이쉬었다. 받은 숨을 토해 낸 후 차를 한 모금 들이켰다.

마음을 가라앉히고 다시 입을 열기까지 시간이 조금 걸렸다. 과연 영진이 자신의 말을 믿어 줄지 불안한 마음이 들어 더 지체되었다.

"살인이, 그러니까 앞으로 벌어질 살인 사건이 보이기 시작했어요."

영진의 미간이 움찔거렸다.

"그냥 보이는 건 아니고, 살인범과 접촉을 하게 되면 보이는 거예요. 놈의 시선으로 살인을 저지르는 장면이 눈앞에, 머릿속에 선명하게 보이는 거죠. 여기서 중요한 건 이미 일어난 사건이 아니라 놈이 계획하고 있는 살인에 대한 영상이라는 거예요."

"그게 놈들과 신체적 접촉을 하게 되면 보인다는 건가?"

"네."

"그런데 놈이 보는 관점이라 정작 중요한 살인범의 얼굴을 알 수가 없어요. 매번 살인범의 얼굴을 확인할 수도 없었고, 영상이 펼쳐지는 동안은 꼼짝을 할 수가 없거든요. 그 순간이 지나고 돌아보면 거기엔 아무도 없어요. 이상하게 놈들에 대한 정보를 얻을 만한 그 어떤 것도 찾을 수가 없더라고요. CCTV조차 잡히지 않는 곳에서만 부딪쳤어요, 여태까지는."

하나의 말을 진지하게 듣고 있던 영진의 머릿속에 어떤 장면이 떠올랐다.

"그럼 그때 그 일도 영상을 보고 살인을 막기 위해서 그런 건가?"

일전에 하나가 편의점에서 누군가를 기다렸다가 뒤를 쫓아 살인을 막은 것을 떠올려 영진이 물었다. 하나가 그를 바라보며 고개를 끄덕였다.

"네."

그녀의 대답에 영진이 짙은 숨을 토해 내며 머리를 주억거렸다. 겉으로는 내색을 하지 않았지만, 지금 그의 머릿속은 뭔가에 얻어맞은 것처럼 멍했다가 이리저리 얽혀들기를 반복하고 있었다. 한마디로 혼란스러웠다.

그동안 하나의 의아했던 행동들이 그런 이유 때문이었다는 건 알겠는데, 선뜻 그런 능력이 있다는 게, 그러니까 살인을 미리 볼 수 있다는 게 쉽게 받아들여지지가 않았다.

하나가 어렵게 꺼낸 말이었다. 그동안 혼자 끙끙거리며 힘겨워했던 비밀인 만큼 그 무게는 컸고, 놀라움을 넘어 충격적이었다.

범인의 피를 마신 것과 그런 능력이 생긴 것이 어떤 연관이 있을 거란 것도 믿기 어려웠다. 피가 튀고 난무한 상황이었다. 충분히 입 안으로 피가 들어갈 수도 있었다. 현장에서 본 건 오 경감이 흘린 피에 흠뻑 젖어 있는 하나였다.

그녀의 입술은 물론 얼굴과 온몸을 적신 범위는 오 경감의 피가 더 많았다. 한데, 입 안으로 흘러든 범인의 피를 삼키고 그런 증상이 나타났다니. 대체 이유가 뭘까?

하나의 이상한 능력 또한 그놈에 국한된 것이 아니라 모든 잠재적 살인마와의 접촉에 의한 것이라고 했다. 그게 과연 가능하긴 한 걸까? 의문이 꼬리를 물고 이어졌지만 그것을 겉으로 내비칠 수는 없었다.

어렵게 비밀을 털어놓은 상대가 믿지 않을 수 없는 사람이었기에. 하나의 말에 거짓은 없었다. 모든 것이 사실이었다.

다만, 지금 자신을 두려움과 걱정을 담아 바라보는 하나의 얼굴이 말해 주듯 평범하게 '그렇구나' 하며 받아들일 수 없는 말이라는 것이 문제라면 문제였다.

그가 혼란스러운 속내를 숨기며 담담하게 물었다.

"여태까지 그랬다는 건 지금은 뭐가 달라졌다는 건가?"

역시 최영진이었다. 단박에 그녀가 하려는 말의 의미를 알아차렸다.

"나 놈을 만난 거 같아요."

"놈?"

"응. 그놈."

하나의 눈을 마주 바라보던 영진의 눈빛이 예리해졌다.

"오 경감님 죽인 범인?"

"네."

"그래서 진욱이한테."

말을 하다 말고 영진이 하나의 눈치를 살폈다. 영진이 모르게 진욱에게 부탁한 일이었다. 그가 알고 있다는 것 때문에 혹여 하나가 화를 내지 않을지 걱정스러웠다.

영진의 걱정과 달리 하나는 대수롭지 않은 표정을 짓고 있었다.

"그건 아니고요. 강 검사님한테 아빠 사건 파일을 보여 달라고 한 건 그 전이었어요. 경찰청 자료실엔 파일이 없더라고요. 미제 사건이고 아직 범인을 잡은 것도 아닌데. 공소시효도 남은 사건인데 이상하게 그 어디서도 찾을 수가 없어서 혹시나 하고 부탁드렸던 건데, 찾으셨더라고요."

"별다른 건 없었을 텐데."

둘 다 알고 있는 것이 전부였다. 그날 사건 현장에 있던 둘이 증언한 것 외에 다른 증거나 정황은 나오지 않았다. 범인은 철저하게 자신의 흔적을 지웠다. 그래서 놈을 잡을 그 어떤 단서도 찾을 수가 없었고 여태 미제 사건으로 남겨진 것이다.

그런데 하나가 그놈을 다시 만났다고 했다.

"응. 제가 알고 있던 것과 별반 다르지 않긴 했어요."

"놈과는 어떻게 만난 거지?"

"검찰청 로비에서요."

"여전히 놈의 얼굴은 보지 못했고, 접촉으로 인한 영상만 본 건가?"

그가 하나의 말을 종합해 정확하게 정황을 유추해 냈다.

"이번엔 좀 달라요. 범인의 범위가 좁혀졌어요."

"접촉한 사람이 누군지 안다는 건가?"

"네 명이었어요."

"넷?"

확실히 범위가 확 줄어들었다. 그녀가 확신하는 사람들 중에 놈이 있다면 말이다.

"검사 셋, 시보 하나. 그날 로비에서 저와 접촉한 사람은 그 넷이었어요."

"그중에 있다는 건……."

"봤어요. 놈이 절 죽이는 상상을 하는 장면을."

영진의 미간이 꿈틀거렸다.

하나가 비를 맞고 멍하니 서 있다 정신을 잃은 그날이다. 그날도 악몽을 꾸는 듯 하나는 미열과 함께 식은땀을 흘렸었다.

그가 하나를 두 손으로 꼭 감싸 안았다. 그러곤 그녀의 이마에 입을 맞췄다.

"미안."

놈과 마주친 것도 모자라 자신이 살해당하는 장면을 보고 충격과 두려움에 혼자 떨었을 하나를 생각하자 미안한 마음이 들었다. 영진의 심장이 아릿하게 저려 왔다.

자신을 걱정하는 영진의 마음이 그의 행동과 표정에서 고스란히 느껴져 하나는 오히려 마음이 평온해졌다. 그가 곁에 있어 고맙고 든든했다.

"팀장님이 왜요."

"너 혼자 그 모든 걸 감당하게 해서 미안해."

"내가 말을 안 한 거잖아요. 솔직히 이런 얘기 쉽게 믿을 수 있는 사람이 있을까요? 아마 없을 거예요. 최영진이니까. 오하나를 걱정하고 진심으로 귀를 기울이는 당신이니까 가능한 일이지, 다른 사람들은 절대 안 믿을 거예요."

"그래도."

"같이 잡아요. 내가 모든 걸 털어놓는 이유도 그것 때문이니까."

"응. 그러자. 내가 꼭 잡을게."

들고 있던 잔을 내려놓고 하나가 두 팔로 그를 꼭 끌어안았다. 그러곤 다시 말을 이었다.

"놈이 살인을 멈추지 않은 것 같아요."

"뭘 본 거야?"

조금 전 침실에서 악몽을 꾸고 일어난 듯 소스라치게 놀라던 하나의 모습을 떠올리며 영진이 물었다.

"놈이 누군갈 죽이는 장면을 꿈에서 봤어요. 이것도 전에 없던 일이에요. 제가 본 대부분의 살인 장면은 단 한 번뿐이었거든요. 사건이 일어나거나, 그 전에 막거나. 범인이 잡힌 이후로는 똑같은 범인이 살인을 저지르는 건 보지 못했어요. 그런데 이번엔 놈과 마주친 뒤로 또 다른 살인에 대한 영상을 본 거예요."

"하아, 미친."

영진이 이를 빠득 갈았다. 그에게서 분노가 느껴졌다. 이번엔 반드시 놈을 잡고 말겠다고 영진은 속으로 굳게 다짐했다.
"이승훈 원장이라고 했어요."
"이승훈?"
"자신이 죽이는 사람 이름을 놈이 불렀거든요. 정확히 이승훈 원장이라고."
"넷 중 이승훈이라는 이름과 연관이 있는 사람을 찾아야겠군."
"네. 그리고……."
하나가 말을 잠시 멈췄다가 이었다.
"그 넷과 차례대로 접촉을 해 볼 생각이에요. 그럼 좀 더 정확하게 놈에 대해서 알아낼 수 있을 거예요."
품에서 하나를 조심히 떼어 낸 영진이 그녀를 걱정스럽게 바라보았다. 그가 무슨 생각을 하고 있는지 하나는 알고 있었다. 위험한 일은 하지 말았으면 하고 생각하고 있다는 걸.
"나 제법 유능한 형사예요. 그것도 강력계에서 톱을 달리는 1팀 막내라고요."
자부심 가득한 얼굴로 하나가 말했다.
"하아."
말려도 소용없다는 걸 영진도 알고 있었다. 그녀의 말대로 하나도 영진도 천성이 형사였다. 범인을 잡는 데 몸을 사리는 건 성격에 맞지 않았다.

"놈이 널 알아봤을 텐데."

"응. 맞아요. 날 보자마자 죽이는 장면을 떠올렸으니까."

잔혹하게 인사를 건네던 놈의 목소리가 생생하게 하나의 귓전을 울렸다. 노이즈만 걷어 내면 좀 더 정확하게 알 수 있을 텐데. 지직거리는 소리가 더해져 놈의 목소리가 선명하게 들리지 않았다.

"첫 타깃은 누구지?"

"시보 이태경."

"음."

고개를 끄덕인 영진이 부드럽게 하나의 머리를 쓸었다.

"냉정하게 평정심 유지하고 무슨 일이 있더라도 절대 내색하지 말고."

"네. 명심할게요, 팀장님."

미소를 지어 보이며 안심하라는 듯 말하는 하나를 지그시 바라보다 영진이 그녀를 와락 끌어안았다.

"너 다치면 나 못 산다."

그의 진심 어린 고백에 하나의 미소가 짙어졌다. 그녀가 그를 안은 팔에 힘을 주었다.

"걱정도 팔자야. 골통이 달리 골통인가? 사고는 쳐도 절대 안 다치니까 안심하시라고요."

하나의 호언장담에 그제야 영진이 낮은 웃음을 터트렸다.

아침이 오려면 아직 시간이 남았다. 그때까지 이렇게 서로를 보듬어 안고 위안과 용기를 나눌 것이다. 말을 하지 않아도 그들은 서로의 마음을 알 수 있었다. 마주 안은 팔에 따스하게 번지는 온기가 상대의 말을 대신 전해 주고 있었다.

괜찮다고, 내가 너의 곁에서 너와 함께할 거라고. 그러니 무슨 일을 하든 용기를 내서 멈춤 없이 나아가라고 서로가 서로에게 마음으로 속삭였다.

《

"여어, 이태경."

진욱이 태경의 어깨에 팔을 걸치며 반갑게 인사를 건넸다. 태경이 얼떨떨한 표정으로 그에게 인사를 건넸다. 오며 가며 안면은 익혔지만 이렇게 살가운 인사를 받는 건 처음이었다.

"연수원 94기라고 했나?"

"네."

"내가 89기거든."

"아, 네."

"이렇게 후배를 만나니까 또 엄청 반갑고 그러네?"

능청스럽게 웃으며 말하는 진욱을 태경이 어색한 웃음으로 맞았다.

사법고시를 패스한 사람이라면 당연히 연수원에 들어간다. 그러니 먼저 검사 생활을 하고 있는 사람들에겐 태경 같은 후배가 수두룩했다. 이름도 얼굴도 모를 정도로 그 수는 많았다.

그래서 태경은 진욱이 친근하게 자신에게 인사를 건네는 이유를 알 수가 없었다. 대신, 사이코에서 조금 발전해 사다코라는 별명을 가지고 있는 진욱이 불쑥불쑥 나타나 사람 기함하게 하는 행동을 한다는 소문을 사실로 받아들이게 되었다.

진욱이 시보였던 시절, 사수 검사가 골탕을 먹이려 일을 산더미같이 안겼다고 했다. 사실은 진욱의 잘생긴 낯짝에 매력적인 미소도 그렇고 연수원 톱이라는 것도 마음에 안 들어 질투심에 그랬다는 건 아는 사람은 다 아는 비밀이었다.

범인의 시선으로 사건을 봐야 한다고 허구한 날 끔찍한 시뮬레이션을 해 대는 그를 동기들이 사이코라고 불렀다면, 실실 웃으며 불 꺼진 검사실에서 모니터 앞에 앉아 광기 어린 눈으로 일을 하고, 불쑥불쑥 해괴한 몰골로 사수 검사가 있는 곳에 나타나 사람 간담을 서늘하게 하며 다음 사건을 외치던 그를 검찰청 사람들은 '사다코'라고 불렀다.

헝클어진 머리와 다크서클이 짙게 내려앉은 눈, 우유빛깔을 넘어 빛을 보지 못해 창백해진 몰골로 벽을 양손으로 짚고 옆으로 얼굴을 내민다든지. 사람의 뒤에서 어깨 위에 손을 올리고 불쑥 말을 건다든지 해서 기함을 하게 만들었으니 그런 별명이 붙을 만도 했다.

진욱 때문에 가위에 눌리는 등 시달리던 사수 검사가 두 손 두 발 들고 항복을 선언했다는 일화는 유명했다. 그 뒤로 함부로 그를 건드리는 사람은 아무도 없었다고 했다. 시보로 오게 되는 연수원생들의 주의 사항에도 진욱의 이름은 빠지지 않았다.

진욱이 저만치 떨어진 곳에 서 있는 하나를 향해 신호를 보냈다. 그러자 하나가 성큼성큼 자신과 태경을 향해 다가왔다. 진욱이 이렇게 적극적으로 하나를 돕는 데에는 영진의 부탁 아닌 협박이 다분히 작용했다.

하나가 부탁하는 일은 무슨 일이 있더라도 들어주라고 했다. 그렇게 하지 않으면 평생 다시는 말도 섞지 않겠다고 영진이 협박했다.

무슨 일인지는 몰라도 검사의 촉으로는 이게 사건과 연관이 있지 않을까 하는 생각이 들게 했다. 그것도 오 경감의 살인 사건과 깊은 연관이 있어 보였다. 그를 반증하듯 영진과 하나가 무척 진지하고 심각하게 임하고 있었다.

"강 검사님!"

가까이 다가온 하나가 진욱을 향해 반갑게 손을 흔들었다. 진욱이 이제야 그녀를 발견한 것처럼 환하게 웃으며 그녀를 맞았다.

"하나 씨, 여긴 어쩐 일로? 이렇게 갑자기 보니까 엄청 반갑네요."

"팀장님 심부름으로 검사님 만나러 온 길인데, 이렇게 딱 마주쳤네요?"

"그래요?"

맞춘 듯 딱딱 대화를 이어 가던 진욱이 태경을 돌아보며 그의 어깨를 가볍게 두드렸다.

"아 참. 인사하지. 여긴 서동경찰서 강력 1팀에 오하나 형사. 그리고 여긴 머지않아 검사가 될 이태경 씨. 알아 두면 두루두루 좋은 인맥이니까, 이렇게 만난 김에 서로 인사를 하면 좋지 않나?"

"아, 안녕하세요."

태경이 얼떨떨하게 허리를 숙여 인사했다. 그런 태경 앞에 하나가 손을 내밀었다.

"인사는 역시 악수지. 우리 하나 씨가 뭘 좀 아네요?"

우리 하나 씨란 말을 진욱이 하자 그의 귀에 붙어 있던 점만한 이어폰에서 영진의 날 선 목소리가 들려왔다.

-닥쳐. 내 거야.

소유욕 쩌는 영진의 말에 진욱이 아무런 소리도 못 들은 척 만면에 천연덕스런 미소를 지었다. 이 상황에 저런 말을 하는 영진도 그렇게 정상으로 보이지 않았다. 누가 그를 두고 냉철한 형사의 표본이라고 했는지. 진욱은 그 사람을 찾아가 다시 제대로 보라고 말해 주고 싶었다.

하나가 내민 손을 태경이 조심스럽게 잡았다. 악수를 하는 하나의 표정엔 변화가 없었다. 여전히 옅은 미소를 짓고 있었다.

"반갑습니다. 다음에 저희 전담되시면 잘 좀 부탁드립니다."

정중한 하나의 말에 태경이 그제야 미소를 살짝 머금었다.

"저야말로 잘 부탁드립니다."

인사를 주고받은 둘을 보다가 진욱이 태경의 어깨에서 팔을 거두며 둘 사이에 끼어들었다.

"그럼 인사 끝났으면 우린 볼일 보러 가 볼까요?"

"네, 검사님."

"자네도 자네 볼일 봐."

언제 그랬냐는 듯 웃으며 손을 내젓는 진욱의 모습이 꼭 얼른 꺼지라고 말하는 것 같았다. 태경이 어리둥절해하며 고개를 꾸벅해 보이곤 먼저 몸을 돌렸다. 원래 가던 길을 다시 가며 태경이 고개를 연신 갸웃거렸다.

사다코라는 별명이 역시 틀린 게 아니라고 태경은 걸음을 옮기며 다시금 확신했다. 강진욱은 도무지 종잡을 수 없는 인간이라는 걸.

-어땠어?

하나와 진욱의 귀에 붙어 있는 이어폰에서 영진의 목소리가 동시에 들렸다.

"아니에요."

낮은 한숨을 내쉬며 하나가 말했다. 맞잡은 태경의 손에서는 아무런 살기도 느껴지지 않았다. 당연히 살인에 대한 것도 떠오르지 않았다. 가장 의심스러웠던 이태경은 범인이 아니었다. 그럼 남은 셋 중에 범인이 있다는 뜻이다.

-그래? 그럼 다른 타깃과 접촉해 봐야겠네.

"다른 타깃?"

이번엔 진욱이 의아한 목소리로 물었다. 하지만 영진에게서 답을 들을 수는 없었다. 진욱의 질문을 깔끔히 무시한 영진이 하나에게 말했다.

-이승훈이란 사람, 원장이라고 했지?

"네."

-기철이 그런 이름 가지고 원장이란 소리를 들을 만한 직업군을 알아봤는데. 어린이집이나 보육원으로 범위를 좁혔어. 조금 더 파고들면 명확하게 결과가 나올 것 같아.

"보육원?"

하나보다 앞서 이번에도 진욱이 말문을 열었다.

"뭐 아시는 거라도 있으세요?"

하나의 질문에 진욱이 싱긋이 웃으며 모호하게 말했다

"글쎄요. 보육원 출신이야 곳곳에 있으니까, 그중에 이승훈이라는 이름과 연관된 사람이 있을 수도 있겠죠?"

-돌려 말하지 말고 정확하게 말해.

진욱에 대해 좀 더 잘 아는 영진이 그의 말투를 꼬집어 말했다.

"아직 확실하지 않아서 그래. 어쩌면 검찰청 안에도 보육원 출신이 있을지도 모르니까, 알아보고 말해 줄게."

―하루.

"에이, 그래도 이틀은 줘야지. 검찰청에 사람이 얼마나 많은데.

―그래, 이틀. 그 안에 확실하게 알아내.

"낚였다."

시간 좀 벌어 보자고 이틀을 불렀는데 영진이 냉큼 허락하자 진욱이 한숨을 푹 내쉬었다. 영진은 진욱이 어떻게 나올지 미리 알고 그를 떠본 것이다. 말은 이틀이라고 했지만 아마도 진욱은 오늘이 다 가기 전에 결과를 말해 줄 것이다.

"다음은 최철호 검사예요."

"철호 선배?"

"네. 이번엔 저 혼자 해도 돼요."

선배라서 진욱이 조금 껄끄러울 수도 있음을 감안해 하나가 말했다. 괜찮다고 자신이 돕겠다고 말하려는 진욱을 뒤로하고 하나가 성큼성큼 철호의 집무실을 향해 걸어갔다. 하나의 뒷모습을 물끄러미 바라보던 진욱이 혼잣말을 중얼거렸다.

"이 커플은 왜 이렇게 용감무쌍해. 불도저 기질도 연인들 사이엔 옮는 건가?"

―신경 끄고 네 할 일이나 해. 확 밀어 버리기 전에.

"아이고, 이런. 혼잣말이었는데 다 들어 버렸네?"

―들으라고 한 말인 거 다 알아.

"웁스. 또 들켰다."

-까불지 말고.

연이은 영진의 타박에 진욱이 고개를 주억거렸다.

"예예. 그만 까불고 전 이만 퇴장하겠습니다. 필요하면 언제든 호출해 주십시오. 냉큼 달려가겠습니다."

마치 흥신소 직원처럼 살짝 불량기를 가미한 광고 문구 같은 말을 하며 진욱이 귀에 붙어 있는 이어폰으로 손을 올렸다. 그가 첩보용 이어폰을 떼어 내기 전에 영진이 말했다.

-도와줘서 고맙다, 강 검.

"야, 뭐……."

자신이 혹여 잘못 들은 건 아닌지 다시 말해 달라고 하려던 진욱의 말이 채 끝나기도 전에 영진 쪽에서 연결을 끊었다. 역시나 영진다운 태도였지만 진욱의 입가엔 어느새 사르르 미소가 번졌다.

"아유, 자식. 다 컸네."

영진이 들었으면 당장에 멱살을 쥐고 흔들었을 말을 스스럼없이 뱉어 내며 진욱이 싱긋이 웃었다. 그가 발걸음도 가볍게 자신의 집무실로 향했다. 이미 그의 머릿속에는 보육원 출신의 명단이 채워지고 있었다.

진욱이 집무실 문을 열며 산뜻하게 말했다.

"사무관님? 제가 부탁 좀 드려도 될까요?"

최철호 검사의 집무실이 보이는 곳에 하나가 멈춰 섰다. 곰곰이 생각에 잠겨 있던 하나가 고개를 돌려 화장실을 응시했다. 그녀의 시선이 닿은 곳은 여자가 아닌 남자 화장실이었다. 결심을 굳힌 듯 하나가 뒷주머니에 쑤셔 넣었던 모자를 꺼내 깊이 눌러썼다. 그러곤 망설임 없이 남자 화장실로 들어섰다.

그녀는 다른 곳에 시선을 두지 않고 곧장 화장실 변기 칸 안으로 들어갔다. 볼일을 보려는 생각은 아니었다. 칸 안에 숨어서 밖을 살피다 최철호가 들어오면 나가 그와 부딪칠 생각이었다. 모자를 푹 눌러쓴 하나가 화장실 칸으로 들어가는 것을 그 누구도 이상하게 보지 않았다.

옷차림도 그랬고, 머리카락을 완벽하게 모자에 감추고 얼굴을 가린 터라 그녀를 남자로 생각한 것 같았다.

문제는 최철호가 언제 이곳에 올지 모른다는 것이었다. 단지, 최철호의 집무실이 화장실과 가깝고 그가 자주 이곳을 찾는다는 정보에 최대한 빨리 그와 만날 수 있기를 희망할 뿐이다.

문틈 사이로 밖을 주시하며 하나가 벽에 바짝 붙어 섰다. 그녀의 시선은 화장실 출입문에 가까운 세면대 거울에 붙박여 있었다. 거울은 하나가 있는 곳에서 드나드는 사람들을 가장 빨리 확인할 수 있는 도구였다.

19분. 하나가 화장실에 숨어든 지 20분이 되기 전에 기다리던 최철호가 모습을 드러냈다. 누군가와 이야기를 나누며 들어선 그가 소변기 앞으로 이동했다. 등을 보이고 선 그때를 놓치지 않고 하나가 숨어 있던 칸의 문을 열고 나섰다.

툭. 가볍게 최철호의 등을 팔로 스치고 하나가 뒤를 지나갔다. 바지 지퍼를 내리다가 최철호가 뒤를 힐끔 돌아봤지만 이미 하나는 화장실 입구 쪽으로 걸어 나가고 있었다.

"최철호도 아니에요."

복도로 나온 하나가 영진에게 보고하며 곧장 엘리베이터 앞으로 걸어갔다. 오늘은 여기까지. 검찰청 안에 이준열과 김경준은 없었다. 그들은 지금 이 시간 법원에서 재판에 참여하고 있는 중이었다.

-오케이. 일단 철수해.

"네."

엘리베이터에 오른 하나가 모자를 벗었다. 뒤쪽 벽에 등을 기댄 그녀에게서 짙은 한숨이 흘러나왔다. 다른 사건들보다 긴장감이 몇 배로 느껴졌다. 한 사람 한 사람과 접촉을 할 때마다 입 안이 바짝 타들어 가고 심장이 터질 듯이 뛰어 댔다.

평정심을 유지하고 냉철해져야 한다고 수없이 자신을 다스려야 했다. 그렇게 접촉해 아니라는 걸 알고 나니 기운이 빠졌다. 이제 남은 건 둘이었다. 그 둘 중에 틀림없이 범인이 있을 것이다.

"누구야, 너."

하나의 혼잣말이 차가운 엘리베이터 벽면에 부딪쳐 산산이 흩어졌다.

"피고 김일환은 생명의 존엄함을 경시하고 자신의 생업을 위해 새벽까지 일을 하던 성실한 한 가정의 가장을 무참히 살해한바, 본 검사는 피고 김일환에게 법정 최고형인 무기징역에 처해 줄 것을 판사님께 요청하는 바입니다."

발언을 마친 경준이 자리에 앉았다.

반대편에 앉아 있던 살인자 김일환이 죽일 듯 노여운 시선으로 그를 노려보고 있었다. 술김에 저지른 우발적 범행이었고, 심신이 미약한 상태였음을 들먹이며 선처를 호소했지만 경준에게는 전혀 먹혀들지 않았다.

이대로 가만히 있을 것 같냐는 협박을 담아 김일환이 경준을 직시했다. 변호사의 최후 변론이 이어지고 있었지만 김일환의 신경은 온통 경준에게 쏠려 있었다. 마치 철천지원수를 보듯 놈의 눈엔 원망이 가득했다.

판결은 경준의 예상대로 무기징역이었다.

무심한 얼굴로 법정을 나서려는 경준을 향해 김일환이 죽여 버릴 거라고 발악하며 소리쳤지만 경준은 눈썹 하나 깜빡하지 않았다. 저런 식의 협박은 검사에게 흔한 것이었다. 겁먹고 휘둘릴 경준이 아니었다.

법정의 문을 나서며 경준이 나직하게 읊조렸다.

"뭐, 그러시든지."

법원 주차장에 세워 둔 자신의 차에 오른 경준이 휴대폰을 꺼내 들었다. 그가 하나에게서 받은 전화번호를 눌렀다. 밥 한 번 사겠다는 그녀의 말을 떠올려 그런 것이다. 맡았던 사건에서 승소했다는 핑계로 운을 한번 띄워 볼까 싶었다.

생각보다 길게 신호가 이어졌다. 아무래도 현장에 있는 모양이었다. 범인을 쫓느라 바쁜가 하며 경준이 종료 버튼을 눌렀다.

그가 차를 출발시키며 재킷 주머니에서 소형 녹음기를 꺼냈다. 범인이나 목격자 혹은 사건에 대한 것들을 그때그때 녹음해 기록으로 남겨 두는 건 검사들에겐 거의 일상에 가까웠다.

그가 녹음기의 재생 버튼을 눌렀다. 그러자 여자와 남자의 주고받는 대화가 들려왔다. 그것을 노래처럼 들으며 경준이 차를 출발시켰다.

아쉽지만, 하나와의 식사 약속은 다음을 기약해야 할 것 같았다.

도로 위를 달리던 차 안에서 경준은 일환의 말을 떠올렸다.

놈은 법정에서 가만두지 않을 거라는, 너도 죽여 버릴 거라는 협박성 멘트를 거침없이 남발했다. 그게 자신에게 얼마나 불리하게 작용될지도 모른 채 미친놈처럼 나오는 대로 쏟아 냈다.

난감함에 일그러지던 변호사의 낯빛이 겹쳐지며 피식 웃음이 났다. 죄인에게도 변론의 기회를 주는 참으로 너그러운 세상이었다. 인면수심이든, 타고난 사이코패스든 상관없이 누구에게나 평등하게 적용되는 것이었다.

심지어 범인의 인권까지 생각한다. 누굴 얼마나 잔인하게 살해했는지는 중요치 않았다. 인권은 그 어떤 잔악한 죄인이라도 지켜 줘야 한다고 생각하는 사람들이 있는 한 달라지는 것은 없었다. 죽은 자는 말이 없고 오직 살아남은 자의 인권만 중요했다.

참 가소롭고 어처구니없는 민주주의적 사고방식이었다.

검찰청으로 들어선 경준의 차가 주차장에 멈춰 설 무렵 그의 휴대폰이 울렸다. 혹시 하나에게서 온 것인가 하며 발신인을 확인하던 경준의 눈에 실망의 빛이 감돌았다. 하나가 아니었다.

그가 통화 버튼을 누르고 휴대폰을 귀에 갖다 대자 바로 상대의 목소리가 들려왔다.

-보고드릴 게 있습니다.

모든 것을 배제한 기계적인 남자의 목소리에 경준의 표정이 차갑게 식었다.

"말해."

-놈들이 본격적으로 움직이기 시작한 것 같습니다.

대답 없는 경준의 휴대폰으로 남자의 보고가 이어졌다. 룸미러에 비친 경준의 입술에 싸늘한 미소가 걸렸다. 통화를 끝낸 경준이 나직하게 혼잣말을 중얼거렸다.

"겁도 없이 자꾸 나대면 곤란한데."

세상엔 주제 파악을 못하는 놈들이 너무 많았다. 경준이 차의 시동을 끄고 운전석 문을 열었다.

그가 땅에 발을 내딛자 화창하던 날이 어둑해졌다. 경준이 하늘을 올려다봤다.

어디선가 몰려든 먹구름이 빠르게 이동하고 있었다. 한바탕 소나기라도 퍼부을 것 같았다.

《

폐기된 냉동 창고를 철거하기 위해서 작업 중이던 인부의 눈에 묘한 것이 들어왔다. 분명히 아무도 창고를 쓰지 않는다고 했었다. 폐업으로 문을 닫은 지 오래라 냉동고도 제대로 작동을 하지 않을 거라더니 냉동고 조절기에 불이 들어와 있었다.

"뭐야. 전기 끊긴 거 아니었어?"

온도기의 전원을 끄고 인부가 굳게 닫힌 문의 빗장을 풀었다. 문을 열자 안에서 냉기가 흘러나왔다. 고개를 갸웃하며 문을 완전히 열어젖힌 인부의 시야에 차가운 연기가 밀려들었다.

휘휘 손을 내저으며 안으로 들어간 인부가 혹여 무슨 문제가 있진 않은지 안을 살폈다.

"저게 뭐야?"

도축한 돼지나 소를 보관하던 창고였다. 천장을 가로지르는 봉에 뭔가가 걸린 채 아래로 축 늘어져 있었다.

몰래 도축한 것들을 사용료도 내지 않고 사용하는 날도둑놈이 있는 게 분명하다며 인부가 걸려 있는 고기 가까이 다가갔다.

일 끝나고 동료들과 고기나 구우면서 술이나 한잔할까 하는 생각에서였다. 어차피 불법으로 사용한 거니 철거 중에 고기가 없어졌다고 해도 주인이라며 나서서 변상을 요구할 사람은 없을 것 같았다.

얼마나 먹음직한 고기가 걸려 있을까 한껏 기대하며 가까이 다가갔던 인부의 눈이 부릅떠졌다.

"뭐, 뭐야!"

경악으로 커진 인부의 눈이 파르르 떨렸다. 놀라 본능적으로 뒷걸음을 치던 인부가 비명을 지르며 냉동고를 빠져나갔다.

"으아아악!"

인부의 비명 뒤로 비닐에 둘둘 말린 채 걸려 있던 물체의 형태가 점점 선명해졌다.

비닐 사이로 달아나는 인부의 모습을 응시하고 있는 것은 분명 사람의 눈이었다. 참혹하게 일그러져 얼굴을 알아보긴 힘들었지만 안구 하나는 제대로 붙어 있었다.

"흐음."

사체 앞에 선 준이 낮은 한숨을 내쉬었다. 비닐에 싸여 고기처럼 매달린 남자의 시신이 참혹했다. 얼굴은 형체를 알아볼 수 없을 정도로 짓이겨졌고, 몸 곳곳 온전한 구석이 없었다. 고기 다지듯 사람을 다져 놓았다.

"그냥 죽인 게 아니네요."

영진이 준의 곁으로 다가서며 말했다. 준이 고개를 끄덕이며 조금 더 면밀히 사체를 살폈다.

"냉동 상태여서 정확한 사망 시간을 알아내기는 힘들 거예요. 치아 상태도 그렇고 손가락도 지문을 찾을 수 없을 테고. 완벽하게 지웠네요. 죽은 사람의 인적 사항을 유추할 수 있는 것도……."

준이 사체 주변 텅 빈 냉동 창고를 둘러보며 말을 이었다.

"범인에 대한 것도 모조리 없앴어요."

"아무래도 증거 인멸에 능한 놈인 것 같습니다."

영진의 말에 준이 고개를 끄덕였다.

"단 하나 유추할 수 있는 건 면식범의 소행이라는 것 정도네요."

"알아내신 거라도……."

"고문의 흔적이 사체에 남아 있어요. 곳곳에 죽이기 직전까지 고문을 했다는 증거가 있네요. 정확한 건 부검을 해 봐야 알겠지만, 타카 건 같은 것으로 먼저 살아 있는 상태에서 쏜 뒤에 둔기로 사정없이 내려친 것 같아요. 이 정도의 잔악성이라면 원한이 있는 면식범의 소행일 가능성이 크죠."

"흐음, 인적 사항을 알아내야 주변인 탐문이라도 할 텐데, 큰일입니다."

"할 수 있는 데까진 최선을 다해 봐야죠."

사체는 국과수로 옮겨졌다.

냉동 창고 밖으로 나온 영진이 최초 발견자와 대화를 나누고 있는 하나를 봤다. 평상시와 다름없는 그녀의 모습에 영진이 속으로 한숨을 내쉬었다.

"요즘 금연하시나 봐요?"

옆에 나란히 선 준의 물음에 영진이 고개를 끄덕였다.

"간접흡연도 잠재적 살인이라고 하도 난리치는 녀석이 있어서요."

영진이 엷게 웃으며 말하자 준이 하나를 돌아봤다.

"결국은 하나 씨가 이겼나 보네요."

"네."

담배만 꺼내 피우면 옆에서 잔소리를 해 대던 하나였다. 준이 그를 떠올리며 영진의 금연 이면에 하나가 있음을 알아챘다.

"이제 국수 먹을 일만 남은 건가?"

혼잣말 같은 준의 중얼거림에 영진이 얼굴을 살짝 붉히며 그를 돌아봤다. 시선을 느낀 준이 영진을 마주 보며 싱긋이 웃었다. 준은 이미 둘이 연인 사이로 발전했다는 걸 알아챈 것 같았다.

"자기 여자 말 들어서 나쁠 거 하나 없어요."

의미심장한 준의 말에 영진이 웃음을 터트리고 말았다.

"그래서 박사님이 사모님께 꽉 잡혀 사시는 겁니까?"

"잡혀 사는 게 편해요."

영진의 농담을 준이 기분 좋게 받아 내며 눈을 찡긋거렸다.

"사모님이랑 애들은 건강하게 잘 지내고 계시죠?"

"덕분에요. 감당 못 할 정도로 건강미가 넘쳐서 탈이지만."

"하하."

악동 모드로 접어든 아들을 생각하며 준이 부르르 몸을 떠는 시늉을 했다. 요즘은 마누라보다 아들이 더 무섭다는 말을 가미하며 고뇌에 찬 표정을 지어 보이기도 했다.

준의 너스레에 웃음을 터트린 영진을 하나가 돌아봤다. 그녀가 둘에게 다가오며 눈을 말똥거렸다.

"무슨 일이에요?"

좀처럼 소리 내 웃지 않는 영진이 사건 현장에서 웃음을 터트린 게 이상해서 물었다.

영진이 아무 일 아니라며 금방 웃음을 지우고 손을 내저었다. 의아해 돌아보는 하나에게 준이 갑자기 손을 내밀었다.

그 손을 내려다보다 하나가 제 손을 들어 올렸다. 그러자 기다렸다는 듯 준이 하나의 손을 잡고 신나게 흔들었다.

"박사님?"

갑작스런 준의 엉뚱한 행동에 하나가 고개를 갸웃했다.

"축하해요."

"네?"

"낚시 성공한 거."

생뚱맞은 준의 말에 하나가 눈을 깜빡거리다가 그 옆에 선 영진에게 시선을 던졌다. 엷은 미소가 번지는 그의 얼굴을 보자 그제야 준의 말이 무슨 뜻인지 알 것 같았다.

"저 정도면 대언데. 낚는 데 좀 힘들지 않았어요?"

"엄청 힘들었죠. 버티기가 이만저만 아니었거든요."

"음, 딱 봐도 그랬을 거 같아요. 그래서 지금은?"

은근히 물어 오는 준을 올곧게 직시하며 하나가 눈을 빛냈다.

"아주 맛나게 먹고 있어요."

"역시."

하나의 거침없는 대답에 준이 흡족한 미소를 지은 반면, 영진은 당황해 얼굴을 붉혔다.

"헙. 컥."

헛기침을 터트리며 고개를 돌리는 영진의 붉게 달아오른 목과 귓불을 준과 하나가 만족스럽게 바라보았다.

"둔탱이 낚는 데는 좋은 미끼보다는 끊임없는 자극이 직방이라는 박사님 말씀이 맞더라고요."

"그보다 확실한 방법은 없죠. 그러다 아무 자극이 없으면 괜히 불안해서 꽉 물어 버리거든. 영영 먹을 수 없을까 봐."

은밀하게 시선을 주고받는 준과 하나를 돌아보며 영진이 헛웃음을 터트렸다. 아무래도 준이 하나에게 둔탱이 낚는 법에 대한 팁을 제공한 것 같았다. 자신이 그랬던 것처럼 상대가 서서히 자신에게 빠져들 수밖에 없게 만드는 노하우 같은 것 말이다.

곰의 탈을 쓴 저 여우들을 당해 낼 상대가 누가 있을까? 일단 레이더에 걸리면 무조건 낚일 수밖에 없다고 생각하며 영진이 절레절레 고개를 흔들었다.

진욱에게 사건 파일을 건네주기 위해 검찰청을 찾은 하나가 회전문을 통과해 로비로 들어섰다. 엘리베이터로 걸어가며 하나가 온 김에 남은 두 사람과 접촉을 시도해 볼까 하는 생각을 했다.

3층 진욱의 집무실이 있는 곳에 둘의 집무실도 있었다. 우연인 척 마주쳐 악수를 청한다면 아무 의심 없이 둘이 손을 잡을 것 같았다.

3층에 도착해 열린 엘리베이터 문을 나선 하나가 복도를 걸으며 눈으로 집무실에 붙은 명판을 확인했다.

진욱의 집무실에서 쭉 걸어가 오른쪽 모퉁이를 돌면 경준의 집무실이 나온다. 그 옆으로 나란히 붙은 준열의 집무실

중 하나만 인사차 들렀다고 말하며 들어가도 괜찮지 않을까.

이런저런 생각을 하며 걷다 보니 어느새 진욱의 집무실 앞이었다.

똑똑. 노크를 하자 곧장 안에서 응답이 왔다.

"들어오세요."

하나가 문손잡이를 돌려 안으로 들어갔다. 그녀를 본 진욱이 반가운 미소를 지으며 손을 들어 보였다. 그에게 고개를 숙여 답하고 하나가 사무관과 여직원에게 연이어 인사를 했다.

"안녕하세요."

"안녕하세요."

"오셨어요."

두 사람도 하나에게 부드러운 미소와 함께 인사를 건넸다. 진욱이 자리에서 일어나 직접 하나의 곁으로 다가왔다.

"이번에 냉동 창고에서 발견됐다는 그 사체 건인가요?"

"아, 네."

"여기 앉으시고."

진욱이 그녀를 소파로 끌어다 앉혔다. 그리고 그녀의 손에 들려 있던 서류 봉투를 받아 그 맞은편에 앉았다. 서류를 꺼내 살피던 진욱이 고개를 끄덕이며 그것을 테이블 위에 내려놓았다.

"소유주에 대한 압수수색 영장만 일단 발부하면 되는 거죠?"

"네. 비협조적인 데다 영장 없이는 아무것도 응하지 않겠다고 버티고 있어서요."

"지은 죄가 없으면 그냥 순순히 응하는 게 더 유리할 텐데."

"사체에 대한 건 자신과 상관없는 일이라고 극구 부인하는데, 냉동 창고 관리 여부에 관한 건 도통 입을 열지 않고 있어요."

"어쩐지 냄새가 나는데요?"

예리하게 눈을 빛내며 진욱이 말했다. 하나도 그에 동조하며 고개를 끄덕였다.

"오늘 안으로 영장 발부될 수 있게 할게요."

"감사합니다."

"그건 그렇고."

더 할 말이 있는 듯 진욱이 슬쩍 운을 떼웠다. 하나를 바라보는 시선을 가늘게 늘이며 진욱이 목소리를 낮췄다.

"이승훈 원장에 대해서는 뭐 알아낸 게 있어요?"

"명확한 건 아직 나온 게 없어요. 아무래도 유치원이나 어린이집 쪽은 아니고 보육원일 가능성이 크지 않을까 보고 있어요."

"아."

진욱이 천천히 고개를 끄덕였다.

"보육원 쪽으로는 동명인이 있던가요?"

"전국 규모로 7명 정도가 나왔어요. 저희 팀원이 차례로 만나 보고 있는 중이고요."

"그렇구나."

보육원 출신의 검사에 대해 진욱이 알아본 사실은 아직 하나는 알지 못했다. 그 결과에 대해서 진욱은 영진에게도 말하지 않았다. 사건에 대한 명확한 정보를 교류하지 않고서는 쉽게 정보를 노출시킬 수 없다는 생각에 진욱은 영진과 딜을 할 생각이었다.

그 와중에 냉동 창고에서 변사체가 발견되어 아직 말을 꺼내지 못하고 있는 상태였다. 은근히 하나를 떠보며 진욱이 상황 파악에 나섰다. 언제 어떻게 영진에게 말을 걸어야 할지 그 타이밍을 가늠하는 것이 중요했다.

"영진이는 서에 있나요?"

"국과수에 가셨어요. 감식 결과 확인하러."

"아, 네."

"그럼 영장 나오는 대로 연락 주세요."

"바로 가시게요?"

자리에서 일어나는 하나를 따라 진욱도 일어섰다.

"마냥 기다릴 순 없으니까요."

"그렇게 오래 안 걸릴 텐데."

"볼일도 좀 있고."

붙잡으려는 진욱을 떨쳐 내려 하나가 핑계를 댔다. 핑계라고는 하지만 사실이기도 했다. 하나는 진욱의 집무실을 나서 따로 할 일이 있었다.

하나를 바라보는 진욱의 시선에 걱정이 담겼다. 그녀가 혼자서 뭘 할 생각인지 짐작이 되어서였다.

만류하고 싶었다. 혹여 그녀 혼자 움직이다가 위험한 상황이 벌어지기라도 한다면 큰일이니까.

"검찰청이잖아요. 별일이야 있겠어요? 그렇다고 철없이 함부로 위험하게 나대지도 않을 거니까 걱정하지 마세요."

"하아."

하나의 말에도 진욱은 안심이 되지 않았다. 그가 턱을 매만지며 낮은 한숨을 내쉬었다. 잡는다고 고분하게 말을 들을 하나가 아니라 한숨밖에 나오지 않았다. 관자놀이 부근을 긁적이며 하나를 지그시 응시하던 진욱이 어쩔 수 없다는 듯 손을 내리고 어깨를 으쓱거렸다.

"무슨 일 있으면 꼭 전화해요."

"네."

"그리고……."

진욱이 마지막으로 당부의 말과 함께 그녀에게 정보 하나를 알려 주었다. 집무실을 나온 하나가 복도 끝 모퉁이를 돌아봤다. 모퉁이를 돌면 경준과 준열의 집무실이 나온다.

"후우."

크게 심호흡을 한 하나가 천천히 몸을 돌려 발을 내디뎠다. 모퉁이를 돌자 먼저 경준의 집무실이 눈에 들어왔다. 결심을 굳혔으면 실행에 옮길 차례였다. 하나가 성큼성큼 내딛는 발걸음에 힘을 실었다.

똑똑. 노크를 했지만 경준의 집무실은 잠잠했다. 그녀가 손을 내려 문손잡이를 잡았다. 주변을 슬쩍 돌아본 하나가 손잡이를 돌렸다. 찰칵찰칵 소리를 낼 뿐 문은 열리지 않았다. 모두 외부에 나가면서 문을 잠근 것 같았다.

실망한 표정으로 문을 바라보던 하나가 이내 고개를 돌렸다. 이준열 검사의 집무실을 보며 그녀가 발걸음을 옮겼다. 준열만 확인한데도 범인에 대한 범위는 하나로 좁혀진다. 준열이거나, 경준이거나 범인은 어차피 둘 중 하나일 테니까.

그녀가 똑같이 노크를 했다. 그러자 안에서 인기척이 들리며 조금 후 문이 열렸다.

"무슨 일로 오셨어요?"

여직원이 하나를 위아래로 살피며 물었다. 조사를 받으러 온 피의자는 아닌 것 같아서 물은 것이다.

"서동경찰서 오하나 형삽니다."

그녀가 주머니에서 신분증을 꺼내 여직원에게 보여 줬다. 확인을 마친 여직원이 그녀를 보며 용건이 뭐냐고 눈으로 물었다.

"지나는 길에 검사님 뵙고 안부 인사나 할까 싶어서요."

이준열과 안면이 있는 사이라는 걸 은근히 내비치며 하나가 말했다. 그러자 여직원의 표정이 한결 부드러워졌다.

"아, 그러셨구나. 그런데 어쩌죠? 검사님 지금 자리에 안 계신데."
"어디 가셨어요?"
"법원에 공판 있어서 가셨거든요."
"이런. 제가 타이밍을 잘 못 맞췄네요."
아쉬운 투로 하나가 말했다.
"왔다 가셨다고 전해 드릴까요?"
"아니에요. 자주 오니까 다음에 뵙고 인사드리죠, 뭐."
"그러실래요?"
"그럼."
공손히 인사를 하고 물러나는 하나의 표정이 조금 전보다 더 어두워졌다. 그녀가 짙은 한숨을 내쉬며 복도를 걸어 모퉁이를 돌았다.

엘리베이터 앞으로 걸어가는 하나의 발걸음이 무거웠다. 버튼을 누르고 엘리베이터가 도착하길 기다렸다.

문이 열리고 누군가 내렸다. 시선을 떨구고 있던 하나에게 엘리베이터에서 내린 누군가가 말을 걸었다.

"오하나 형사님?"
익숙한 목소리에 하나가 고개를 들었다. 경준이 그녀를 보며 웃고 있었다.
"아, 김경준 검사님."
"강 검사 만나러 오셨나 봐요?"

"네."

엘리베이터의 문이 닫히고 있었다. 경준이 하나 대신 그녀 앞으로 몸을 기울이며 버튼을 눌렀다. 그가 하나를 돌아봤다. 가까이 그의 얼굴이 머물러 있었다.

"안 타세요?"

"아, 그게."

"왜요? 나한테 볼일 있어요?"

선뜻 답을 못 하고 이유를 찾아 머뭇거리는 하나에게로 경준이 손을 뻗었다. 내내 버튼에 닿아 있던 경준의 손을 보고 있던 하나의 시선이 따라 움직였다. 어떤 식으로 자연스럽게 악수를 청할까 생각하던 차였다.

경준의 새하얗고 고아한 손이 우아하게 움직여 하나의 어깨 위에 내려앉았다. 그와 동시에 하나의 얼굴이 사색이 되었다.

부릅떠진 하나의 눈을 지그시 응시하며 경준이 입술을 말아 올렸다. 교묘하게 말려 올라간 경준의 입술 끝에 미소가 머금어졌다. 그 미소를 지켜보던 하나의 몸에 소름이 돋았다.

"오랜만이네."

경준의 입술이 하나의 눈앞에서 달싹거렸다.

"그날 이후 별로 변한 게 없는 거 같은데……."

하나의 눈동자가 불안하게 흔들렸다. 그에 경준의 미소가 더 짙어졌다.

"어떻게 죽여 줄까?"

노이즈가 사라진 목소리가 하나의 머릿속에서 선명하게 들려왔다. 바닥에 쓰러져 있는 하나를 내려다보며 놈이 물었다. 목소리의 주인은 틀림없이 경준이었다. 그가 하나를 향해 손을 뻗었다. 그녀의 목을 짓누르는 영상 속의 손이 지금 하나의 어깨 위에 올려진 손과 똑같았다.

경준이 하나의 귀에 입술을 가져다 댔다. 그러곤 나직하게 속삭이듯 물었다.
"그동안 잘 지냈어요?"
음산하게 물어 오는 경준의 말에 하나의 손끝이 떨려 왔다. 그를 감추려 하나가 주먹을 움켜쥐었다.

'희망 보육원이라고, 김경준 검사가 거기 출신이에요. 그런데 보육원 원장이 몇 차례 바뀐 것 같아요. 명단은 지금 알아보는 중이고요.'

진욱이 그의 집무실을 나서기 전 했던 말이 하나의 귓가를 맴돌았다.

어쩌면 경준이 범일일지 모른다는 생각을 했었다. 하지만 그동안 자신에게 보인 호의를 생각하면 그렇지 않을 가능성도 농후했다. 꼭 보육원 출신이라고 범인일 거라 단정할 순 없었다.

그런데 아니었다.

'놈이다. 이자가 살인범이다.'

경준을 돌아보는 하나의 눈빛이 차갑게 식어 있었다.

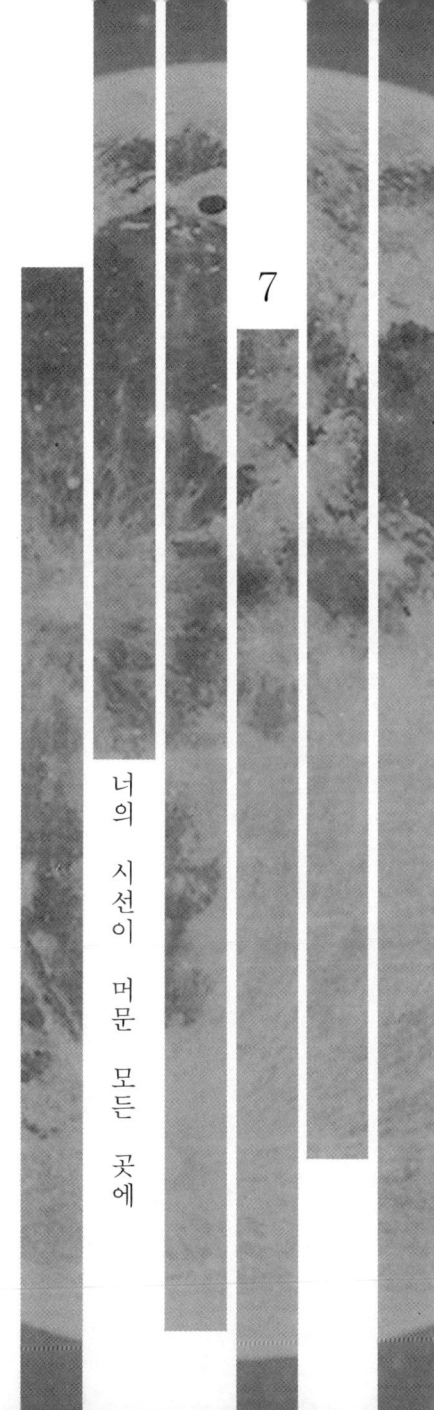

7

너의 시선이 머문 모든 곳에

Finish

김경준이 범인이다.

하지만 그를 범인으로 확정지을 그 어떤 증거도 없었다. 살인 현장의 완벽한 증거 인멸은 놈이 비상한 두뇌의 소유자임을 암시하고 있었다. 너무 완벽히 존재를 감췄기에 이쪽 방면으로 능하거나, 살인 사건을 자주 접하는 직업을 가진 것이 아닐까 하는 생각을 가끔 했었다.

"오하나 씨?"

경준의 부름에 퍼뜩 정신을 차린 하나가 그를 봤다. 어느새 자세를 바로 한 경준이 평소와 다름없는 표정으로 하나를 보고 있었다.

"왜 그렇게 긴장해요?"

"네?"

"장난친 건데, 놀랐어요?"

곤란한 듯 미안한 얼굴로 경준이 하나의 안색을 살폈다.

하나가 그의 변화를 빠르게 캐치하며 평정심을 유지하려 애썼다. 아직은 그에게 아무런 내색도 해선 안 된다. 확실한 증거나 정황을 잡아내기 전까지는 경준을 속여야 했다.

"전에 밥 사 주신다고 하신 거 기억해요?"

"아, 네."

"제가 연락했었거든요. 그런데 전화를 안 받으시더라고요."

"죄송합니다. 제가 요즘 정신이 없어서요."

"사건이 많았나 봐요."

"네."

주고받는 말 속에 예리한 견제가 담겼다. 이번엔 하나가 미안한 미소를 지어 보였다.

"약속은 제가 해 놓고 지키질 못했네요."

"바쁘면 할 수 없죠. 직업이 원래 시간 약속 맞추기가 힘들잖아요."

"이해해 주셔서 감사합니다."

"나중에 시간 나면 꼭 연락하세요."

"그럴게요."

대화가 끝났음에도 둘 중 누구 하나 먼저 자리를 뜨려 하지 않았다. 마주 바라보며 의미심장한 미소와 눈빛을 지어 보일 뿐.

한참을 신경전을 벌이듯 서로를 보던 중 경준이 먼저 짙은 미소를 머금으며 인사를 건넸다.

"바쁘실 텐데, 제가 너무 시간을 뺏은 거 아닌지 모르겠네요. 얼른 가 보셔야죠."

그가 버튼을 누르려 손을 뻗자 하나가 먼저 버튼을 눌렀다. 문이 열리자 하나가 발을 떼며 그에게 인사를 했다.

"다음에 다시 뵙겠습니다."

정중한 하나의 인사에 경준도 고개를 숙여 보였다.

닫히는 문 사이로 고개를 드는 경준의 날카로운 눈빛이 파고들었다. 그 눈을 피하지 않고 하나가 엷은 미소를 머금은 얼굴로 마주했다.

문이 닫히고 엘리베이터가 내려가기 시작했다. 하나가 참았던 울분을 터트리며 손을 부르르 떨었다. 짓씹은 입술에서 피 맛이 났다.

"기다려. 내가 꼭 너 잡을 테니까."

그 시간 국과수를 나선 영진이 휴대폰을 꺼내 들었다. 그가 단축번호를 눌러 하나에게 전화를 걸었다. 항상 단번에 전화를 받던 하나가 거의 신호가 끊길 즈음이 되어서야 통화 버튼을 눌렀다.

"무슨 일 있어?"

걱정스러운 마음에 영진이 대뜸 물었다. 휴대폰 너머로 하나의 억눌린 숨소리가 들렸다. 영진의 미간이 한껏 좁아졌다.

-찾았어요.

잇새로 작게 내뱉은 하나의 말에 영진의 심장이 덜컹 내려앉았다. 잠깐 말문이 막혔던 영진이 마음을 차분히 가라앉히고 조심히 물었다.

"너 어디 있어?"

-국과수 앞…….

하나가 미처 말을 다 마치기도 전에 영진이 움직였다. 그가 급하게 국과수 마당을 가로질러 뛰었다.

정문을 통과해 국과수 앞 거리를 그가 정신없이 두리번거렸다. 저 멀리 인도를 걸어오고 있는 하나의 모습이 영진의 눈에 잡혔다.

그가 휴대폰을 내리고 크게 하나를 불렀다.

"오하나!"

하나도 영진을 발견한 듯 걸음을 멈추고 그를 바라보았다.

영진이 다시 뛰기 시작했다. 그는 하나를 향해 달려가 그녀를 꽉 끌어안았다. 그러곤 그녀의 머리를 가만가만 쓸어 주었다.

"괜찮아. 이제 괜찮아."

마음을 어루만지는 듯한 영진의 다정한 속삭임에 하나가 그를 와락 부둥켜안았다. 영진의 가슴에 얼굴을 묻은 하나의 등이 들썩거렸다. 세상에서 단 한 사람. 하나에게 편안한 휴식처가 되어 주는 영진의 품에서 그녀가 아버지를 잃은 후 처음으로 눈물을 터트렸다.

"으흑, 흑."

흐느껴 우는 하나의 머리와 등을 영진이 부드럽게 쓸며 다정하게 어루만져 다독였다.

그의 따스한 위로에 하나의 울음이 더 커졌다. 흐느낌은 곧 가슴 아픈 울음소리로 바뀌었다. 아이처럼 목 놓아 우는 하나가 안쓰러워 영진이 온 마음을 다해 그녀를 보듬어 주었다.

"내가 그놈 꼭 잡아 줄게."

그의 다짐에 하나가 질끈 아랫입술을 깨물었다. 눈물로 범벅이 된 하나의 시야에 영진의 너른 가슴이 들어왔다.

아빠가 살해당한 그날 이후 영진은 줄곧 하나의 곁을 지켜 주었다. 그녀가 견고하게 마음을 다스리고 스스로 일어나는 모습을 말없이 지켜보았다.

든든한 버팀목이 되어 자신 곁에 오랫동안 머물러 준 그가 하나는 고맙고 감사했다.

"같이 해요."

그녀가 눈물이 그렁그렁 맺힌 눈으로 그를 올려다보며 말했다. 고집스럽게 자신의 뜻을 전하며 영진이 대답할 때까지 하나가 그에게서 시선을 거두지 않았다.

답을 재촉하듯 뚫어져라 직시하는 시선에 영진이 고개를

끄덕였다.

"그래, 같이 그놈 잡자."

"응. 꼭."

그제야 하나의 얼굴에 미소가 떠올랐다. 애잔한 미소가 머문 하나의 입술을 영진이 손끝으로 조심스럽게 쓸었다. 하나가 그 손을 부드럽게 감싸며 손바닥에 입을 맞췄다. 감사의 입맞춤이었다.

"하나야."

그가 다정하게 하나를 불렀다. 그녀가 그와 시선을 맞췄다. 지그시 하나를 내려다보던 영진이 천천히 고개를 내려 머리를 틀었다. 그러곤 조심히 그녀의 입술에 제 입술을 겹쳤다.

소중한 보물을 대하듯 섬세하게 영진이 하나의 입술을 머금었다. 영진의 키스에 답하듯 하나가 그의 목으로 손을 뻗어 그러안았다. 하나가 더 깊고 간절하게 그의 입술을 탐했다.

부디, 놈을 잡아 단죄하기까지 아무 일이 없기를. 그 누구도 더 이상 희생되지 않기를 간절히 바라는 마음으로 서로가 서로에게 용기를 북돋아 주었다. 모든 일에 함께할 수 있어서 참 다행이다.

입술을 거둔 영진이 엷은 미소를 머금고 하나를 바라보았다. 하나의 사랑스러운 눈이 영진의 눈동자에 맺혔다. 영진이 부드럽게 그녀의 머리와 얼굴을 어루만져 주곤 조심히 그녀를 품에서 놓았다.

"그럼 이제 본격적으로 시작해 볼까?"

그가 내민 손을 하나가 잡았다. 맞잡은 손에 깍지를 끼며 하나가 힘차게 고개를 끄덕였다.

눈물은 충분히 흘렸다. 이젠 냉철하고 집요하게 놈을 쫓아 잡아야 할 차례였다. 반드시 놈을 법의 심판대 앞에 세워 그에 합당한 죗값을 치르게 할 것이다.

영진이 정신없이 뛰쳐나온 국과수 안으로 둘이 나란히 들어섰다.

그의 차가 주차장에 세워져 있었다. 차로 다가간 영진이 보조석의 문을 열고 하나가 타는 것을 도왔다. 그녀가 올라타자 차 안으로 몸을 숙여 직접 안전벨트까지 매 주었다.

"잠깐."

차를 빠져나가려는 영진의 옷깃을 하나가 붙잡았다. 그가 의아해 바라보자 싱긋 미소를 띤 하나가 쪽 하고 입을 맞췄다.

"땡큐요."

"훗."

잡은 옷깃을 놓고 장난스럽게 눈을 찡긋하는 하나의 깜찍한 돌발행동에 영진이 낮은 웃음을 터트렸다.

차 문을 닫고 운전석으로 걸어가며 영진이 소리 없는 한숨을 내쉬었다. 애써 아무렇지 않은 척 밝게 행동하는 하나가 애잔해서였다.

운전석 문을 열고 오른 영진의 표정은 달라져 있었다. 그의 입가에 잔잔한 미소가 머물렀다. 벨트를 매고 시동을 걸면서 영진은 하나를 사랑스러워하는 시선으로 바라보았다.

그와 다르지 않은 눈빛으로 하나가 그를 보며 기어 위에 올려진 손을 감쌌다.

제 손을 덮은 하나의 손을 그가 역으로 잡아 깍지를 꼈다. 그녀가 맞잡은 그의 손을 입으로 가져가 손등에 입을 맞췄다.

"오래 기다려 주고 잘 낚아 주고."

차를 출발시키며 정면으로 시선을 돌린 영진이 가만히 입을 열었다. 그를 바라보는 하나의 입술이 달콤하게 물들었.

"맛나게 먹어 줘서 고마워."

일전에 하나가 준과 나눴던 대화를 떠올려 장난스럽게 말했다.

하지만 하나는 그의 말에 담긴 진심을 알고 있었다. 그가 아주 많이 자신을 사랑하고 있다는 걸. 하나 자신이 그런 것처럼.

"아직 고마워하긴 이른데."

하나가 새침한 표정을 지으며 깍지 낀 손의 손가락을 꼼지락거렸다. 영진이 돌아보자 그녀가 싱긋이 웃었다. 의미심장하게 빛나는 그녀의 눈을 보며 영진이 고개를 갸웃했다.

"나 더 많이 더 맛나게 먹을 건데. 아주, 아주 오랫동안."

사랑이 끝나는 그날까지.

그러니까 우리가 세상을 떠나는 바로 그날까지 난 당신을 끊임없이 사랑할 테니까.

"훗, 그러든가."

웃음을 터트린 영진의 얼굴에 행복함이 가득 번졌다. 그가 정면을 주시한 채 그녀의 손등에 지그시 입술을 눌렀다. 마치 맹세의 도장이라도 찍듯이 입맞춤을 했다.

《

"말해."

평소와 달리 진욱이 진지한 얼굴로 영진을 보며 물었다. 짐짓 심각한 표정과 태도를 보이며 절대 물러서지 않겠다는 나름의 다짐도 내비쳤다.

"뭘."

진욱의 예상대로 영진은 쉽게 말려들지 않았다. 경위야 어찌 되었건 지금 영진과 하나가 진행 중인 사건에 자신도 어느 정도는 개입을 하고 있었고, 공여하는 바도 크다고 여겼다.

그런데 그것이 오 경감의 살인 사건과 연관이 있다는 걸 어림짐작만 할 뿐 정작 두 사람의 입을 통해 정확히 들은 바는 없었다.

이건 너무 비인간적인 처사였다. 같은 팀원에 대한 신뢰를 저버린 행위나 다름없었다.

다른 건 몰라도 적어도 이번 사건은 진욱도 팀원이었다. 그 누구도 인정은 하지 않았지만 진욱은 믿어 의심치 않았다.

그러니까 무슨 일인지, 어떻게 진행이 되는 건지, 용의자 선상에 누가 있는지, 나도 자세히 알아야겠다고.

진욱이 눈에 한껏 힘을 주며 결연하게 의지를 굳혔다. 쓸데없는 것에 열의를 보이는 그를 한심하게 쳐다보며 영진이 한숨을 내쉬었다.

확실히 사건의 해결을 위해서 어느 정도 진욱의 도움은 필요했다. 경준이 범인인 이상 같은 검사인 진욱이 접근적인 면에서는 여러모로 쉬울 테니까.

"믿고 안 믿고는 네 마음이야. 하지만 지금 하는 말은 진실이고 진지하게 들어야 할 이야기야."

"어. 그럴게. 난 준비됐어."

마침내 영진이 모든 것을 말할 뜻을 내비치자 진욱이 반색하며 눈을 빛냈다. 테이블 위로 불쑥 상체를 기울이는 진욱을 피해 영진이 소파 등받이 깊이 등을 기댔다.

"오 경감님, 그러니까 하나의 아버지가 살해되던 날."

영진은 하나에게 들었던 이야기를 진욱에게 들려주었다. 자신도 듣고 무척 혼란스러워했었던 이야기였다. 쉽게 믿어지지 않는 이야기였기에 말을 하면서 내내 진욱의 표정을 살폈다. 혹여나 자신의 이야기를 농담으로 치부하거나, 진욱을 놀리기 위해 하는 말로 오해하진 않을지 걱정스러워서였다.

"하나에게는 알고 있다는 티 내지 말고."

끝으로 당부의 말을 하며 영진이 또 한 번 속으로 깊은 숨을 내쉬었다. 이야기를 들으며 커진 진욱의 눈과 입이 다물어질 줄 몰랐다.

역시, 믿기지 않는 모양이었다. 영진이 절레절레 고개를 저으며 그냥 못 들을 거로 하라는 말을 하려 할 때였다.

"멋있어!"

뜻밖의 감탄사를 내뱉는 진욱을 영진이 의아하게 쳐다봤다.

"뭐?"

"제수씨 완전 멋있다고! 이건 인류를 위해 신이 주신 엄청난 능력이야. 그 영화 뭐였지? 잠재된 살인마들을 찾아내서 미리 예방하는 서스펜스 영화가 있었는데. 뭐더라."

"무슨 허무맹랑한 소리야. 인류는 뭐고, 신이 주신 능력은 또 뭐야."

어이가 없었다. 전혀 예상과는 다른 방향으로 튀는 진욱의 생각과 말에 영진은 기가 막혔다.

"와아, 이건 방송에 나가면 완전 제대로 이슈 되겠는데? 제수씨 단박에 스타 되겠어! 국가를 위해 쓰일 위대한 인재. 아니지. 그 뭐냐, 히어로. 영웅. 그래, 그거. 슈퍼우먼보다 월등한 능력자가 우리나라에도 존재한다는 걸 만천하에 알리는 거지! 영화 주인공 따위가 아니라 실존 인물. 어때, 내가 아는 피디 있는데 한번 연락해 봐?"

"미친."

턱. 쿵.

영진이 앉은 채로 테이블을 발로 찼다. 밀린 테이블에 진욱이 정강이를 찧었다.

"윽."

"헛소리 집어치우고 입조심해. 하나 앞에서 그런 말 꺼냈다간 네가 방송 타게 해 줄 테니까."

"응? 내가?"

"한강에 떠오른 의문의 변사체로 뉴스에 등장하게 될 거야."

영진의 서슬 퍼런 경고에 진욱이 마른침을 꿀꺽 삼켰다. 생각해 보니 자신이 너무 흥분해 조금, 아니 조금보다는 많이 오버를 했었던 것 같다.

"하긴 제수씨 방송 타서 알려지면 상당히 위험해지긴 하겠다."

조심스럽게 입을 떼며 눈치를 보는 진욱을 서늘하게 노려보며 영진이 말했다.

"뭐가 위험해."

"실험 대상으로 잡혀 갈지도……."

정강이가 찍히는 것을 방지하기 위해 진욱이 잽싸게 소파 위로 두 발을 올렸다.

퍽! 둔탁한 소리가 들렸다. 이번엔 테이블이 아니라 진욱의 머리 위로 직격탄이 날아들었다. 욱하며 화가 치민 영진이 자리에서 일어나며 진욱의 뒤통수를 후려쳤다.

"미친 새끼."

신랄하게 욕을 내뱉고는 영진이 테이블을 돌아 나왔다. 그가 옆을 지날 때 진욱은 흠칫하며 반대편으로 몸을 피했다. 영진의 혀 차는 소리에 진욱이 머쓱해 뒷머리를 문지르며 슬그머니 다리를 내렸다.

"그리고."

문으로 나가려던 영진이 다시 입을 열었다. 진욱이 또 뭐 하며 돌아보자 영진이 눈을 부라리며 말했다.

"제수 아니고 형수님이야, 이 멍청아."

탁. 그 말을 던지고 영진이 진욱의 집무실을 나갔다. 닫힌 문을 보며 진욱이 멍하니 눈을 깜빡거렸다. 그러곤 혼잣소리를 중얼거렸다.

"자식. 그 와중에 그런 계산은 정확하게 하네. 고작 보름 일찍 태어난 것도 형은 형이란 거지? 큭."

실없이 웃으며 자세를 바로잡은 진욱의 눈빛이 점점 진지해졌다. 그가 짙은 한숨을 흘려 내며 탄식처럼 말을 쏟아 냈다.

"우리 형수 많이 힘들었겠네."

그의 입가에 이어 엷은 미소가 머금어졌다.

"이젠 좀 덜 힘들 겁니다. 영진이도 있고, 저도 있으니까."

❋

"글쎄요. 워낙 오래된 일이라 기억이……."

삼십 대 중반의 남자가 찻잔을 들고 소파로 걸어오며 뒷말을 흘렸다. 진욱이 남자가 내미는 잔을 받아 들며 사람 좋은 미소를 지어 보였다.

"같은 동기였거나 형일 수도 있는데. 기억이 전혀 안 나시나요?"

진욱의 맞은편에 앉으며 남자가 찻잔을 들어 입으로 가져갔다. 뭔가를 생각하는 듯 미간을 좁힌 남자의 얼굴을 진욱이 들어 올린 찻잔 사이로 세심히 관찰했다. 남자의 이름은 이승훈. 지금 희망 보육원의 원장이었다.

처음 이승훈이라는 사람을 찾았을 때는 정확한 정보가 없어서 육십 대 중후반의 나이 지긋한 사람이 아닐까 생각했었다.

범인이 보육원에서 자랐고 이승훈이란 사람을 원장님이라고 불렀다면 필시 그 당시에 보육원을 담당했던 것이 아닐까 하고 유추했기 때문이었다.

차를 한 모금 머금은 진욱을 이승훈 원장이 힐끔 쳐다봤다. 시선이 마주치자 진욱이 찻잔을 내리고 싱긋이 웃어 보였다.

검사가 왜 자신을 찾아왔는지 알 수 없어 처음에 이승훈은 진욱을 경계했었다. 진욱이 예전 이승훈의 어린 시절 보육원에 같이 있던 사람에 대해 묻자 조금 경계를 풀었지만, 의심의 눈초리를 완전히 거둔 건 아니었다.

뭔가 숨기는 게 있는 사람의 눈빛은 보통의 사람들과 달랐다. 그것이 희망 보육원에 대한 비리인지, 진욱이 묻는 대상에 대한 비밀 때문인지는 알 수 없었다. 다만, 그가 무언가를 감추려 하고 있다는 것만 민감하게 발달한 진욱의 촉이 감지해 냈을 뿐이다.

진욱의 시선이 잠시 소파 뒤쪽 책상으로 향했다. 책상 위에는 이승훈의 이름이 새겨진 반질반질 빛이 나는 대리석 명패가 놓여 있었다. 그 뒤로 고풍스러운 책장이 있었다.

여러 가지 상패와 책들이 즐비하게 꽂혀 있는 책상을 훑던 진욱의 귀에 이승훈의 조심스러운 목소리가 들려왔다.

"그런데 왜 갑자기 그 사람에 대해서 물어보는 것인지……."

이승훈이 말끝을 흘리며 떠보듯이 물었다. 즉시 시선을 거두고 이승훈을 마주한 진욱이 미소를 머금은 채 부드럽게 입을 열었다.

"아, 그분이 제 선밴데 이번에 '인물 그 사람'이라는 잡지에서 인터뷰 요청이 들어왔거든요. 어렵고 고단했던 어린 시절을 꿋꿋이 이겨 내고 법의 최전선에 서서 범죄자를 단죄하는 훌륭한 검사의 일생에 대한 건데."

진욱이 존경심이 가득한 표정으로 장황하게 말을 하자 이승훈이 차를 머금으며 고개를 끄덕였다. 진욱이 한 말을 수긍하는 듯한 액션을 취했지만 마음은 그와 정반대였다. 진욱은 찻잔 뒤에 가려진 이승훈의 진심을 읽었다.

'비웃었단 말이지.'

이승훈은 분명히 진욱이 말한 대상을 비웃고 있었다. 가소롭다는 듯이.

"고아로 자라서 그렇게 훌륭하게 컸으니 얼마나 장합니까. 모든 사람들에게 존경과 경의의 대상이 될 수 있도록 '인물 그 사람'이라는 잡지에 실으려는데. 아, 참 이 양반이 워낙 그런 건 싫어해서요. 후배인 제가 이렇게 직접 나서서 자료를 모으는 중입니다."

능청과 너스레를 겸비한 진욱의 화려한 언변에 이승훈이 완벽하게 속아 넘어갔다.

"그러고 보니 이 비슷한 사람이 있었던 것 같긴 해요."

이승훈이 테이블 위에 찻잔을 내려놓고 펼쳐져 있던 것들 중 사진을 집어 들며 말했다. 그에 진욱이 반색하며 눈을 빛냈다.

"정말입니까? 아휴, 다행입니다. 솔직히 여기서도 아니라고 하면 어쩌나 싶었거든요. 자기 과거사는 쑥스럽다고 절대 자기 입으로 말해 주는 사람이 아니라서 한참 고생했어요. 어린 시절을 보낸 보육원을 찾느라. 아마, 이곳 출신에 원장님과 함께 있었다는 게 기재되면 후원자도 늘어날 거예요. 선배 같은 뛰어난 인재를 배출한 곳이니까요."

사실은 보육원이 아닌 이승훈이라는 인물을 찾고 있었다. 사진 속 인물과 접점이 있는 이승훈을.

은밀하게 눈을 빛내던 진욱이 이승훈이 내려놓은 사진으로 시선을 옮기며 환하게 웃었다. 정말 찾고자 했던 것을 찾아 기쁜 듯한 얼굴로.

"이제 확실히 떠오르는 게 저와 같이 여기서 자랐던 거 같아요. 김경준 검사가 저보다 한 살이 더 많았었던가? 그랬어요."

후원에 관한 이야기를 꺼내자 이승훈이 조금 더 적극적으로 입을 열었다.

"역시 두 분이 친분이 있으셨구나. 검사가 되신 이후에는 혹시 만나지 못하셨나요?"

"아, 그게."

조금 더 깊게 파고들며 진욱이 묻자 약간 망설이는 듯하더니 곧 이승훈이 입을 열었다.

"정만호라는 친구가 있는데, 그 친구 통해서 인사 정도는 나눈 것 같네요."

명확하게 만났다는 말은 하지 않고 여지를 남기며 이승훈이 말끝에 매번 이러이러했던 것 같다는 말을 붙였다.

"그 정만호라는 사람이 이분이신가요?"

진욱이 포켓에서 다른 사진 하나를 꺼내 이승훈 앞에 내밀었다.

이승훈이 사진을 보곤 맞다며 고개를 끄덕였다.

그에 진욱의 미간이 미세하게 움찔거렸지만, 이승훈은 보지 못했다. 금방 아무렇지 않은 표정으로 진욱이 이승훈을 향해 웃었다.

정만호는 진욱에게 오 경감의 사건 파일을 건네줬던 사람이었다. 그는 검찰청 내에서 자료를 관리하는 일을 담당하는 공무원이다.

얼마 전에 다른 일을 하게 됐다며 일방적으로 문자 통보를 한 뒤로 계속 출근하지 않는다는 말을 들었었다.

진욱이 좋지 않은 예감에 정만호의 집을 수소문해 찾아갔지만 아무런 소식도 들을 수 없었다.

그는 기러기 아빠였고, 가족들은 5년 전부터 외국에 나가 살고 있다고 했다. 그 가족들조차도 정만호와 연락이 되지 않는다는 말을 듣고 진욱이 떠올린 건 얼마 전 발견된 냉동 창고의 변사체였다.

인적 사항을 알아낼 수 없을 정도로 훼손된 사체가 어쩐지 정만호가 아닐까 하는 생각이 든 것이다. 그 정만호를 김경준이 죽이지 않았을까 하는 의심이 지금 진욱의 머릿속에 떠올랐다.

"도와주신 덕분에 좋은 인터뷰 기사가 나올 것 같습니다. 시간 내어 주셔서 정말 감사합니다."

"아유, 무슨 그런 말씀을. 저야말로 이렇게 찾아 주셔서 감사한걸요."

인사치레를 주고받으며 밖으로 나온 둘이 보육원 건물 문 앞에서 작별 인사를 했다.

자신의 차로 걸어가 운전석에 오른 진욱이 차를 출발시키며 통화 버튼을 눌렀다. 검찰청에서 출발하기 전 이미 통화를 했던 영진에게 곧장 전화가 걸렸다.

-어.

전화를 받는 영진의 목소리가 전과 달리 한결 부드러웠다. 사건에 진욱이 깊숙이 관여가 되기도 했고, 여러모로 도움을 주고 있어 그런 듯했다.

그리고 하나의 비밀을 공유하고 그녀의 말을 아무 의심 없이 믿었다는 게 영진의 부드러움을 이끌어 낸 가장 큰 이유인 것 같았다.

"맞아. 여기 이승훈이 하나 씨가 봤다는 그 사람이야."

-김경준과 확실히 아는 사이야?

"어린 시절 희망 보육원에서 같이 자랐고 근래에도 만남이 있었던 거 같아."

-음, 그럼 그쪽에도 사람을 하나 붙여야겠네.

"그래야지."

이미 김경준에게는 감시를 붙여 놓았다. 하지만 워낙 눈치가 빨라 언제 들킬지 모를 위험이 있었다. 하나의 말에 의하면 놈이 뭔가를 알고 있는 것 같다고 했다. 떠보듯 돌려 말하는 게 하나의 특별한 능력에 대해서도 알고 있는 눈치라고 했다. 그렇다면 각별히 조심을 해야 했다.

-일단 현행범으로 잡는 게 가장 중요하니까, 이승훈을 납치해서 끌고 갈 때까지 지켜봐야지.

앞으로 일어날 사건을 하나가 미리 보는 거라면, 확실히 김경준보다는 이승훈을 감시하는 게 훨씬 위험부담도 적고 유리했다.

잠시 망설이던 진욱이 전화를 끊으려는 영진을 급히 붙잡았다.

"잠깐만."

-왜.

"뭐 하나만 알아봐 주라."

-뭘?

진욱이 잘근 입술을 깨물었다 놓으며 말을 이었다.

"검찰청 자료 관리실 직원 중에 정만호라는 사람이 있었어."

과거형이라는 건 지금은 관리실에 그런 사람이 존재하지 않는다는 말이었다. 영진이 조용히 진욱의 말을 경청했다.

"냉동 창고 변사체랑 DNA 검사 좀 해 줘."

-…알았어.

별다른 질문 없이 영진이 흔쾌히 응했다. 여태 아무런 목격자도 연고자도 나타나지 않아 변사체의 신분은 여전히 오리무중이었다.

진욱의 말대로라면 그 정만호라는 사람이 변사체로 발견된 남자가 맞을 것이다. 검찰청 자료 관리실의 직원. 갑작스런 행방불명. 뭔가 아귀가 맞아떨어지는 것 같았다.

"고맙다."

-내가 할 말 가로채지 마. 끊는다.

냉정하게 끊겨 버린 전화에 진욱이 미간을 움찔거렸다. 그러다 이내 엷은 미소를 머금었다. 시크하게 말하긴 했지만 분명 영진은 진욱에게 고마움을 표하고 있었다. 지극히 영진다운 말투와 표현으로.

"아, 자식이 은근 귀엽단 말이지."

기분 좋게 웃던 진욱의 얼굴에서 서서히 웃음이 사라졌다.

그가 굳은 표정으로 차창을 내렸다. 차가운 바람이 진욱의 머리와 얼굴에 부딪쳤다.

언젠가 정만호가 진욱의 신세를 진 일이 있었다. 누명을 쓰고 잘릴 뻔한 것을 진욱이 나서 해결해 준 적이 있었는데, 고마움을 느끼고 있던 정만호에게 진욱이 어려운 부탁을 했었다.

자료실에서 사라져 버린 오 경감의 파일이 혹시 어디에 있는지 알 수 있느냐고. 구할 수 있으면 구해 주면 좋겠다고 했었다.

처음엔 어렵겠다고 했던 정만호가 어느 날 파일을 들고 진욱을 찾아왔었다.

금방 보고 주면 좋겠다고, 외부로 나오면 안 되는 일급 문서에 속해 있던 거라고 신신당부를 했었다.

왜 그 파일이 그렇게 분류되었는지는 알 수 없었다. 정만호도 모른다고 했다. 진욱은 약속대로 하루만 보고 돌려주기로 했었다.

하지만 그 파일은 아직도 진욱의 책상 서랍 속에 있었다. 정만호를 만나지 못해 돌려주지 못한 것이다.

만약 진욱의 예상대로 변사체의 신원이 정만호가 맞는다면, 그가 살해당한 이유가 자신 때문일 거라고 진욱은 생각했다.

"하아."

진욱의 입에서 짙은 한숨이 새어 나왔다. 괜한 부탁을 해서 정만호를 위험에 빠트린 것 같아 죄스러웠다. 침잠하게 가라앉은 진욱의 눈이 차갑게 빛났다.

"김경준."

진욱이 경준의 이름을 나직하게 불렀다.

처음 그가 범인일 거라는 말을 들었을 때는 설마 했었다. 평소의 친절하고 젠틀한 경준과는 전혀 매치가 되지 않았다.

하지만 조사를 하면 할수록 뭔가 이상했다. 하나가 했던 말들이 맞아 들어가고 가끔씩 보이는 경준의 묘한 행동에서 진욱은 그가 범인일지도 모른다는 확신을 점점 가지게 되었다.

범인을, 특히 살인범을 대할 때의 경준은 어딘가 모르게 거만했다. 원래 범인과 기 싸움을 하는 과정에서 우위를 점하기 위해 일부러 거만을 떠는 경우는 있었지만, 진욱이 본 경준의 모습은 보통의 검사들과는 조금 달랐다.

그것이 검사와 살인마가 아닌, 같은 입장에서의 서열 정리라는 것을 진욱은 이제야 알 것 같았다.

언젠가 세간을 떠들썩하게 했던 연쇄 살인마를 검거했을 때였다. 보통은 그런 놈을 취조하는 과정에서 소름이 돋거나, 경멸을 느끼기 마련인데 경준은 그렇지 않았다. 한 치의 흐트러짐 없이 놈을 대하며 고압적인 자세를 유지했다. 괜찮냐고, 소름 끼치지 않았냐고 묻는 진욱의 말에 경준이 보인 미소는 조금 섬뜩했다.

'결국은 잡혔잖아. 별거 아니야.'

당시에는 별스럽지 않게 말하는 경준이 대단해 보였다. 살인마보다 그런 놈을 잡아들인 게 더 위대하다는 우월주의로 받아들였었다.

그런데 아니었다. 그건 권능이었다. 살인마 위의 살인마. 너는 잡혔지만 난 널 잡아들이는 그 법 위에 존재한다고 경준은 살인마에게 말하고 있었던 것이다.

오늘 확인한 이승훈은 물론이고 정만호도 김경준과 접점이 있었다.

오 경감을 살해한 범인이 정말 경준이라면 파일을 없애지 않고 그것을 진욱에게 건넨 정만호를 용서할 수 없었을 것이다.

행여 그 안에 별다른 증거가 없다고 하더라도 파일의 존재 자체가 경준에게 거슬렸을지도 모른다. 그래서 없애 버리라고 정만호에게 지시했고, 완전히 사라진 줄 알았던 파일이 아직 존재하고 있다는 걸 알게 된 경준이 분노를 느끼고 정만호를 잔인하게 죽인 것이 아닐까.

여기까지가 진욱이 프로파일링한 것이었다.

정말 그런 거라면 도저히 경준을 용서할 수가 없었다.

정만호는 외국에 있는 가족의 뒷바라지를 위해 밤낮으로 열심히 일하던 사람이었다. 잠깐의 유혹에 넘어가 경준의 말대로 파일을 감춘 것은 큰 실수였지만, 아주 없애지는 않았다. 그게 정만호의 마지막 남은 양심일 수도 있었고, 경준의 생각대로 돈을 더 받아 낼 빌미로 둔 것일 수도 있었다.

"대체 얼마나 많은 사람들을 죽인 거냐."

진욱의 표정이 점점 어두워졌다.

진욱을 배웅하고 돌아서 건물 안으로 들어서는 이승훈을 지켜보는 시선이 있었다.

건물 외벽 사람의 시선이 닿지 않는 곳에서 슬그머니 모습을 드러낸 건 경준이었다.

그가 진욱의 차가 사라진 보육원의 대문을 응시하다 천천히 몸을 돌려 건물의 입구로 걸어갔다.

화장실을 가기 위해 방을 나선 아이가 복도를 걷고 있는 경준을 발견했다. 멍하니 서서 다가오는 경준을 보며 아이가 눈을 가물거렸다. 비몽사몽 잠에서 깬 듯 아이는 침침한 눈을 비

비며 다시 퀭한 눈으로 경준을 응시했다.

어느새 바로 코앞으로 다가온 경준을 고개를 한껏 젖히며 바라보는 아이의 머리 위로 경준이 우아하게 손을 내렸다. 그가 자세를 낮추고 아이와 시선을 맞췄다. 아이의 얼굴은 여전히 몽롱했다. 그가 주머니에서 막대 사탕을 꺼내 아이에게 내밀었다. 아이가 사탕과 경준을 번갈아 보았다.

"먹어."

달콤한 유혹의 속삭임처럼 경준이 나직하게 말했다. 손수 사탕의 껍질을 제거하고 아이의 손에 쥐여 주며 그가 입술 끝을 올렸다. 멀뚱히 사탕을 내려다보던 아이가 그것을 입에 넣었다. 그 모습을 보며 경준이 입술만 씩 끌어 올려 웃었다.

자리에서 일어난 경준이 아이를 스쳐 지나 다시 복도를 걸었다. 경준의 뒷모습을 보며 사탕을 빨아먹던 아이가 시선을 돌려 화장실 쪽으로 움직였다.

털썩. 뭔가가 쓰러지며 내는 작은 소음이 경준의 등 뒤로 들려왔다. 그의 비틀어진 조소 뒤로 화장실 입구에 나뒹구는 아이의 모습이 보였다. 아이의 입에서 떨어진 사탕이 바닥으로 툭 떨어졌다.

사탕의 겉면을 핥으면 아이는 잠을 자게 된다. 아주 깊고 깊은 잠에 빠져 꿈속을 헤매다 보면 길을 잃고 현실로 돌아오지 못하게 될지도 모른다. 항상 정신을 바짝 차려야 한다. 나직한 휘파람 소리가 고요한 복도 위로 사뿐사뿐 내려앉았다.

"나쁜 사람을 따라가면 안 돼. 모르는 사람이 주는 걸 함부로 받아먹어서도 안 되지. 너를 끌고 가는 게 악마일지도 몰라. 네게 준 게 달콤하고 맛있는 간식이 아니라 죽음일지도 몰라. 거기에 독약이 묻어 있을지도 모르거든."

잔혹한 내용의 동요 같은 것을 중얼거리며 경준이 어둠이 내려앉기 시작한 복도를 걸었다.

아이는 낯선 이의 손을 잡고 그가 주는 독약이 묻은 간식을 아무 의심 없이 받아먹는다. 그리고 깊고 깊은 늪 같은 꿈속에 빠져든다.

"왜냐하면 아이에겐 그런 걸 알려 줄 상냥한 부모가 없거든."

경준이 보육원 내에서 유일하게 불빛이 흘러나오는 원장실 앞에 멈춰 섰다.

성인의 신장에 맞춰 문에 붙어 있는 작은 유리를 통해 경준이 안을 살폈다. 문에서 조금 앞쪽. 책장과 적당히 떨어진 거리에 놓인 책상 의자에 이승훈이 앉아 있었다.

진욱과 있을 때의 순박한 표정은 사라지고 능글맞고 비열한 본얼굴을 한 이승훈이 뭔가를 보며 히죽거리고 있었다. 진욱이 마지막에 보여 준 정만호의 사진이었다. 경준에게서 한밑천 받아 내 한국을 뜰 거라던 정만호는 정말 며칠 사이 모습을 감췄다.

그것이 이승훈은 정만호가 경준에게 받아 낸 돈을 들고 가족이 있는 외국으로 튀어서라고 생각했다. 자신도 경준을 협박해 돈을 뜯어낼 수 있을 거라는 음흉한 희망 같은 게 이승훈의 얼굴에 고스란히 담겨졌다.

그 모습을 유리창을 통해 경준이 무표정하게 지켜보고 있었다.

그를 추호도 생각하지 못한 이승훈이 기대감이 잔뜩 담긴 눈으로 책상 위 휴대폰을 보며 손을 맞대 비벼 댔다. 이승훈이 휴대폰을 들고 마른침을 삼키며 번호를 눌렀다.

부르르, 부르르.

재킷 주머니 속 경준의 휴대폰이 몸을 떨었다. 진동으로 전화가 왔음을 알리는 휴대폰을 경준이 꺼내 들었다. 그러곤 통화 버튼을 누르고 귀에 가져다 댔다.

-허음. 나야, 나. 이승훈.

즐거움이 묻어나는 이승훈의 목소리를 감흥 없이 들으며 경준이 문의 손잡이를 잡고 옆으로 밀었다.

분명 전화는 받은 것 같은데 먹통인 듯 아무 말도 들리지 않는 휴대폰에 미간을 찌푸리던 이승훈이 드르륵 소리를 내며 열리는 문으로 고개를 돌렸다.

이승훈의 눈이 문으로 들어서는 경준을 보며 놀라 부릅떠졌다.

"오랜만입니다, 이승훈 원장님."

정중한 인사말을 건네며 문 안으로 발을 들인 경준이 등 뒤로 손을 돌려 문을 닫았다.

한 발 한 발 자신에게 다가오는 경준을 보며 이승훈이 휴대폰을 들고 있던 손을 파르르 떨었다. 두려움으로 흔들리던 이승훈의 눈동자가 자신이 들고 있는 휴대폰으로 향했다.

휴대폰을 떼어 내고 다른 버튼을 누르려던 그 잠깐 사이 순식간에 다가선 경준의 손이 덥석 이승훈의 손을 붙잡아 눌렀다. 지그시 가해지는 손의 압력에 이승훈의 인상이 점점 파리해졌다.

면전 앞으로 다가온 경준의 눈이 섬뜩하게 빛났다. 파르르 떨던 손에서 툭 하고 휴대폰이 떨어졌다.

"웬일로 전화를 다 하시고."

경준이 자신의 휴대폰을 주머니에 넣으며 단조롭게 말했다. 그가 그 주머니에서 다른 것을 꺼냈다. 액체가 들어 있는 작은 주사기였다. 이승훈이 뭐라고 말을 하기도 전에 경준이 그의 목에 주삿바늘을 찔러 넣었다.

"윽."

찌름과 동시에 주사기 속 액체가 이승훈의 목으로 빨려들어 갔다.

옅은 신음을 흘리며 정신을 잃어 가는 이승훈의 귀에 경준의 음산한 목소리가 스며들었다. 씨익 끌어 올린 입술에 사악함이 묻어났다. 여전히 경준의 눈은 웃지 않고 섬뜩한 광기만 품고 있었다.

"너무 오랜만이라 괜히 반가워서 그냥 헤어지기가 싫어서 말입니다. 우리 어디 좀 같이 갈까요? 이승훈 원장님?"

법의학자인 준에게 변사체와 정만호의 DNA를 의뢰하고 차로 이동하는 중간에 희망 보육원으로 보냈던 기철로부터 연락이 왔다.

-팀장님, 여기 아이 하나가 죽어 있습니다. 아무래도 독극물에 당한 것 같습니다.

"뭐?"

-입에 거품을 흘린 자국이 있고, 입술이 검은색으로 변해 있어서 일단 독극물 검사 의뢰했습니다.

"아이는?"

-국과수로 보냈습니다. 옆에 사탕이 떨어져 있는데 거기에 묻어 있었던 게 아닌가 해서 같이 증거물로 보냈습니다.

"그래. 하아."

아이의 죽음은 전혀 예상하지 못한 것이었다. 왜, 어떤 이유로 죽었는지 알 수 없지만 마음이 무거웠다.

-그리고 이승훈 원장이 보육원에 없습니다. 원장실에 겉옷이 있는 걸로 봐선, 아무래도 납치를 당한 것 같습니다.

와락 영진의 인상이 구겨졌다.

진욱이 보육원을 나온 직후 기철이 영진의 지시를 받고 바로 출발했다. 보육원까지는 40분에서 50분 사이의 시간이 걸린다. 그사이에 이승훈 원장이 감쪽같이 사라졌다. 현장 상황으로 볼 때 기철의 판단으로 납치를 당한 것 같다고 했다. 그렇다면 범인은 딱 한 사람. 김경준밖에 없었다.

어떻게 알았을까? 진욱이 이승훈을 찾아갔다는 걸. 그리고 어쩌면 아이도 경준이 죽인 것일지도 몰랐다. 목격자를 없애기 위해서였을 것이다. 하지만 어떻게 아이까지……. 영진이 입술을 잘근 깨물었다가 놓으며 급히 말했다.

"지금 즉시 김경준 차량 추적하라고 해."

-네. 알겠습니다.

"바로 복귀해서 상황실로 가. 김경준 핸드폰, 카드, 뭐든 행적 알 수 있는 거 다 확인하고. 자기 차로 이동하지 않았을 확률이 높으니까, 보육원 주변 CCTV 확인하고 수상한 차량 있으면 같이 추적하고."

-네.

통화가 끝나자 곧바로 영진이 진욱에게 전화를 걸었다. 신호가 가고 얼마 안 가서 진욱이 전화를 받았다. 전화를 받자마자 영진이 다짜고짜 물었다.

"너 어디야?"

-나 검찰청.

영진이 먼저 전화를 걸어 위치를 묻는 일은 여태 없었다. 그래서 반가움에 전화를 받았던 진욱의 목소리가 조금 긴장된 채 들려왔다.

"아무 일 없어?"

-왜, 무슨 일 있어?

진욱의 반문에 영진이 짧게 안도의 숨을 내쉬었다. 혹시나 경준이 진욱에게도 일을 벌인 건 아닌가 하는 생각이 번뜩 들었었다. 그래서 전화를 한 것인데 아무 일도 없다니 다행이었다.

"이승훈이 아무래도 납치를 당한 것 같아."

-뭐?

"네가 가고 바로 일을 벌인 것 같은데."

-내가 떠난 직후라면, 거기 내가 있다는 걸 알고 기다렸다는 건데. 흐음, 어떻게 거기 갈 걸 알았지?

의아해하며 중얼거리던 진욱도, 그 말을 듣고 있던 영진의 머릿속으로도 번뜩 뭔가가 스쳐 지나갔다.

잠시 아무 소리도 들리지 않았다. 뭔가를 하는 중 사부작거리며 움직이는 기척이 들리는가 싶더니 진욱이 그답지 않게 나직하게 욕을 내뱉었다.

"도청당하고 있었던 거야?"

-후우. 어.

울분이 가시지 않는 듯 진욱이 거친 숨을 토해 내며 말했다. 영진이 손으로 얼굴을 쓸어내리며 입술을 짓씹었다. 뭔가가 이상하다고 생각했었다.

놈이 하나의 비밀에 대해서 아는 것도 그렇고, 갑자기 나타나 의미심장한 말을 툭툭 던지는 것도 그렇고. 어떻게 알고 있을까만 신경 썼지 정작 놈이 진욱의 물건 어딘가에 도청 장치를 달고 그것을 통해 모든 것을 다 듣고 있었으리라고는 생각지도 못했다.

"망할."

영진이 잇새로 거친 말을 내뱉었다. 자신에 대한 힐책이었다.

하나와 자신이 연관된 일이었다. 조금 더 냉철하고 신중하게 생각하고 행동했다면 충분히 유추 가능한 것이었는데, 전혀 그렇지 못했다. 놈을 어떻게 하면 최대한 빨리 잡을 것인가에만 집중했었던 것 같다. 그래서 정작 의심했어야 할 것을 놓치고 실책을 하고 말았다.

-미안해. 내 잘못이야. 이걸 왜 알아채지 못했는지.

"아니야. 나도 생각 못 했어."

-볼펜이 없다고 잠시 만년필을 빌려 쓴 적이 있는데 아무래도 그때 안에 넣어 놓은 것 같다.

만년필은 진욱이 늘 재킷 상위 포켓에 꽂고 다니는 것이었다.

진욱이 사법시험에 합격했을 때 영진이 처음이자 마지막으로 준 선물이었다. 진욱은 늘 그것을 소중하게 여기며 몸에 지니고 다녔다. 아마도 경준은 그걸 알고 만년필에 도청 장치를 설치한 것 같았다.

"지금 행적 쫓고 있으니까 곧 잡을 수 있을 거야."

-위치 파악되면 나한테도 알려 줘.

더 신경 쓸 필요 없다고 말하려다 영진이 말을 삼켰다. 어쨌든 진욱도 자신들과 한 팀이나 마찬가지이긴 했다. 그리고 그가 지금 느끼고 있을 마음의 짐을 덜어 주기 위해서도 진욱이 원하는 대로 해 주어야 할 것 같았다.

"그래."

-대기하고 있을게.

"응."

유하게 답하며 전화를 끊은 영진이 짙은 한숨을 내쉬었다. 그가 보조석을 돌아봤다. 하나가 굳은 표정으로 정면을 주시하고 있었다. 그가 아랫입술을 잘근 깨물며 입 속에서 김경준을 욕했다. 영진은 손을 뻗어 하나의 손을 잡았다.

"괜찮아?"

"네."

하나가 그를 돌아보며 희미하게 웃어 보였다.

괜찮다고 답을 하곤 있지만 전혀 그렇지 못하다는 걸 하나도 영진도 알고 있었다. 지금 하나는 자신이 본 영상 속에서 죽어 가던 이승훈의 모습을 떠올리고 있었을 것이다. 얼마나 힘겹고 끔찍할까. 하나는 지우고 싶어도 지워지지 않는 현실 속의 악몽을 꾸고 있는 것이다. 그것을 대신해 줄 수 없다는 게 영진은 가슴 아팠다.

-팀장님.

차량 속 경찰용 통신기에서 종석의 목소리가 들려왔다. 기철이 서로 이동하며 먼저 종석에게 지시를 내린 모양이었다.

"말해."

-김경준 차는 현재 검찰청에 주차되어 있고, 26가 4832 흰색 세단 이승훈 소유의 차량이 지금 24번 국도로 이동 중입니다. 톨게이트 CCTV 화면에 찍힌 운전자 확인 결과 김경준인 것으로 보입니다.

경준은 비교적 감시 카메라가 적은 국도를 이용해 어딘가로 이동하고 있었다.

"순찰대에 지원 요청하고 계속 쫓아."

-네.

"수시로 위치 알려 주고."

-알겠습니다.

"강진욱 검사한테도 얘기해 줘."

-네.

영진이 차를 급하게 돌려 24번 국도 쪽으로 방향을 잡았다. 도로 위를 쏜살같이 달리며 차량 위로 경광등 사이렌을 올렸다.

위급 상황이 발생했음을 알리며 영진이 차의 속력을 높였다. 도로 위를 질주하는 차 안에서 하나가 미리 챙겨 들고 있던 권총을 꺼내 점검했다.

그녀의 머릿속에선 이승훈을 죽이는 영상과 자신의 목을 긋던 장면, 오 경감의 주검이 오버랩되며 끊임없이 재생되고 있었다.

어떤 수를 써서라도 이번엔 반드시 놈을 잡고 말겠다고 하나는 속으로 수없이 다짐했다.

-용의 차량이 국도를 벗어나 성주동 쪽으로 빠져나갔습니다.

하나가 내비게이션의 지도를 살폈다. 10분 거리에 성주동으로 빠져나가는 길이 있었다.

그를 곁눈으로 확인한 영진이 차의 속도를 더 높였다. 내비게이션에서 봤던 길이 나오자 영진이 경광등 사이렌을 껐다.

이제부터는 놈이 눈치채지 못하게 조용히 뒤를 쫓아야 했다.

종석이 알려 주는 차량의 행로를 따라 이동하던 영진이 멀리 보이는 폐공장을 발견하고 차의 속도를 줄였다. 어둠을 밝히던 헤드라이트 불빛마저 꺼 버리고 영진이 조용히 차를 몰았다. 예리한 촉이 거기에 놈이 있다고 말하고 있었다.

"지원은 어떻게 됐어?"

-목적지까지 10분 정도 걸린다고 합니다.

"최대한 빨리 오라고 해."

-네.

폐공장 가까이 어두운 곳에 장소와 어울리지 않는 고급 세단이 보였다.

영진이 조금 떨어진 곳에 차를 멈춰 세웠다. 하나를 돌아본 영진이 그녀의 손을 꼭 쥐었다가 놓아주었다. 안심하라는 듯 고개를 끄덕여 보이고 하나가 차 문을 열었다. 하나의 모습을 두 눈에 한껏 담아내고 영진도 차에서 내렸다.

영진이 허리 뒤에 꽂아 두었던 권총을 꺼내 들고 조심조심 폐공장의 입구로 이동했다. 그의 뒤에서 주변을 경계하며 하나가 엄호를 했다. 어둠이 내려앉은 폐공장은 고요한 침묵에 휩싸여 있었다. 안 깊은 곳에서 흘러나오는 듯한 희미한 불빛을 쫓아 영진과 하나가 민첩하게 움직였다.

'저기.'

영진이 수신호로 하나에게 경준이 있을 만한 장소를 가리켰다. 눈빛을 주고받은 후 하나가 출입구로 보이는 곳의 한쪽 벽에 바짝 몸을 붙였다. 그녀의 반대편에 영진이 섰다. 벽 너머 출입구 안쪽으로 고개를 살짝 내밀어 영진이 실내를 살폈다.

사면이 모두 비닐 휘장에 싸여 잘 보이지 않았다. 영진이 하나에게로 고개를 돌렸다. 그녀가 잘근 아랫입술을 깨무는 게 보였다. 그녀가 환영 속에서 봤던 바로 그 장소가 맞는 것 같았다.

환영대로라면 비닐 휘장 안쪽에 아마도 이승훈과 김경준이 있을 것이다. 영진이 손을 들어 보이자 하나가 그를 돌아봤다. 그가 손바닥을 쫙 펼친 후 하나씩 접었다. 카운트를 세는 것이다.

다섯, 넷, 셋, 둘, 하나!

수신호에 맞춰 하나와 영진이 동시에 안으로 들이닥쳤다. 비닐 휘장을 걷고 안쪽으로 들어선 영진이 사방을 겨냥하며 혹시 모를 사태에 대비했다. 하나의 시선을 곧장 앞으로 치달았다. 자신이 보았던 곳에 정확하게 이승훈이 있었다. 바닥에 붙박인 철재 의자에 결박당한 채로.

"하아."

하나의 짙은 한숨 소리에 고개를 돌려 다가선 영진이 눈앞의 광경에 미간을 구겼다. 불과 몇 시간 전까지만 해도 살아 있던 이승훈이 처참한 몰골을 한 채 고개를 떨구고 있었다. 영진이 하나를 지나쳐 이승훈에게 다가갔다. 목을 짚어 맥을 살피고 코 밑에 손을 댔다. 아무런 것도 느껴지지 않았다.

이미 이승훈은 숨을 거둔 뒤였다.

경준의 차와 뒤쫓던 영진의 차는 마지막에 15분의 틈만 존재했다. 곧장 위치를 파악하고 들이닥쳤고, 도착했을 당시에도 그 어떤 기척조차 느껴지지 않았다. 대체 언제 어떻게 이승훈을 죽인 것일까.

가까이 다가온 하나의 시선이 바닥으로 떨어졌다. 그곳에 이승훈의 것으로 보이는 뽑힌 치아들이 있었다. 그가 흘린 것으로 보이는 검붉은 피와 함께.

영상 속에서 본 것과 모든 것이 정확하게 일치했다. 김경준의 부재만 빼고.

"분명히 여기 어디 있을 거예요."

하나가 권총을 든 손을 들어 올려 사방을 훑었다. 피가 튀어 더럽혀진 비닐 휘장에 비친 모든 것들이 불투명했다. 시야를 방해하는 그것들을 신경질적으로 걷어 내며 하나가 소리쳤다.

"김경준! 어디 있어! 당장 나와!"

그녀의 외침에도 사방은 고요하기만 했다.

죽은 이승훈을 살피던 영진이 휴대폰을 꺼내 기철에서 상황을 알렸다. 그의 시선이 고통스럽게 일그러진 하나의 얼굴에 머물렀다. 통화를 끝낸 영진이 그녀에게 다가가려 하자 하나가 손을 들어 저지하며 고개를 저었다.

"아직 안 끝났잖아요."

"알아."

"제가 바깥쪽 살펴볼게요. 팀장님이 여기 증거물이랑 좀 봐주세요."

"하나야."

그의 부름에도 하나는 망설임 없이 휘장을 지나 밖으로 서슴없이 나섰다.

짙은 한숨을 내쉰 영진이 주변을 휘둘러보다가 한쪽에 있는 선반에서 시선을 멈췄다. 선반 위에 즐비하게 놓인 건 목공에 쓰이는 공구들이었다. 영진의 발걸음이 그곳으로 향했다.
"미친."

공구들을 살피던 영진의 얼굴이 일그러졌다. 그의 입에서 거친 말이 터져 나왔다. 공구에는 피와 살점으로 보이는 것들이 덕지덕지 묻어 있었다. 오래된 것부터 최근에 덧씌워진 것까지 얼룩의 형태도 다양했다.

화가 치밀어 올랐다. 더불어 혼자 나간 하나가 몹시 걱정스러웠다. 멀리서 사이렌 소리가 들렸다. 영진이 창문으로 들어오는 불빛에 눈살을 찌푸렸다. 곧이어 소란스러운 소리가 들리고 사람들이 안으로 들어오는 인기척이 느껴졌다.

"누구야!"

제일 먼저 휘장 안으로 들어온 경찰이 영진을 발견하고 봉을 고쳐 잡으며 물었다. 영진이 신분증을 꺼내 보이며 뒤쪽을 가리켰다.

"서동경찰서 강력 1팀 최영진 팀장입니다."
"아, 충성."
"현장 보존 철저히 하고 아직 범인이 건물 안에 있을지 모르니까, 주변 경계하고 폴리스 라인 설치하세요."
"네."

간단하게 지시를 내린 영진이 경찰을 지나쳐 휘장 밖으로 이동했다. 등 뒤에서 놀라 소스라치는 경찰의 소리가 들렸다.

영진이 짜증스럽게 혀를 차며 발걸음을 재촉했다. 뒤늦게 들어서는 기철에게 영진이 눈짓으로 뒤쪽을 가리키며 자신은 계단을 향해 걸어갔다.

서로 들어가던 길에 종석이 찾아낸 경준의 뒤를 쫓아 기철도 이쪽으로 합류하던 중이었다. 영진과 하나보다 늦긴 했지만 그래도 제때 도착해 다행이었다. 현장은 기철에게 맡기고 영진은 하나와 경준을 찾는 데만 집중할 수 있을 것 같았다.

건물은 총 3층으로 되어 있었다. 1층과 2층은 작업장과 창고로 쓰였고, 3층은 직원들의 숙소로 쓰였던 것 같았다. 목공에 필요한 것들이 즐비한 걸 보면 가구 공장이 있던 자리가 아닐까 싶었다.

"대체 어디로 간 거야?"

2층을 살피며 영진이 걱정스럽게 혼잣말을 중얼거렸다. 되도록 하나보다 먼저 놈과 마주치기를 바라며 그가 조금 더 빠르게 움직였다.

3층 복도를 조심스럽게 걸으며 하나가 방방마다 문을 열어 확인했다.

놈에게 주어진 시간은 그리 길지 않았다. 도착해 이승훈을 옮기고 결박해 죽이기까지 그리 짧은 시간이 소요되진 않았을 것이다. 미친 광기를 드러내며 치아를 뽑아내고 다리 사이를 무참하게 내리쳐 짓이겨 놓는 데 적어도 10분 이상은 걸리지 않았을까.

하나와 영진이 도착한 건 그로부터 5분이 채 지나지 않았을 시간이었다.

그사이에 놈이 눈치를 챘다고 해도 범행 장소를 완벽하게 벗어날 수는 없었을 것이다. 차도 그대로였고, 들어섰을 때 도망을 친다거나 하는 기척은 전혀 느낄 수가 없었다.

어딘가에 몸을 숨기고 있을 것이 분명했다.

"아무리 꼭꼭 숨어도 소용없어 내가 반드시 찾아낼 테니까."

하나가 잇소리를 내며 뿌득 이를 갈았다. 분노로 치가 떨렸다.

분명 막을 수 있을 거라고 생각했다. 하지만 경준은 그런 하나의 생각을 비웃듯 그녀가 도착하기 직전에 보란 듯 이승훈의 숨통을 끊어 놓았다.

하잘것없는 재주로 자신을 막을 수 없다는 놈의 자만심이 그대로 느껴졌다.

끼이익. 어디선가 오래된 철문이 움직이는 소리가 들렸다. 우뚝 발을 멈춘 하나가 소리가 들리는 쪽으로 방향을 틀었다. 소리의 근원지는 반대편 복도 끝 쪽이었다. 하나가 권총을 고쳐 잡고 천천히 복도 끝을 향해 걸어갔다.

복도 끝이 하나의 시야에 들어왔다. 비상구로 보이는 철문이 바람에 흔들려 소리를 내고 있었다. 실망감과 함께 한숨이 터져 나왔다. 고개를 흔들며 돌아서던 하나의 앞에 뭔가가 불쑥 나타났다.

퍽! 그녀의 머리를 내리치는 둔탁한 소리가 들렸다. 쓰러질 듯 휘청거리며 하나가 벽을 잡고 머리를 흔들었다. 왼쪽 귀 위쪽에서 뜨거운 것이 흐르는 게 느껴졌다. 머리가 깨져 피가 흘러나온 모양이었다.

"늦었네."

익숙하고 섬뜩한 경준의 목소리가 이명처럼 하나의 귀로 침범해 들어왔다. 하나가 흔들리는 시야를 바로잡으려 눈에 힘을 주고 미간을 좁혔다. 앞에 서 있는 경준의 몸이 여러 개의 잔상을 만들어 내고 있었다.

"아, 나. 잠깐 방심했네."

그녀가 얼굴을 타고 흐르는 피를 손으로 아무렇지 않게 닦아 내며 별거 아니라는 식으로 말했다. 하지만 자신의 상태가 그리 좋지 않다는 걸 하나는 알고 있었다. 되도록 빨리 놈과의 싸움을 끝내야 했다. 하나는 손에 쥔 권총을 놓치지 않으려 안간힘을 썼다.

'팀장님이 올 때까지는 버텨야 하는데.'

그녀의 바람이 통했는지 아래층에서 인기척이 들려왔다. 이미 건물 안과 주변엔 경찰이 쫙 깔려 있었다. 놈이 달아날 방법은 없었다.

"포기해. 여긴 이미 다 포위됐으니까."

"나한테 포기란 건 없어. 그런 게 있었다면 살인 같은 것도 하지 않았겠지."

웃음기를 머금은 말을 하며 놈이 하나에게 다가섰다. 그녀가 벽에 몸을 의지한 채로 뒤로 한 걸음 물러서며 경준에게 총을 겨눴다.

"멈춰."

"이걸 어쩌나. 내가 멈추는 방법도 모르는데."

똑바로 놈을 향해 총구를 겨누었다고 생각했는데 총이 흔들리고 있었다. 총을 잡고 있는 하나의 손이 부들거려 그런 것이다. 의지와 상관없이 몸이 제멋대로 움직였다. 그것도 머리가 찢긴 듯한 왼쪽이 그랬다. 멈추지 않고 흘러내린 피가 하나의 왼쪽 시야를 가렸다. 그걸 닦으려 손을 움직이면 그 즉시 몸이 하나를 덮칠 것이다.

"대체 뭘 배운 거야, 오하나 형사. 총은 그렇게 잡는 게 아니지."

순식간에 불쑥 다가선 경준이 하나의 손목을 붙잡았다. 그와 동시에 하나가 놈을 향해 발을 휘둘렀다. 경준이 쉽게 그것을 피하며 하나의 복부를 걷어찼다. 하나가 배를 잡았다가 다시 자세를 갖춰 놈을 향해 주먹을 휘둘렀다. 그것조차도 빗나갔다. 흐트러진 시선으로는 제대로 된 공격을 할 수가 없었다.

놈이 하나의 팔을 잡아채며 그대로 배를 향해 발길질을 했다. 거세게 배를 걷어차였지만 피할 수가 없었다. 손목이 잡힌 채로 하나가 팔과 다리를 놈을 향해 휘둘렀다. 가까우니 어디든 맞을 거라는 생각에서였다. 몇 번의 공격은 막아 내고 몇 번은 몸을 내주며 놈이 하나의 머리채를 휘어잡았다. 그러곤 그대로 그녀의 머리를 벽을 향해 밀었다.

벽에 부딪힌 그녀의 등에 고통이 느껴졌다. 신음을 삼키며 하나가 권총을 놈에게 겨냥해 쏘려 발버둥 쳤다. 놈의 공격을 막을 수 있는 발이나 어깨 쪽을 쏘는 게 제일 좋았지만, 지금은 그것을 따질 때가 아니었다.

탕!

그녀가 방아쇠를 당겼다. 그 순간 놈이 그녀의 손목을 위로 꺾었다. 첫발은 공포탄이었다. 다음부터가 실탄이다. 그것을 놈도 알고 하나도 알고 있었다. 치열한 몸싸움이 벌어졌다.

"오하나!"

아래층에서 그녀를 부르는 영진의 목소리가 들려왔다. 다급한 발소리도 들렸다. 놈이 팔꿈치로 하나의 옆얼굴을 가격했다. 그러곤 총을 빼앗기지 않으려는 하나의 손목을 비틀었다.

"윽!"

단말마의 신음과 함께 손의 힘이 풀리고 놈의 손으로 권총이 떨어졌다. 놈이 내동댕이치듯 하나를 뿌리치는 바람에 하나의 몸이 크게 휘청거렸다. 바닥에 쓰러지려는 하나의 뒷덜미를 잡아끌며 놈이 비상구를 향해 걸어갔다.

바람에 흔들리던 철문을 열고 경준이 망설임 없이 뛰어내렸다. 덜커덩. 하나의 몸이 차가운 철재 바닥 위로 떨어졌다. 놈이 뭔가를 조작하는 게 언뜻 하나의 흐린 시야에 들어왔다.

철재 바닥이 움직였다. 짧게 이동한 뒤 하나가 쓰러져 있던 공간이 멈췄다.

"후우."

놈이 낮은 숨을 토해 내며 다시 하나를 끌었다. 시린 바람이 그녀의 얼굴을 스치고 지나갔다. 옥상으로 하나를 옮긴 경준이 바닥에 그녀를 던지고 손에 든 권총을 살폈다. 이리저리 권총을 돌리며 놈이 볼 안쪽을 혀로 굴렸다. 그러다 입술을 혀로 핥고는 권총을 하나에게 겨눴다. 경준의 입가에 비틀린 냉소가 자리했다. 놈이 감정이 담기지 않은 건조한 시선으로 하나를 내려다봤다.

"죽기 전에 내가 알량한 아량을 발휘해서 한 가지 알려 줄까 하는데. 네가 그토록 알고 싶어 했던 네 아비의 죽음에 얽힌 내막 말이야."

"…하아."

하나의 시야에 놈의 몸이 핏빛으로 보였다. 거친 숨을 몰아쉬며 하나가 놈을 직시했다.

"하지 말라면 하지 말면 되잖아. 안 그래?"

답을 들으려 한 말은 아닌 듯 놈이 다시 입을 열었.

"희망 보육원. 출발점은 거기였지. 내가 어렸을 때 그곳 원장은 아이들을 임상 실험에 동원시키고 돈을 받았어. 끼니도 제대로 못 먹는 아이들인데, 달콤한 간식이 얼마나 먹고 싶었을까. 실험실의 인간들은 아이들에게 간식을 내밀며 유혹했지. 이걸 먹으면 아주 행복해질 거라고. 거의 대부분이 거기에 넘어갔어. 나 그리고 딱 한 사람. 이승훈 말곤 죄다 그 간식에 넘어가 약을 먹고 주사를 맞았지."

그가 하나의 앞에 무릎을 세워 앉았다.

"어떻게 됐을 것 같아? 그래, 맞아. 죽거나 평생 불구가 되거나 운이 좋아 구사일생으로 살아나거나 그중 하나였어. 난 이래저래 핑계 대고 내 차례가 되면 기회를 봐서 도망을 치곤 했지. 그러다 원장한테 죽도록 맞기도 했고 말이야. 하지만 이승훈은 달랐어. 그 어떤 실험에도 동원되지 않았고, 그 어떤 폭언이나 구타도 당하지 않았지. 왜냐, 그놈은 원장의 친아들이었거든."

툭툭.

경준이 총구 끝으로 하나의 팔을 두드렸다. 그러면서 이야기를 이어 나갔다.

"정만호는 아주 운이 좋은 케이스였어. 실험에서 다행히 아무 부작용 없이 살아남았거든. 어느 날 원장이 날 개 패듯이 패고는 실험실로 끌고 가려고 했어. 더 이상 실험에 동원할 만한 멀쩡한 놈이 없다는 이유로. 정만호는 이미 만성이 돼서 실험에 쓸 수 없었고, 이승훈은 예외고 남은 건 나 하나라는 거지. 내가 순순히 끌려갔을까? 맞아. 아니야."

씨익 입가를 끌어 올린 놈이 은밀하게 속삭이듯 말했다.

"내가 원장을 죽였어. 놈의 이름이 새겨진 명판으로. 그때가 열여덟이었던가? 이제 곧 보육원을 나갈 수 있는 나이가 되어 가는데, 조금만 견디면 되는데, 그 망할 원장이 날 실험실 쥐로 팔아넘기려고 한 거야. 참을 수 없는 일 아니야?"

탁! 탁! 탁!

놈이 총구로 바닥을 거칠게 내려쳤다. 광기로 얼룩진 시선이 섬뜩했다.

"명패로 내려칠수록 피가 분수처럼 터지더라고. 아, 그때 처음 알았지. 내가 피를 아주 좋아하는구나. 그것도 남이 흘리는 피를."

사악함을 품은 경준의 입술이 말려 올라갔다.

"목격자는 둘. 정만호와 이승훈. 겁쟁이 정만호의 입을 다물게 하는 건 쉬웠어. 이승훈은 간사한 놈이라 어떤 게 자신에게 유리한지 알고 있었지. 살인이 아닌 사고사. 그래야 보험금을 탈 수 있었거든. 그렇게 사건이 종결되나 싶었는데. 망할."

놈이 시리게 차가운 시선으로 하나를 노려보았다.

"네 아비란 작자가 거기에 찬물을 끼얹기 시작한 거야. 날 찾아와 심문하듯 캐묻고 정만호와 이승훈까지 집요하게 파고들었지. 그만두라고 경고의 메시지도 보내고 말려도 봤는데 소용없더라고. 그럼 어떡하지? 나는 살아야겠는데. 대신 그 거머리 같은 형사를 죽일 수밖에."

"미친 새끼……."

하나의 입에서 욕이 튀어나왔다. 그녀의 눈시울이 붉어지고 핏빛 눈물이 들어찼다. 또르르 눈물을 흘리는 하나를 감흥 없이 내려다보던 경준이 그녀의 얼굴에 흐른 피를 손끝에 묻혔다. 그러곤 그 손을 입으로 가져가 피를 맛봤다.

"늘 궁금했는데 말이야."

놈이 하나의 귀 가까이 입술을 내리고 음산한 목소리로 물었다.

"내 피 맛은 어땠어? 그 피를 마시고 살인 영상을 보게 됐다며? 어떻게 그럴 수 있지?"

"야, 이 개 사이코 같은 자식아!"

하나가 놈의 멱살과 얼굴을 잡아채 제 몸을 넘겨 바닥에 엎어 쳤다.

"으윽."

신음을 터트린 놈이 재빨리 몸을 일으켰다. 그러곤 하나가 빼앗으려던 권총을 그녀에게 겨눴다. 찰나의 순간 하나가 몸을 굴려 총알을 피했다. 놈이 또다시 하나를 향해 총구를 들이댔다.

놈에게서 최대한 멀리 떨어지려 바닥에 등을 댄 채로 하나가 뒤로 몸을 물렸다. 놈이 그를 비웃으며 잠시 총을 거둬 관자놀이를 총구로 긁적였다. 그러다 어느 정도 그녀가 멀어지자 다시 총을 든 팔을 뻗었다.

"도망을 치려면 제대로 쳐야지. 고작 벌레처럼 기어서 거기까지 간 거야? 큭큭."

놈이 방아쇠를 당기려는 순간 몸을 굴리려던 하나를 누군가가 덮쳤다.

탕! 온몸으로 하나를 감싸 막아 낸 사람을 하나가 올려다보았다. 묵직하게 제 몸을 누르고 있는 사람은 진욱이었다.

"무사해요?"

싱긋이 웃으며 진욱이 물었다. 하나가 미간을 좁히며 그의 몸을 살피려는 순간, 철문이 열리는 거친 소리와 함께 영진의 고함 소리가 들려왔다.

"김경준!"

탕! 탕! 탕!

연이어 총이 발사되는 소리가 들렸다. 상황이 불리해진 걸 알고 물건을 운반하는 데 쓰였던 철재 엘리베이터를 향해 뛰어가려던 경준을 향해 영진이 총을 쏘았다. 월등한 사격 실력을 갖춘 영진이었다. 그 혼란스러운 상황에서도 영진은 정확히 총을 들고 있는 놈의 오른손과 왼발 종아리, 오른발 허벅지를 쏘았다.

털썩. 놈이 바닥으로 쓰러지는 소리가 들렸다. 총을 허리 뒤에 찔러 넣은 영진이 재빨리 놈에게 다가가 제압했다. 손에 맞은 팔을 일부러 뒤로 힘껏 꺾어 그 팔에 수갑을 채웠다. 다른 팔마저 뒤로 꺾으며 영진이 말했다.

"빌어먹을! 당신을 살인 및 살인미수죄로 체포합니다. 그러지 않길 바라지만 변호사를 선임할 수 있고, 입을 쳐 닫고 있을 수 있는 묵비권이 있는데 쓰지 마라. 네 발언은 모두 법정에서 불리하게 작용할 거니까. 잘 알겠지만."

퍽! 영진이 마지막에 놈이 들고 있던 하나의 총으로 뒤통수를 휘갈겼다. 정신을 잃고 까무러치는 놈을 두고 영진이 하나와 진욱에게 다가왔다. 철문이 열리고 우르르 경찰들이 몰려왔다.

"나는 괜찮아."

다가온 영진을 보고 하나의 옆에 나란히 누운 진욱이 설핏 웃으며 손을 내저어 보였다.

"웃기고 자빠졌네."

영진이 신랄하게 말하며 진욱의 옆구리를 가볍게 걷어찼다.

"윽!"

신음을 토해 내며 진욱이 피가 흘러나오는 옆구리를 손으로 꾹 눌렀다. 그가 옆의 하나의 앞에 앉는 영진의 팔을 붙잡았다.

"내 안에 총알 있다."

영진이 미간을 찌푸리며 진욱을 돌아봤다. 진욱의 엄포와 달리 총알은 그의 옆구리를 스쳐 뒤쪽 벽에 박혔다. 그러니 그의 몸에 총알은 없었다. 그를 알면서도 영진이 진욱의 농담을 받으며 시니컬하게 툭 내뱉었다.

"좋겠다, 자식아."

"헉. 우리 영진이가 너무 거칠어졌어."

손으로 입을 막으며 진욱이 놀랍다는 듯 말했다. 그 손에 묻어난 피를 보며 영진이 씁쓸한 표정을 지었다.

"총알을 몸으로 막는 미친놈이 어디 있어."

"여기."

영진의 타박에 진욱이 참 해맑게 답했다. 깊은 한숨을 내쉬며 도리질을 친 영진이 하나를 걱정스럽게 돌아봤다. 그녀의 왼쪽 얼굴이 피로 얼룩져 있었다. 하나가 어설프게 웃으며 입을 열었다.

"저도 머리 깨진 거 말고는 괜찮아요. 아시다시피 머리도 돌이라 피 흐른 것 말고는 멀쩡하고요."

"알아. 네 머리 단단한 거."

그렇게 말하면서 영진이 하나의 상처를 세심하게 살폈다. 피는 어느 정도 멈춰 있었다. 상처를 더 이상 건드리지만 않는다면 괜찮을 듯싶었다.

"밑에 타카 건 있던데."

영진이 벌어진 상처를 보며 중얼거렸다. 그의 말에 하나와 진욱 둘 다 사색이 되었다. 영진이 무표정한 얼굴로 둘을 번갈아 보며 말했다.

"어떻게 좀 손봐 줘?"

섬뜩한 영진의 말에 둘이 동시에 손을 내저었다.

"절대."

"전혀요."

둘을 가늘게 흘겨보던 영진이 낮은 한숨을 내쉬며 혀를 찼다.

"또 한 번 허락도 없이 함부로 나서면……."

"누가요. 절대로 그런 일 없을 겁니다. 팀장님 명령에 무조건 복종."

손을 들어 맹세하는 하나를 따라 진욱도 손을 들고 입을 열려고 했다. 영진이 그를 보지도 않고 말했다.

"닥쳐."

"음."

진욱이 순순히 영진의 말을 따랐다. 그런 진욱을 돌아보며 영진이 싸늘하게 말했다.

"총 맞아 뒈졌으면, 너 내 손에 죽었어."

"헐. 그거 혹시 능지처참?"

총상을 누르고 있지 않는 손으로 진욱이 제 가슴 부위를 방패삼아 막았다. 그런 진욱을 보며 영진이 고개를 설레설레 저었다.

"부관참시."

"아."

"저 머리로 어떻게 사법고시에 패스했는지 불가사의하다, 정말."

"나도 그 부분이 항상 의문스럽긴 해. 엄청 놀았는데 어떻게 딱 붙더라고."

"자랑이다."

불퉁하게 말하던 영진의 입가에 옅은 미소가 머금어졌다. 그를 보고 진욱도 히죽 웃었다.

들것을 들고 옥상으로 올라온 구급대원을 향해 영진이 손을 들어 보였다. 다가온 구급대원에게 둘의 상태를 설명하며 응급처치를 하는 것을 지켜보던 영진이 들것에 실어 둘을 먼저 내려 보냈다.

잠시 후, 위층의 상황이 수습되는 걸 보고 그도 아래로 내려왔다.

여러 대의 구급차가 대기 중이었다. 국과수 차량도 보였다. 영진이 출발 준비를 하고 있는 차로 다가갔다. 그가 지그시 하나의 손을 잡았다. 하나가 감고 있던 눈을 떠올리며 그를 돌아봤다. 그녀가 옅은 미소를 지어 보였다.

"곧 따라갈게."

"천천히 오세요. 여기 다 정리하고."

"수술해야 할지도 모르잖아, 머리."

"아, 그런가? 혼자서도 잘 받고 있을 테니까 걱정 마세요."

하나가 자신은 신경 쓰지 말라고 말했다.

그런 하나의 볼을 툭 손끝으로 두드리며 영진이 고개를 저었다.

"내가 네 보호자잖아. 동의서 사인해야지."

"…보호자요?"

"미래의 배우자도 보호자 아닌가?"

그가 능청스럽게 말했다. 그에 하나가 어리둥절해하다가 사르르 미소를 머금었다.

"무슨 남자가 프러포즈를 이런 데서 하지?"

"그냥 두면 안 될 거 같아서, 미리 내 거라고 점찍어 두려고 그런다. 왜."

"아, 바보 같은 오하나. 이런 모습에 또 반합니다그려."

그가 일부러 더 밝게 농담을 건네는 하나의 입술을 머금었다. 구급대원들이 시선을 피해 주는 사이 그가 하나의 입에 진한 키스를 했다.

"앞으로도 쭉 반하게 될 거야. 오하나가 사랑할 수밖에 없는 남자가 되려고 끊임없이 노력할 거니까."

"와우."

"네가 어디를 가든, 어디에 있든 상관없어. 내 피니시 라인은 언제나 너일 테니까."

"나, 죽을 것 같아요."

"뭐? 어디. 머리 아파?"

하나의 말에 금방 사색이 된 영진이 그녀를 불안하게 살폈다.

그런 영진의 머리를 하나가 부드럽게 쓰다듬었다.

"아니. 최영진 때문에 심장이 너무 떨려서, 죽을 거 같다고."

"…하아."

영진이 낮은 웃음을 터트렸다. 그 매력적인 입술을 하나가 손으로 어루만졌다.

"기다릴게, 천천히 와요."

"응."

구급차의 문을 닫고 물러난 영진이 멀어지는 차를 바라보며 짙은 한숨을 내쉬었다. 영진이 고개를 돌려 다른 구급차를 봤다. 이미 문이 닫힌 구급차가 앞서 출발한 구급차의 뒤를 따랐다.

"고맙다, 강진욱."

그가 진욱이 탄 구급차를 바라보며 혼잣말을 중얼거렸다.

둘의 수술은 잘 끝났고 회복도 빨랐다. 진욱은 상처가 제대로 아물기도 전에 퇴원을 했다. 그리고 김경준의 법정에 직접 담당 검사로 섰다. 세상에 절대 나와서는 안 될 사회악으로 경준을 지목하며 진욱은 법정 최고형을 요청했다.

경준의 변호사는 그의 불우했던 어린 시절과 불안정한 정신 상태, 심리적인 문제를 들먹이며 감형을 요구했다. 치열한 공방은 최종 변론일까지 이어졌다.

승자는 강진욱 검사.

김경준은 그 죄질이 극악무도하고 죽은 자들에 대한 미안함이 전혀 없다는 점을 들어 무기징역에 처해졌다. 앞으로 그는 자신이 잡아넣은 놈들과 함께 죽는 그날까지 교도소에 있어야 했다.

형이 확정되고 김경준이 교도소로 이송되던 날 사고가 일어났다. 어떻게 구했는지 구치소 문을 열고 자신을 불러내는 경찰관 앞에서 경준이 칼로 목을 그었다. 정확하게 목을 지나는 경동맥을 그었다.

피가 분수처럼 뿜어져 나왔다. 놀라 고함을 지르며 허둥거리다 자신을 제압하는 경찰들을 보며 경준이 소름 끼치는 웃음을 지어 보였다.

숨이 넘어가는 데에는 채 몇 분이 걸리지 않았다. 병원으로 가기도 전에 경준은 숨을 거뒀다. 경준이 마지막으로 잔인하게 살해한 것은 본인이었다.

자신에게 잡혀 형을 받고 들어가던 살인자들과 한 공간에 있을 수 없었다. 자신은 그들과 다른 우월한 존재라고 여기며 살아왔으니 견딜 수가 없었을 것이다.

"이번에 잡혔다는 그 검사군요."

검안실로 들어온 경준의 사체를 보며 최종언 법의관이 말했다. 영진이 어두운 얼굴로 고개를 끄덕였다.

"네."

"자살했다던데."

최종언 법의관이 장갑을 낀 손으로 경준의 목 부위를 살폈다. 피로 얼룩진 피부 위로 절개 부위가 보였다. 단칼에 베었다고 믿기 어려울 정도로 절개 부위가 깊었다.

"보통 사람들은 이렇게 목을 긋지 못하는데 대단하네요. 주저한 흔적 하나 없이 어떻게 이렇게……."

말을 잇지 못하고 최종언 법의관이 미간을 좁혔다. 자신이 죽인 변사체들과 같은 검시대에 누워 있는 경준의 모습을 시리게 바라보다가 영진이 몸을 돌렸다.

"가 보겠습니다."

"네. 그럼."

더 볼 것도 없었다. 죽음을 목격한 증인들만 여러 명이었다. 명백한 자살이었다. 몸을 돌려 검안시를 나가는 영진을 끝까지 지켜보다가 최종언 법의관이 몸을 돌렸다.

그가 자세를 낮춰 더 주의 깊게 경준의 목을 살폈다. 아까와 달리 그의 입가에 조소가 머물렀다.

"메스를 손바닥에 감춰지게 짧게 만들어 달라더니, 결국 이러려고 그런 겁니까?"

그의 말은 이제 들을 수 없는 경준에게 하는 것이었다. 경준의 숨겨진 조력자. 그는 법의관 최종언이었다. 혹여나 있을지 모를 증거를 인멸하고 경준이 부탁하는 인물들을 조사하여 알려 주는 것이 최종언이 맡은 일이었다.

언젠가 중요한 증거물을 실수로 지워 버렸던 일을 경준이 알게 된 이후로 종언은 그의 부탁을 종종 들어주었다. 경준은 종언을 자신이 통제하고 있다고 여겼다.

하지만 아니었다. 종언이 휴대폰을 꺼내 어딘가로 전화를 걸었다.

"실험체 257호 사멸."

보고를 끝낸 종언이 비식하게 웃으며 경준을 거만하게 내려다보았다. 극비리에 진행되는 실험에서 경준은 자신이 벗어났다고 생각했겠지만 아니었다. 그가 원장에게 맞아 혼절한 사이 주사제가 놓아졌고 그는 실험체 257호라는 다른 이름을 부여받았다. 자신도 모르게.

"꽤 오래간다 싶었는데 말이야. 아쉽게 됐어."

실험은 희대의 살인마들의 DNA를 조합해 만든 뇌활성 물질을 아이들에게 주입해 어떻게 반응하는지를 알아보는 것이었다. 실험의 궁극적인 목표는 범죄의 예방이었다. 살인마의 머리로 그들의 행동과 생각 방식을 연구해 미리 그런 유전자를 가진 자들을 찾아내 살인을 막자는 취지에서 행해진 것이었다.

대체적으로 부모가 없는 고아에게 실험이 자행되었고, 주사제가 투여되고 일정량이 넘어가자 견디지 못하고 미쳐 날뛰거나 죽어 나가는 아이들이 대부분이었다.

정만호의 경우는 주사제 자체가 먹혀들지 않아 포기했고, 지금까지 가장 훌륭한 실험체로 여겨지던 게 바로 경준이었다.

그는 몰랐겠지만 최종언은 그 실험의 핵심 인물이었고, 의도적으로 경준에게 접근해 그를 가까이에서 살폈다. 그가 죽인 자들을 조사하고 행동 패턴과 생각을 일일이 기록했다.

"그런데 이상한 게 하나 있단 말이지."

경준을 보며 종언이 눈을 가늘게 늘였다.

"놈의 피를 마신 그 여형사, 뭔가 본 것 같은데. 그게 뭐든 이놈이 본 것과 비슷한 걸 본 게 아닐까 싶은데. 어떻게 그게 가능하지?"

경준은 살인범들의 범행을 읽어 내는 능력을 가지고 있었다. 살인범과의 접촉으로 그들이 어떻게 살인을 저질렀는지 볼 수 있었다. 반면, 하나는 이미 일어난 살인에 대해 읽어 내는 능력은 없는 것 같았다. 경준의 일상을 도청하고 감시한 결과 알아낸 건 하나가 살인을 예견한다는 것이었다.

"그런데 살인마에 대해선 잘 알지 못한단 말이지. 그저 살인이 일어날 것만 알고. 흐음, 이것도 연구 대상이군. 따로 조사를 좀 해야겠어."

종언이 자신의 자리로 돌아가 잠긴 서랍을 열어 그 안에 든 서류에 뭔가를 써 넣었다.

NO. 454-1 오하나. 변이에 의한 새로운 형태의 실험체.

경준 이후로도 실험은 계속되고 있었다. 연구진들은 자신들이 살인을 예방하는 것이 아니라 살인마를 생성하고 있다는 자각은 하지 못하고 있었다.

그리고 살인을 저지르고 있는 건 그들이 만든 실험체가 아니라 오하나 하나임을 전혀 인지하지 못했다.

"나도 퇴원하고 싶다."

이제 거의 다 나았다며 하나가 퇴원을 졸라 댔다. 종횡무진 활개를 치고 다니며 범인을 잡아야 직성이 풀리는 체질인데, 머리 몇 바늘 꿰맸다는 이유로 병원에 갇혀 지낸다는 게 하나는 영 탐탁지 않았다.

그래서 병원으로 출퇴근하다시피 하는 영진을 볼 때마다 퇴원 타령을 했다.

"조금만 더 쉬었다가. 괜히 범인 잡는다고 설치다가 상처 벌어지면 어쩌려고."

"다 아물었다니까요. 봐요. 여기."

하나가 머리를 들이밀며 말했다. 본능적으로 영진이 뒤로 얼굴을 물리자 하나가 그를 불퉁하게 쳐다봤다.

"이건 뭐지? 자기 여잘 왜 피하는 거지?"

영진이 턱을 쓸며 조금 곤란한 표정을 지었다가 조심히 물었다.

"정말 머리 다 아물었어?"

"진짜라니까. 봐요. 흉터도 없이 반질반질하다니까요."

다시 머리를 들이미는 하나에게서 살짝 멀어지며 영진이 고개를 끄덕였다. 확실히 어디를 꿰맸는지 알 수 없을 정도로 깨졌던 부위가 멀쩡했다.

"그럼, 일단."

영진이 입을 열자 하나가 반색하며 그를 응시했다.

"일단?"

"머리부터 감자."

"에?"

기대했던 말이 아니라 하나가 의아한 표정으로 그를 봤다. 그러다가 코를 킁킁거렸다. 옆머리를 코에 가져가 냄새를 맡은 하나가 슬그머니 머리카락을 놓고 그의 말에 수긍했다.

"음, 그럴까요?"

"머리에 방앗간 차렸나 봐."

"네?"

"떡이 아주……."

떡 진 머리에 대해 좋게 돌려 말하려던 영진이 하나의 흘김에 입을 다물었다. 그러곤 성큼성큼 화장실로 향하는 그녀를 따라 걸었다.

샤워기를 틀고 머리를 숙여 제 손으로 감으려는 하나의 손을 만류하고 영진이 직접 그녀의 머리카락을 만지며 물에 적셨다.

묘한 냄새에 뒤로 물러서던 것과는 대조적인 모습이었다. 하나가 그의 손에 머리를 맡기면서 말했다.

"나 손도 멀쩡한데."

"내 거 내가 씻기고 싶어서 그래. 요즘 스킨십이 너무 줄은 거 같아서."

정성스럽게 머리를 감긴 영진이 드라이어로 머리카락을 말리는 것까지 손수 하겠다고 나섰다.

"드라이 정도는 내가 해도 돼요."

"말했지. 스킨십 부족이라 그거 채우는 중이라고."

그의 계속되는 농담 반 진담 반의 말에 하나가 싱긋이 입가를 끌어 올리며 그를 돌아봤다. 그가 드라이어 바람이 그녀에게 가지 않게 옮기며 그녀를 내려다봤다.

"왜?"

"나 날마다 진하게 스킨십해 줄 수 있는데."

"뭐?"

하나가 야릇하게 눈빛을 바꾸고 요염하게 혀로 입술을 핥았다.

그를 보는 영진의 입가에 미소가 번졌다. 하나를 바라보는 영진의 눈에 사랑스러움이 가득했다.

"집에서 매일매일 최영진 기다릴 수 있는데."

그녀가 한쪽 눈을 찡긋해 보이며 그의 옷을 살짝 잡아당겼다. 그가 쉽게 끌려가 하나의 얼굴 앞에 제 얼굴을 드리웠다. 그녀가 그의 입술 가까이 제 입술을 가져가며 은밀하게 속삭였다.

"아주, 아주 야하게 스킨십도 하고."

그녀가 손을 옮겨 그의 목 부위 셔츠의 단추를 툭 하고 풀었다. 영진의 눈썹이 의미심장하게 들썩였다.

"진하게 사랑도 할 건데. 매일매일."

영진의 입술에 아슬아슬하게 제 입술을 가져가며 하나가 유혹하듯 말했다.

들고 있던 드라이어를 내려놓고 그가 하나의 허리에 손을 대고 덥석 그녀를 안아 올렸다. 그녀가 자연스럽게 그의 허리에 다리를 휘감았다. 영진이 그녀가 입고 있는 환자복의 단추를 풀어 나갔다.

"응?"

순식간에 풀린 단추를 보며 하나가 눈을 말똥거렸다. 그가 환자복을 벗겨 내며 화끈하게 그녀의 입술을 취했다. 그녀의 말대로 진하고 야하게 스킨십을 겸해 키스를 하고 나서 그가 그녀의 입술 위에 속삭였다.

"하자, 퇴원. 그리고 집에 가서 놀자. 침대 위에서 야하고 요염하게."

와락. 하나가 그의 목을 끌어안았다. 매혹적인 미소를 머금은 영진의 입술에 제 입술을 겹치며 하나가 거침없이 강렬한 키스를 퍼부었다. 마주 바라보는 둘의 눈이 사랑스럽게 빛났다.

나의 피니시 라인.

네가 어디에 있든 그곳이 어디든 나는 그곳으로 달려갈 거야.
그리고 그 끝에 선 너를 힘껏 안고 마음껏 사랑해 줄 거야.
세상이 끝나는 그날까지. 영원히.

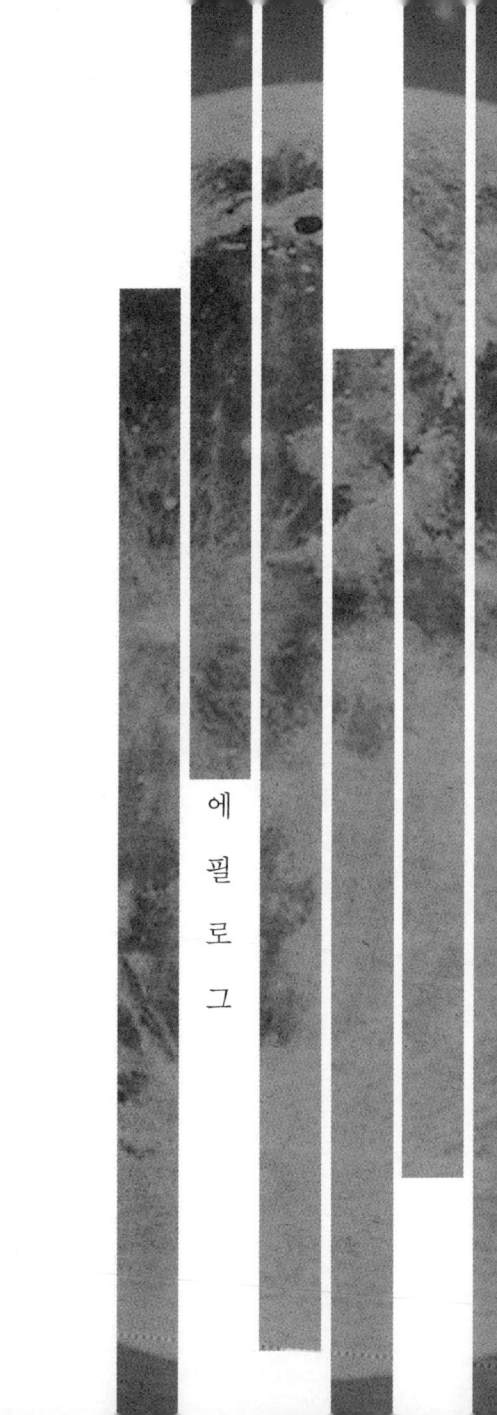

에필로그

Finish

 "이 봐라. 봐. 막내가 군기가 빠져서. 병원에서 농땡이 아주 제대로 부리다가 왔지."

 퇴원해 처음으로 사무실로 들어서는 하나를 보고 종석이 쯧쯧 혀를 차며 사수티를 팍팍 냈다. 기철이 그런 종석이 우스운 듯 코웃음을 쳤다.

 "제 놈은 고작 절도범 쫓다가 옥상에서 떨어져서 다리 깁스하고 두 달이나 논 주제에 누가 누구더러 농땡이래."

 "아 참. 여기서 그 얘긴 왜 해요. 쪽팔리게."

 "쪽팔린 건 아냐?"

 "아, 진짜. 그놈이 그냥 절도범이 아니라 대도였다니까요. 대도."

"그래그래. 그렇다고 해 두자."

"진짜라니까요. 그때 밝혀진 게 전부가 아니라니까요."

명예 회복을 위해 애쓰는 종석에게 기철이 귀찮다는 듯 손을 휘휘 저으며 알았다고 했다. 그런 그들을 멀뚱히 보다 하나가 피식 웃으며 영진을 돌아봤다.

같이 들어서던 영진의 손이 종석의 뒤통수를 향해 날아가지 않은 건, 도중에 기철이 끼어들어서였다는 걸 하나만 알고 있었다.

허공으로 올라가던 손이 아래로 얌전히 내려가 있는 것을 보고 하나가 히죽 웃었다. 아무리 그래도 사수가 농담 삼아 던진 말에 뒤통수를 후려치는 건 좀 과한 듯했다. 영진의 과보호에 가끔 하나는 진땀이 났다.

"오늘 네가 한턱 쏴."

뭔가 분이 안 풀린 듯 종석이 다시 하나를 돌아보며 말했다.

"제가요?"

"네가 없는 동안 내가 막내 노릇하며 얼마나 시달렸는지, 굳이 말로 해야 알겠냐?"

영진과 기철을 눈으로 가리키며 종석이 한숨을 푹푹 내쉬었다. 말하지 않아도 알 것 같았다. 중간에서 얼마나 시달렸을지. 하나가 웃으며 고개를 끄덕였다.

"좋아요. 제가 퇴원 기념으로다가 한턱 거하게 쏘겠습니다."

"진짜지?"

"제가 어디 한 입으로 두말하는 사람인가요?"

"그럼, 그럼. 넌 절대 그럴 애가 아니지. 어디로 갈까?"

7시가 넘어가고 있었다. 퇴원하고 곧장 사무실로 온 길이었다. 병원 냄새 대신 경찰서 냄새를 맡아야 살 것 같다며 하나가 영진에게 졸랐다. 그래서 시간이 늦었음에도 불구하고 들른 것이다.

반가움을 표하는 인사가 왜 한턱 쏘는 것으로 이어져 회식 분위기를 자아내는지 영진은 의아했다. 사무실엔 얼굴만 보이고 오피스텔로 돌아가 둘만의 오붓한 시간을 보내고 싶었던 영진에게는 그리 달가운 일이 아니었다.

"난 병원에 있으니까 그렇게 뒷고기가 땡기더라. 우리의 영원한 아지트 뒷고깃집으로 가시죠."

"뭐?"

고작 뒷고기냐는 표정의 종석을 하나가 뒤에서 떠밀었다.

"자, 자, 고기 떨어지기 전에 얼른 갑시다. 거기 맛있다고 소문나서 요즘 손님이 장난 아니더라고요."

"좋지, 뒷고기. 싸고 맛나고."

기철이 투덜거리는 종석의 어깨에 팔을 두르고 기분 좋게 사무실을 나섰다. 그런 둘을 영진이 매섭게 쏘아보았다.

"오랜만에 배에 기름칠 좀 하겠는데요? 벌써부터 군침이 좔좔 흐르네. 가요, 우리도."

하나가 알면서도 모른 척 능청을 떨며 영진의 팔에 팔짱을 끼고 이끌었다.

"적당히 먹고 일어나는 거야."

"네네."

"건성으로 답하지 말고."

"어우, 건성이라니요. 팀장님 말씀인데 제가 어떻게 건성으로 답하나요."

너스레를 떨며 빤히 자신을 바라보는 하나를 가늘게 내려다보다 영진이 훗 하고 낮게 웃었다. 요즘은 하나에게 번번이 지고 만다. 그런데 그게 그렇게 기분이 나쁘지 않았다.

"이모, 여기 소주 세 병이랑 고기 5인분요."

늘 하던 대로 입구로 들어서며 하나가 주문부터 했다. 기철이 영진의 자리를 마련하고 기다렸다. 영진이 자리에 앉으며 하나를 옆에 앉혔다. 그때까지는 별스럽게 여기지 않았다. 퇴원한 날 술을 과하게 마시고 또 꼴통 짓을 할까 봐 단속하려는 거라 생각했다.

"자, 자, 잔들 채우시고. 우리 막내 퇴원을 축하하며 거국적으로다가 한 잔씩 비우고 시작하시죠."

종석이 잔을 들어 올리며 분위기를 띄웠다. 모두 잔을 올려 건배를 하고 입으로 가져갔다. 술잔을 비우는 하나의 귀로 영진이 입술을 내리고 속삭였다.

"적당히 마셔."

"네."

건성으로 말하며 하나가 술을 입 안으로 털어 넣었다.

"캬아. 너 참 그립더라, 알코올아."

감흥에 젖어 말하며 다시 빈 잔을 채우는 하나를 영진이 물끄러미 응시했다. 그의 잔은 아직 처음 그대로였다.

"천천히."

그가 잔을 잡은 하나의 손을 감싸며 말했다. 그 손을 하나가 잡아 슬쩍 옆으로 밀어내며 잔을 입으로 가져갔다.

"이것만요. 너무 그리워서 그래요."

"아직 몸 사려야 된다고 했지."

"사리고 있어요."

"고기 구워지면 먹고 마셔."

타이르는 영진의 말에 종석이 서둘러 고기를 불판 위에 올려놓았다. 원래 고기 굽기는 막내인 하나 담당이었다. 지금 그녀는 기어이 두 잔을 비우고 고기를 구울 생각인 듯했다.

둘이 주고받는 말을 들으며 묘한 분위기를 느낀 종석이 군말 없이 고기를 구웠다. 기철이 불판의 테두리를 따라 김치를 깔았다. 이 또한 하나가 하던 일이었다.

평소와 달리 둘이 주고받는 말의 뉘앙스가 바뀌어 있었다. 시니컬하게 나무라던 영진은 부드럽게 타이르다 못해 애원하는 투였고, 영진의 말이라면 고분이 잘 듣던 하나는 건성으로 답하며 그의 말을 거스르고 있었다.

뭔가 갑을 관계가 바뀐 것 같았다.

"아직 고기 구워지려면 한참 멀었잖아요. 선배, 내가 구울게요. 잠깐만 기다려요."

하나가 집게를 들고 고기를 뒤집는 종석을 제지하며 잔을 기울였다. 종석이 멈칫하며 하나를 보고 다시 영진을 봤다. 영진의 표정이 썩 좋지 않았다. 종석이 잽싸게 고기를 뒤집었다.

"오하나."

영진이 하나의 이름을 부르곤 자신을 돌아보는 그녀의 입술에 입술을 겹쳤다. 그러곤 채 삼키지 못한 술을 제가 가져가 삼켰다.

챙강. 고기를 뒤집던 집게가 불판 위로 떨어졌다. 종석이 놀라 떨어트린 것이다.

틱, 틱. 이어 젓가락을 입에 물고 사태를 살피던 기철의 입에서 젓가락이 떨어졌다.

둘의 눈과 입이 크게 벌어졌다.

"말 좀 들어."

부드럽고 달콤한 목소리로 영진이 하나의 입술 위에 속삭였다. 그가 입술을 거두고 불판 위에 떨어진 집게를 물수건으로 집어 들었다. 그러곤 잘 구워진 고기 하나를 들어 입 앞으로 가져가 후후 불었다.

"아."

영진이 식힌 고기를 하나의 입으로 가져갔다. 멀뚱히 그를 쳐다보던 하나가 그의 재촉에 입을 벌렸다. 입 안으로 들어온 고기를 그녀가 씹어 삼키는 것을 보며 영진이 그제야 입가에 미소를 머금었다.

그가 집게를 보지도 않고 맞은편에 앉은 종석에게 내밀었다. 얼떨결에 집게를 받아 든 종석이 하나의 입술을 쓸어 주는 영진의 손을 보며 경악했다.

"허억."

"탄다. 뒤집어."

영진이 종석을 돌아보며 눈짓으로 고기를 가리켰다.

"아, 네."

종석이 고기를 뒤집으며 힐끔힐끔 하나와 영진을 살폈다. 기철이 떨어진 젓가락을 주워 타고 있는 김치를 휘저었다. 그의 신경도 온통 둘을 향해 있었다.

"한 달 뒤 어때?"

영진이 하나의 앞에 놓인 접시에 고기를 덜어 주며 물었다.

"뭐가요?"

하나의 신경은 자신들을 의아하게 쳐다보고 있는 종석과 기철에게 닿아 있었다. 아직 사귄다는 말도 못 했는데 그 앞에서 키스를 했으니 충격이 이만저만 아닐 터였다. 어디서부터 말을 해야 하나 난감해하는 하나의 귀로 영진의 목소리가 날아들었다.

"우리 결혼."

"네?"

"꿀꺽. 네?"

"네에?"

의문부호가 붙은 셋의 말이 영진에게 날아들었다. 놀란 하나와 종석, 기철이 동시에 반문한 것이다.

반면, 너무도 태연한 얼굴로 영진이 입을 열었다.

"이왕 하는 거 빨리하자고. 내 애인이 워낙 손이 많이 가서 곁에 붙여 두고 관리해야 될 것 같거든."

하나가 눈을 깜빡거렸다.

"애인…이라고……."

종석이 혼잣소리를 중얼거렸고.

"결혼. 한 달 후에 결혼이라."

기철이 익은 김치를 입으로 가져가며 멍하니 말했다.

영진이 피식 웃으며 하나에게 온전히 돌아앉아 그녀의 볼을 두 손으로 감쌌다. 시선을 제게 고정시키며 그가 평소의 그답게 시니컬하게 물었다.

"대답은?"

"아, 네."

"아, 네?"

"뭐, 그렇게 급하다는데 어쩝니까. 조급한 애인 둔 제가 따라야죠."

말은 시큰둥하게 하면서 입술은 빙그레 끌어 올리는 하나를 영진이 사랑스러운 시선으로 바라보았다. 영진이 그녀의 입술에 가볍게 입맞춤을 했다.

 떨어지는 그의 입술에 하나가 다시 입을 맞추는 걸 보며 종석이 기철에게 말했다.

 "결국 저렇게 됐네요."

 "그러게. 저리됐네."

 종석이 고기를 기철과 자신의 접시에 올려놓자, 기철이 김치를 그 위에 놓았다. 둘이 약속이나 한 듯 잔을 들어 부딪쳤다. 단숨에 잔을 비우고 고기와 김치를 곁들여 입에 넣었다.

 오물오물 안주 삼아 고기를 씹는 그들은 아랑곳없이 하나와 영진은 하트가 남발하는 애정 어린 눈으로 서로를 바라보며 상대의 입술을 안주 삼아 먹어 댔다.

 둘의 애정 행각에 충격으로 연거푸 술을 기울이는 팀원들이 있다는 건 전혀 신경 쓰지 않는 듯했다.

 하늘 공원.

 오 경감이 잠들어 있는 곳이었다. 하나와 영진이 그 앞에 서서 오 경감의 영정 사진을 바라보고 있었다.

 "아빠, 그놈 잡았어?"

 하나가 마침표가 아닌 물음표를 달고 말했다. 죽기 전 경준을 잡은 것은 영진과 하나였다. 하지만 놈은 아빠가 있는 곳으로 다시 도망쳤다. 그러니 이번에 아빠가 놈을 잡을 차례였다.

 "잡았으면 절대 환생하지 못하게 만들어."

울컥 치솟으려는 울분을 하나가 억지로 눌러 참았다. 그런 하나의 어깨를 영진이 부드럽게 감싸 다독였다.

"반장님, 하나 걱정은 안 하셔도 됩니다. 부족하지만 제가 잘 보살피겠습니다. 다시 뵙는 그날 잘했다 칭찬 들을 수 있게 행복하게 살겠습니다."

영진의 말에 하나의 눈가가 붉어졌다.

"뭐야. 애써 눈물 참고 있었는데, 최영진이 울려 버리네."

"이런, 여기서 울면 나 완전 거짓말쟁이 되는데. 그럼 곤란한데."

하나의 투정에 영진이 그녀의 눈가에 어린 눈물을 손끝으로 닦아 내며 소곤거렸다.

"괜찮아요. 이건 행복해서 흘리는 눈물이니까."

"아직 시작도 안 했는데 벌써 울면 어떻게."

"응?"

고개를 들어 자신을 바라보는 하나를 사랑스럽게 내려다보며 영진이 입술을 달싹였다.

"행복 말이야. 너 행복하게 만들 일 아직 무궁무진하게 많은데, 벌써 이러면 곤란하다고."

그의 입술이 자신의 눈을 향해 내려오는 걸 보며 하나가 눈을 감았다. 살포시 눈꺼풀 위로 내려앉은 영진의 입술이 부드럽게 속삭였다.

"사랑한다, 오하나."

"으응."
"행복해서 미칠 만큼 사랑해 줄게."
"훗, 네."
"그러니까. 평생 나만 바라봐 주라. 내 시선이 닿는 곳에서 항상."

그녀가 눈을 떠 그를 응시했다. 발을 돋워 그의 입술에 제 입술을 포개며 그녀가 말했다.

"언제나 내 시선 끝엔 당신이 있었어. 이미 오래전부터."

그녀가 영진의 입술을 달콤하게 취했다. 영원히 자신의 것이 된 남자의 입술이었다.

외전

강진욱 — 이런 우연 또 없습니다

Finish

 요즘처럼 즐거운 때가 없었다. 늘 자신을 외면하고 구박하던 영진이 가끔은 다정하게 말을 걸기도 했고, 여자의 심리에 대해 돌려 묻기도 했다.

 어떤 이유로든 영진이 자신을 필요로 하고 있다는 사실이 너무 행복했다.

 기분 좋게 콧노래를 흥얼거리며 출근길에 오른 진욱이 차를 주차시키고 검찰청 건물을 향해 걸음을 옮겼다. 지나치는 사람마다 눈인사와 손 인사를 건네며 기분 좋게 걷던 진욱이 뭔가를 발견하곤 우뚝 걸음을 멈췄다.

 그가 보기 드물게 당황한 얼굴로 사방을 어지럽게 훑었다. 그러다 뒤에 오던 태경을 잡고 늘어졌다.

"어어."

갑자기 제 허리를 붙잡고 자세를 낮춰 등 뒤에 숨은 진욱을 태경이 놀라 돌아보았다.

"선배님?"

"쉿. 아무 내색도 하지 말고 그냥 평소대로 걸어. 아주 자연스럽게."

"네?"

"자연스럽게. 몰라?"

되묻는 말에 진욱이 눈을 차갑게 흘기며 딱딱하게 말했다. 태경이 꿀꺽 마른침을 삼키곤 고개를 돌려 정면을 응시했다. 대체 진욱이 왜 이러는 건지 영문을 알 길이 없었다.

허리를 잡은 진욱의 손이 말고삐를 흔들 듯 그의 재킷을 흔들었다. 태경이 움찔하며 앞으로 발을 내디뎠다.

"나 의식하지 말고 천천히 걸어."

의식을 안 하고 싶어도 자꾸만 말을 걸며 허리를 흔드는 통에 그럴 수가 없었다. 천천히 걷고 싶어도 그가 뒤에서 밀어서 걸음이 절로 빨라졌다. 그를 아는지 모르는지 진욱은 태경의 뒤에서 마치 아바타처럼 그를 조종하며 이리저리 건물 입구를 향해 걸음을 옮겼다.

"후우."

로비의 구석에 숨어 한참 동안 동태를 살핀 후에야 진욱이 태경을 놓고 일어났다.

"아이고, 허리야."

굽혔던 허리가 아렸는지 그가 통통 두드리며 앓는 소리를 냈다. 그러게 왜 그런 짓을 했는지. 뭔가를 피하고 싶어 그런 거라 추측은 되었지만, 글쎄 과연 잘 피했는지는 의문이었다.

오히려 해괴망측한 그의 행동에 시선이 더 몰렸으면 몰렸지 외면당하지는 않았을 것 같았다. 다만, 보고 진욱임을 알아챈 사람들이 또 무슨 엉뚱한 짓을 하나 보다 하고 별스럽게 생각하지 않았을 뿐, 눈치채지 못한 건 아니었다.

"수고했어."

진욱이 어깨를 툭툭 두드리자 태경이 흠칫 놀라며 어색한 미소를 지어 보였다.

"도움이 되었다면 다행입니다, 선배님."

"응. 아주 많이 도움이 됐어."

"그럼 전 이만."

"어. 그래그래."

얼른 자리를 피하려는 태경을 향해 진욱이 흔쾌히 손을 흔들어 보였다. 태경이 고개를 숙였다 들기 바쁘게 쌩하니 엘리베이터로 걸어갔다.

"아휴, 아침부터 못 볼 걸 봐서 눈이 다 아프네."

진욱이 두 손으로 눈을 비볐다. 아픈 눈을 달래고 다시 쌩쌩해진 모습으로 돌아온 그가 방금 태경이 걸어간 엘리베이터로 향했다.

어차피 집무실로 올라가려면 엘리베이터를 타야 했다. 네 개의 엘리베이터 중 어느 것을 탈지는 각자의 마음이었다. 다가오는 진욱을 피해 태경이 서둘러 위치를 바꿨다.

"굿모닝입니다."

태경은 전혀 신경 쓰지 않고 진욱이 첫 번째 엘리베이터 앞에 서며 선배 준열에게 인사를 건넸다.

"어. 요즘 기분 좋아 보이네? 무슨 좋은 일 있어?"

"제 사촌이 결혼을 하거든요. 다음 주에."

"아, 그래? 축하해."

"아이고, 감사합니다."

인사를 하면서도 준열은 이게 맞는 건가 싶었다. 축하를 받아야 할 당사자와는 안면이 없는데 진욱이 인사를 넙죽 받으며 히죽거렸다.

"누가 보면 자네가 장가가는 줄 알겠네. 아주 사이가 돈독한가 봐?"

"그럼요. 엄청 돈독하죠. 연애 상담까지 할 정도라니까요."

"으음."

확실히 연애에 관한 거라면 진욱에게 상담할 만하다고 준열은 생각했다. 워낙에 그런 쪽으로는 유능한 면이 있는 진욱이었다.

특별히 사귀는 여자는 없는 것 같은데, 여자들에게 인기는 많았다. 그런 걸 두고 어장 관리라고 하나 보다고 준열은 생각했다.

"커피 한잔할래?"

"주시면 감사히 마시겠습니다."

"마누라가 여행 다녀오면서 사 온 커피가 괜찮더라고."

"형수님이 공수하신 거라면 두말할 필요 없죠."

상대방을 띄워 주는 기술 또한 남다른 진욱이었다. 준열이 피식 웃으며 열린 엘리베이터 안으로 올랐다.

준열이 직접 내린 커피를 얻어 마시고 그의 집무실을 나선 진욱이 경쾌한 걸음으로 자신의 집무실로 향했다.

문을 열고 들어선 그가 활기차게 아침 인사를 건넸다.

"좋은 아침입니다."

자리로 걸어가는 그를 보고 사무장과 여직원이 인사를 했다.

"좋은 아침입니다, 검사님."

재킷을 벗어 옷걸이에 걸고 가방에서 서류를 꺼내는 그에게 사무장이 말했다.

"오늘 검사 시보 오는 날입니다, 검사님."

"아, 그랬나? 그게 오늘이었나요?"

"네. 벌써 오셨는데……."

소개를 하기 위해 사무장이 문 옆에 서 있던 시보를 돌아봤다. 소파나 자리에 앉아서 기다렸다가 일어나면 될 텐데 굳이 들어선 그대로 붙박이처럼 서 있던 시보였다.

"벌써? 어디 있습니까?"

고개를 들 생각도 않고 진욱이 물었다. 그런 진욱을 바라보며 시보로 온 기령이 한 발 앞으로 나섰다. 그녀가 정중하게 고개를 숙이며 인사를 했다.

"안녕하세요, 강진욱 검사님."

"어. 안녕."

여자 목소리에 진욱이 그제야 고개를 들며 환하게 웃었다.

"오랜만이에요, 선배."

이어진 기령의 말과 그녀의 얼굴을 확인한 진욱의 얼굴이 점점 굳어 갔다. 그의 얼굴에서 웃음기가 사라졌다. 그 얼굴을 빤히 응시하며 기령이 입술 끝을 말아 올렸다.

"저 기억하시죠? 한기령이에요."

"아, 그……."

말을 잇지 못하고 진욱이 잘근 아랫입술을 깨물었다. 조금 곤란한 얼굴이 된 진욱과 달리 평온한 얼굴의 기령이 성큼성큼 그의 앞으로 다가왔다.

뒤로 물러나고 싶은 발을 가까스로 바닥에 붙여 놓은 진욱이 책상 앞으로 다가온 기령을 보며 어색한 미소를 지어 보였다.

"우리 3년 만이네요."

"3년. 그렇게 됐나?"

"네. 3년 됐어요."

"그랬구나. 잘 지냈지? 그랬겠지. 그러니까 이렇게 내 앞에 서 있는 거겠지."

혼잣말인 듯 아닌 듯 두서없이 중얼거리는 진욱을 보며 기령이 한쪽 입매를 보일 듯 말 듯 조금 더 끌어 올렸다. 그 입매를 본 진욱의 이마에 송골송골 진땀이 맺혔다.

"하아, 가을인데 왜 아직도 이렇게 덥지?"

그가 이마에 맺힌 땀을 닦아 내며 말했다.

"바람이 많이 선선해졌는데, 선밴 더운가 봐요."

"그러네. 좀 덥네."

"못 본 사이 체력이 많이 떨어진 거 아니에요?"

"그런가?"

둘이 주고받는 대화를 듣고 있던 사무장과 여직원이 어리둥절한 표정을 지었다. 진욱이 저렇게 안절부절못하며 밀리는 모습은 처음 보았다. 늘 상대를 당황하게 만들던 건 진욱이었는데, 지금은 바뀌어 있었다.

"담당 검사가 선배일 줄은 몰랐어요."

"어?"

기령의 말에 진욱이 설마 하는 눈으로 그녀를 봤다. 이름만 들어도 담당 검사가 자신이라는 건 단박에 알 수 있었다. 그런데 몰랐다니. 저건 거짓말이었다.

"저 선배 엄청 보고 싶었는데. 이렇게 보게 되네요. 사람 인연이 참 묘한 것 같아요."

"어. 좀 묘하네."

좀이 아니라 상당히 기묘했다. 어떻게 이렇게 만날 수가 있는지. 출근길 주차장에서 언뜻 본 얼굴이 기령이 아니기를 바랐다. 자신이 잘못 본 것이길 바랐지만, 같은 법 공부를 하는 기령이 검찰청에 오지 못할 이유는 없었다. 마주치는 일만 없으면 괜찮다고 여겼는데, 이렇게 딱 마주쳐 버렸으니 상당히 난감했다.

"다시 만난 기념으로 악수할까요?"

그녀가 먼저 손을 내밀었다. 그 손을 물끄러미 보다가 진욱이 맞잡았다.

"어."

잡힌 손을 기령이 잡아당기며 상체를 진욱 앞으로 기울였다. 둘 사이가 상당히 가까워졌다. 기령이 입가를 더 끌어 올려 의미심장하게 웃으며 입술을 작게 달싹였다.

"선배가 나 따먹고 튄 건 비밀로 해 줄게요."

"야, 그건."

부정하며 눈을 부릅뜨는 진욱의 손을 놓고 기령이 그에게서 멀어졌다. 할 말을 다 하지 못한 진욱의 얼굴에 억울함이 자리했다.

절대 그런 거 아니라고 진욱이 표정으로 말했지만, 기령은 모르쇠로 일관했다. 합의하에 같이 밤을 보낸 거라고 그가 말하고 싶어 한다는 걸 그녀가 모를 리 없었다.

분위기에 취해 둘이 잠자리를 한 건 맞지만 사귀자는 의미를 담고 있었던 건 아니었다. 당시에 둘은 그 사실을 명확히 하고 헤어졌었다.

 원래는 격 없이 지내던 선후배 사이였다. 성별에 관계없이 때로는 친구처럼 가깝게 지냈었다. 그랬던 둘이 그날 이후 점점 껄끄러움에 거리를 두면서 사이가 멀어졌었다.

 진욱이 일부러 더 기령을 피한 건 맞지만 그걸 따먹고 튀었다고 말하는 건 오버였다. 기령의 성격을 잘 알고 있는 진욱이었다. 누구한테 지고는 못 사는 성격이었다. 어쩌면 지금도 우선 기선 제압을 먼저 하려고 이렇게 세게 나오는 건지도 몰랐다.

"한기령."

 진욱의 부름에 기령이 그를 직시했다. 그 시선을 피하지 않고 마주 쏘아보며 진욱이 말했다.

"명심해. 난 검사고 넌 시보야."

"네. 그렇죠."

 기령의 도도한 대답에 진욱이 입을 씰룩거리며 검지로 허공을 찔러 쐐기를 박았다.

"그러니까 기어오를 생각 접고, 단단히 각오하는 게 좋을 거야. 확실하게 현장 교육 시켜 줄 테니까."

 그의 으름장에 기령이 내내 짓고 있던 미소를 얼굴에서 지워 냈다. 날카롭게 이어지는 신경전에 사무장과 여직원의 한

숨이 짙어졌다. 아무래도 앞으로 검사실이 살얼음판이 되지 않을까 싶어서였다.

'따먹고 튀는 게 뭔지 여기서 그런 놈들 상대하면서 확실하게 깨우치게 될 거야, 한기령.'

진욱이 기령의 기세등등한 얼굴을 보며 속으로 선전포고를 했다.

진욱의 행복한 봄날은 어쩐지 멀기만 했다.

                                                                  마침

Finish

작가 후기

〈익스큐즈미〉의 후속작인 〈피니시〉를 작업하는 내내 행복하면서도 머리가 아팠습니다. 늘 새로운 인물들과 직업에 도전한다는 것은 즐겁고 흥분되는 일이지만, 복잡하고 힘든 작업에 간혹 버거울 때가 있습니다.

사랑 이야기에 스릴러를 가미하는 작업은 제겐 꽤 흥미로운 도전이었습니다.

자료를 모으며 끊임없이 범죄와 관련된 것들을 봐야 했고, 때론 잔혹한 범죄자의 심리도 파고들어야 했습니다. 그 작업들이 쉽지는 않았지만, 또 한 편의 이야기가 완성되었을 때의 보람이 다시 글을 쓰게 만드는 것 같습니다.

제 글을 읽는 모든 분들의 마음을 조금이나마 만족하게 만들 수 있기를 바라며 이 글을 세상에 내놓습니다.

 늘 함께하며 글의 완성을 향해 달려 주시는 마야&마루 여러분 감사합니다.

 항상 곁에서 힘이 되어 주는 가족, 사랑합니다.

 앞으로도 더 재미있고 좋은 글 쓸 수 있도록 노력하겠습니다.

여름의 초입을 서성이며,
화연 윤희수 올림